아직
우리에겐
시간이
있으니까

아직 우리에겐 시간이 있으니까

듀나
김보영
배명훈
장강명

한겨레출판

차례

당신은 뜨거운 별에

장강명

금성

평균온도 섭씨 463.9도. 표면 중력 지구의 91퍼센트.

표면 대기압 지구의 88배. 태양계 행성 중에서 대기층이 가장 두꺼우며,

황산으로 된 두터운 구름이 떠 있다.

자기장이 없기 때문에 나침반과 같은 도구를 사용할 수 없다.

금성의 자전주기는 243일, 공전주기는 224일로 하루가 1년보다 길다.

제 7 프로듀서 지표탐사 로봇을 수리하는 장면이 너무 길었어요. 그 시간에 떨어져 나간 시청자 수만 해도 만 명쯤 돼요. 특히 저연령, 저학력층에서 이탈이 두드러집니다.

광고주 대리인 같은 말을 되풀이해서 죄송합니다만, 노선 변경을 검토해봐야 할 때입니다. 쇼가 가장 인기 있었던 게 언제입니까? 연구원들 사이에 삼각관계가 벌어졌을 때 아닙니까.

제 7 프로듀서 삼각관계는 없었습니다. 저희가 그렇게 보이게 연출했던 것뿐.

광고주 대리인 저랑 철학 논쟁이라도 벌이고 싶으세요?

수석 프로듀서 삼각관계는 안 돼. 지구에 있는 배우자가 불륜을 저지르는 것도 안 되고, 진상 방문객 때문에 고생하는 것도 안 돼. 예전 에피소드를 반복하는 것도 안 되고, 경박해 보이는 것도 안 돼. 본사에서는 금성탐사선 풍경이 진지해 보이길 원해.

광고주 대리인 사람들은 진지한 걸 지루해하고, 대신 짜릿한 걸 좋아하죠. 혹시 모르셨다면 가르쳐드립니다.

제 7 프로듀서 휴먼 드라마 어때요? 과학자 어머니와 문제아 딸 이야기로. 인연을 끊다시피 했던 반항아 딸이 결혼을 앞두고 금성에 있는 어머니와 관계 회복을 시도하는 이야기.

수석 프로듀서 그런 게 있었나?

제 7 프로듀서 유진 연구원이 얼마 전부터 딸과 서신 왕래를 하고 있어요. 딸이 레즈비언 파트너와 곧 결혼을 할 예정인데, 유진 연구원은 썩 탐탁해하는 것 같지 않아요. 100살도 넘은 양반이고, 동북아시아 출신이니까요.

수석 프로듀서 왜 난 그걸 몰랐지?

제 7 프로듀서 우리 쇼에서 유진 연구원은 젊지도 늙지도 않은, 강단 있는 중간관리자형 캐릭터예요. 캐릭터에 맞춰서 화면이나 대사를 바꾸고 있어요. 20대 후반에서 30대 초반 느낌이 나게 하고 있죠.

수석 프로듀서 아니, 그거 말고, 그 연구원이 딸과 메일을 주고

받는다는 걸 몰랐다고.

제 7 프로듀서 딸이 히피 스타일이에요. 손으로 편지를 써서 그걸 사진으로 찍은 뒤 이미지 파일을 전송해요. 그래서 저희들한테는 그 텍스트가 공유되지 않았어요. 원하시면 내용을 번역한 문서를 보내드릴게요.

수석 프로듀서 엄마한테 보내는 손편지라. 깜찍하네. 뭐 하는 여자야?

제 7 프로듀서 글쎄요. 성공하지 못한 예술가? 최근에는 현대무용을 한대요. 어머니 머리를 물려받아서 어릴 때에는 수학올림피아드에서 상도 탄 영재였는데, 철이 들면서 어머니와 다른 길을 걷고 싶었나봐요. 그래서 밴드도 하고, 그림도 그리고, 연극도 하고, 사회운동도 했다가…… 대충 견적 나오죠?

수석 프로듀서 연극을 해봤으면 연기가 뭔지는 알겠네. 엘리트 과학자 어머니와 보헤미안 스타일 레즈비언 딸이라. 그걸로 가자고. 딸을 만나서 출연을 섭외해봐. 어떤 타입인지 파악하고, 유진 연구원의 캐릭터도 거기에 맞춰서 서서히 조정해. 알지? 마음 깊은 곳에서는 서로 아끼고 사랑하지만 함께 있으면 도저히 성격이 안 맞는 한 쌍. 그러다 시즌 파이널에서 각자의 삶을 이해하게 되는 이야기.

제 7 프로듀서 알겠습니다.

광고주 대리인 눈물 찔찔짜게 만들어줘요.

"어머니와 그렇게 가까운 사이는 아니에요. 사실은 마지막으로 만난 지 10년도 넘었어요. 화상 통화는 가끔 했지만."

마리가 말했다. 그녀는 20대에 막 접어든 젊은 여자 같은 외모를 하고 있었다. 어딘지 불안정해 보이고, 주변을 지나치게 경계하는 듯한 분위기였다.

"하지만 손편지를 여러 통 적어서, 사진을 찍어 보내셨잖아요?"

제 7 프로듀서가 물었다. 그녀 역시 20대 여성의 외모를 하고 있었다. 어차피 대부분의 사람이 20대 같은 신체를 지닌 시대이기는 했다.

"그랬죠. 하지만 정직하게 말씀드리자면 그냥 제 고민을 털어놓을 상대가 필요했던 거예요. 유진이라는 이름의 천재 과학자 겸 유명 우주인이 아니라, 저를 언제나 지지하면서도 현명한 조언을 해줄 듯한 상징으로서의 대상이 필요했습니다. 메일이 아니라 손편지를 썼던 것도 그런 이유에서였고요. 교황이나 산타클로스에게 편지를 쓰는 것과 비슷했어요. 다만 저는 수신자 주소란에 바티칸이나 산타마을 대신 금성의 저

궤도 탐사선을 적었던 겁니다. 어머니도 답장을 직접 종이에 써서 보내 온 걸 보고는 솔직히 놀랐어요. 그런 감성적인 구석은 없는 분이었는데. 하지만 사람은 다 변하니까요."

마리는 거짓말을 했다.

"처음 연락은 유진 연구원이 했던 것 아닌가요?"

제 7 프로듀서가 물었다.

"네, 맞아요. 금성의 구름 위로 해가 지는 광경을 담은 동영상을 보내주셨죠. 거기서 새로 만든 로봇을 테스트하는 장면이었는데, 그냥 관광지에서 보내는 엽서 같은 의미로 여겼어요. 그래도 어쨌든 볼 때는 근사하더라고요. 땅을 온통 뒤덮은 황산구름 위로 커다란 태양이 저무는 풍경을 보고 있자니 기분이 먹먹해졌어요. 그런데 금성은 자전주기가 100일이 넘어서 일몰도 며칠씩 걸린다면서요?"

마리는 자연스럽게 말을 돌렸다. 그녀는 그 행성의 자전주기가 지구 기준으로 243일이라는 사실을 포함해 금성에 대해 여러 가지를 해박하게 알고 있었다. 하지만 자신의 지식을 숨겨야 했다. 또 유진이 처음 보냈던 동영상이나 자신이 금성탐사선으로 보낸 손편지에 상대가 관심을 기울이는 상황도 피해야 했다.

"저희 시청자들이 좋아하는 배경이죠. 탐사선을 금성 자전의 역방향으로 이동시키며 시즌 내내 노을 속에서 쇼를 진행한 적도 있습니다."

다행히 제 7 프로듀서는 마리의 설명을 딱히 의심하는 것 같지 않았다. 사실 제 7 프로듀서는 마리가 어떤 인물인지 파악하느라 정신이 없었다.

'저 여자는 뭔데 출연을 망설이는 거지? 두 팔을 들어 만세를 부르고 눈물을 흘리며 이제 난 스타다, 하고 비명을 질러도 시원찮을 판에 말이야. 우리 쇼가 이 정도로 인기가 떨어졌나?'

제 7 프로듀서로서는 마리가 이 일을 오랫동안 면밀히 계획해왔고, 지금은 일부러 뜸을 들이며 상대를 애태우는 중이라는 사실을 짐작도 할 수 없었다.

"혹시 얼굴이 노출되는 게 부담스러워서 그러신가요? 모든 장면에 디지털 배우를 써서 대신 화면에 나가게 할 수도 있어요. 아시죠? 사실 금성탐사선의 연구원들은 전부 디지털 대역들이 연기하는 거예요."

제 7 프로듀서가 말했다.

"알아요. 어머니도 어머니 같지 않더라고요. 아무리 성형수술을 하고 안티에이징 시술을 여러 번 받아도 그런 외모가 될 수는 없지요."

마리가 대꾸했다.

"하지만 그 감정 표현들은 다 진짜랍니다. 아이러니하지만 사실 저희 금성탐사선이 갖춘 여러 가지 과학기술 중에 이 디지털 대역 배우 기술이 가장 최첨단이라고 할 수 있어요. 단순히 얼굴 근육과 피부의 움직임을 모사하는 게 아니라, 뇌의 각 부분에서 발생하는 화학물질을 분석해서 디지털 배우들에게 실제 모델의 정확한 감정 상태를 전달하죠. 표현력이 훨씬 풍부해져요."

프로듀서의 설명에 마리는 고개를 끄덕였다. 그랬다. 어머니가 어머니처럼 보이지 않은 것은 단순히 디지털 배우의 외모가 낯설기 때문만은 아니었다. 어머니 역할을 맡은 디지털 배우는 어머니라면 절대로 짓지 않았을 표정을 짓고, 어머니가 한번도 한 적이 없는 몸짓을 했다. 쇼에서 어머니는 앞에 있는 사람이 말할 때 상대의 눈을 정면으로 바라보며 고개를 끄덕이고 미소를 짓고 눈썹을 올리고 박수를 쳤다.

'혹시 그것이 진짜 어머니일까? 예전에도 어머니의 뇌는 그렇게 반응했는데, 육체라는 베일이 진짜 어머니를 가리고 있었던 걸까?'

"디지털 배우는 필요 없을 것 같네요. 하지만 쇼에는 출연하겠어요."

마리가 말했다.

“감사합니다. 그러면 자세한 계약서는 이메일로…….”

“그런데 한 가지 조건이 있어요.”

마리가 프로듀서의 말을 잘랐다.

금성탐사선은 구름층 바로 위에 있었다. 탐사선이 공중에 떠 있는 원리를 따지자면 초저궤도 우주정거장이라기보다는 비행선이라는 설명이 더 정확했다. 자유낙하로 궤도를 유지하는 게 아니라 질소가스를 가득 담은 거대한 풍선과 프로펠러, 제트엔진으로 양력揚力을 얻었기 때문이다.

동영상 속에서 촬영자는 그 비행선의 전망 갑판에 혼자 나와 있었다. 카메라는 우주복에 달려 있는 것 같았다. 화면 한쪽에 ‘보정이나 후가공을 거치지 않은 실제 영상’이라는 인증자막이 잠시 떴다가 사라졌다.

카메라는 처음에 붉은색으로 빛나는 구름바다를 향해 있었다. 굵은 황산비를 뿌리는 권층운이었지만, 위에서 내려다볼 때에는 그저 평화롭고 아름다울 뿐이었다.

“오늘 연구실에서 새 로봇을 만들었어. 다른 모델들보다 크기가 작고 가벼워. 날아다니면서 구름층을 탐사하는 용도거든.”

유진의 목소리가 들렸다. 목소리는 잠시 머뭇거리다가 말을 이었다.

"꼭 아기 같지 않니?"

카메라가 로봇을 비추었다. 실제로 전망 갑판 바닥에 놓인 신형 로봇은 갓 태어난 아기 크기였다. 팔다리는 짧고 머리와 눈은 컸다. 구름 속을 날아다니면서 이런저런 관측을 해야 했기 때문에 머리와 눈이 컸고, 땅에 내려가거나 물건을 나를 일은 없기에 팔다리가 짧았다.

'설마 저 로봇 때문에 센티멘털해져서 내가 생각난 건가?'

마리는 이 동영상을 처음 볼 때 그렇게까지 생각했다.

금성탐사는 대류권 상층에 떠 있는 탐사선이 로봇 수십 대를 원격 조종하는 방식으로 이뤄졌다. 우선 평균 기온이 섭씨 400도가 넘는 행성 표면에 기지를 건설한다는 것 자체가 에너지 낭비였고 위험한 일이었다. 실내온도를 1도 높이는 것과 1도 낮추는 것은 완전히 다른 작업이다. 후자가 훨씬 까다롭고 비용이 많이 든다.

기지 전체의 기온을 조절하는 일은 그나마 낫다. 냉매와 순환기를 갖춘 휴대용 냉각장치를 우주복마다 설치하는 것은 절망적으로 수지가 안 맞는다. 금성은 지구와 중력이 비슷하기 때문에 등에 티타늄 합금으로 만든 에어컨디셔너를 한 대씩 지고 움직이려면 우주복을 파워드슈츠로 만드는 수밖에 없다. 그런데 지구의 90배에 이르는 엄청난 기압과 고열 때문에 기계장비들은 자주 고장이 났다. 전파 송신도 미덥지 못했다. 구름층이 엄청나게 두텁고 지구에서 발생하는 최악의 태풍보다 서너 배 더 강력한 폭풍이 자주 쳤기 때문이다.

하지만 고도가 높아지면 높아질수록 그 압력과 온도는 극적으로 떨어진다. 2000미터 상공에서는 기온이 섭씨 300도, 대기압은 22기압 정도다. 5000미터 상공에서는 기온이 75도, 대기압은 1기압 정도가 되며, 5500미터 상공에서는 그 수치가 27도에 0.5기압으로 내려간다. 그래서 금성탐사선은 5000미터에서 5500미터 사이의 고도에 자리를 잡았다.

우주비행사들은 기념사진을 찍으러 잠시 땅에 내려갔다가 올라온 뒤로는 거의 내내 구름 속의 탐사선에 머물렀다. 그들은 대신 각종 로봇들을 원격으로 제 몸처럼 자유자재로 부리는 훈련을 받았다. 로봇은 그들의 눈이자 귀였고, 팔이자 다리였으며, 사실상 또 다른 육체였다.

우주비행사들은 로봇을 수리하거나 새로 만드는 교육까지 받았다. 로봇들은 범용 모듈을 사용했기 때문에 설계 작업이 그리 어렵지는 않았다. 지금 탐사선 갑판에 있는 아기처럼 생긴 작은 로봇도 유진이 만든 것이었다.

"자, 날아볼까?"

유진의 목소리가 들렸다. 우주복의 팔이 로봇을 갑판 밖으로 가볍게 밀었다. 로봇은 강산성의 비구름 속으로 떨어졌다가 잠시 뒤 날개를 펴며 날아올랐다. 탄소섬유막으로 된 날개는 너무 얇아서 거의 투명해 보였다.

로봇은 구름 속을 들어갔다 나오기를 몇 번 반복하더니 하늘에 거대한 원을 그리고 갑판으로 돌아왔다. 로봇이 그린 원은 아라비아 숫자 '9'와 비슷했다.

화면은 이제 로봇의 작은 손을 향했다. 로봇의 손은 손가락이 네 개였다. 손목은 완전히 한 바퀴를 돌 수 있었고, 손가락 관절도 앞뒤로 구부러졌다 펴지는 것 외에 시계 방향이나 반시계 방향으로 회전이 가능했다. 검지는 관절이 네 개였는데, 그 끝이 벌레 더듬이처럼 빨리 움직였다.

'왜 비행 테스트를 먼저 한 뒤에 손가락 관절을 시험하는 거지? 반대로 해야 하지 않나?'

희미한 의문이 생긴 마리는 영상을 자세히 들여다보았고, 로봇이 허공에 무언가 글자를 쓰는 것 같다는 느낌을 받았다.

우주복의 팔이 로봇을 안았다. 로봇의 엉덩이 부분이 카메라에 가까워지면서 확대되었다. 거기에는 붉은색 마커로 '조Joe'라는 글자가 적혀 있었다.

"귀엽지 않니? 얘 이름은 조야. 내가 여기 와서 처음으로 만든 로봇이야. 기계덩어리인데도 몇 달을 붙들고 고생하다 보니 문득 너를 가졌을 때가 생각나더라. 우리 모녀가 이런 사이가 아닌데, 나도 외로운가보네. 잘 지내렴."

유진의 목소리가 들리고 동영상이 끝났다.

너무나 어머니답지 않은 메시지와 내용에 마리는 동영상을 다 보고 나서도 잠시 어안이 벙벙해져 있었다.

유진이 마지막에 '조'를 발음할 때 너무 혀를 굴리는 바람에 '줘'라고 들렸다. 마리가 아는 유진은 한국어로 말할 때 그런 식으로 영어 발음을 섞는 사람이 아니었다. 마리는 동영상을 다시 처음으로 돌려 보았다.

로봇이 검지로 그리는 문양은 바다 해海자를 흘려 쓴 것과 비슷했다.

로봇이 날면서 그린 궤적—허공에 쓴 문자—그것의 이름.

9-海-Joe.

구-해-조.

구해줘.

얼토당토않은 추리라는 생각에 마리는 픽 하고 웃음을 터뜨렸다. 그녀는 고개를 흔든 뒤 잠자리에 들었으며, 다음 날은 극단에 나가 하루 종일 다음 무대를 위한 안무를 짜는 데

몰두했다.

이틀 뒤, 마리는 그 동영상을 다시 보았다.

로봇은 아무리 봐도 숫자 '9' 모양으로 날았고, 손가락으로 '바다 해' 자를 썼다. 이게 정말 '구해줘'라는 메시지일 가능성이 있을까?

마리는 역으로 생각해보았다. 만약 어머니가 금성탐사선에서 지구에 있는 누군가에게 자신을 구해달라는 메시지를 보내려 한다면 어떻게 해야 할까?

좁은 탐사선에는 다섯 명의 동료가 있고, 사생활은 당연히 존재할 수가 없다. 게다가 어떤 메시지든 금성의 위성통신망과 지구궤도의 중계위성, 지상의 관제센터를 거치며 사실상의 검열을 당하게 된다. 정보를 관리하는 자들은 수신인이 누구인지에 대해서도 관심을 가질 것이다.

딸에게 보내는 메시지가 그나마 주의를 덜 끌지 않을까? 다른 동료 우주인들이 쓰지 않는 소수 언어를 바탕으로, 컴퓨터가 분석할 수 없게 비논리적이면서 창의적으로 암호를 만드는 수밖에 없지 않을까?

마리는 그 가능성을 숙고했고, 자신도 한국어에 기반을 둔 창의적인 암호를 만들어서 보내봐야겠다고 결론을 내렸다. 정말로 어머니가 절박한 처지에 있다면 답장을 꼼꼼히 뜯어

볼 것이고, 숨은 메시지도 알아차리리라.

마리는 손편지를 적어 보냈다. 편지를 쓰면서 그녀는 이상한 기분에 빠졌다.

'만약 이 추측이 과대망상이 아니라 사실이라면, 어머니는 얼마나 심각한 고독과 고립 속에 있는 것인가.'

고독과 고립의 전문가로서, 마리는 자기 상상 속의 어머니에게 연민을 느끼는 한편 죄책감 섞인 쾌감도 조금 맛보았다. 이제 당신도 내가 어떤 인생을 살았는지 이해하시겠군요, 라는 기분이었다. 그래서 마리는 자신의 추리가 옳기를 은근히 바랐다.

수석 프로듀서 그 조건이라는 게 뭐야? 뭘 해달라는 거야?

제 7 프로듀서 금성 지표면에서 결혼식을 올리고 싶대요. 로봇을 이용해서요. 금성에서 열리는 최초의 레즈비언 결혼식이 되는 셈이죠.

수석 프로듀서 최초의 동성 결혼식은 아닌가?

제 7 프로듀서 아니에요. 게이 커플 결혼식을 한번 올린 적이 있었어요.

광고주 대리인 최초 타령은 이제 좀 지겹습니다. 금성 표면에서 최초의 골프, 금성 표면에서 최초의 타악기 연주, 금성 표면에서 최초의 셰익스피어 공연…… 전부 지루했어요. 어차피 다 로봇이 하는 거잖아요. 게다가 로봇들의 관절 움직임이 부자연스럽다는 점을 감안하더라도, 보기에 그다지 역동적이지가 않아요. 지구에서 사람이 움직이는 걸 금성 로봇이 따라하는 데 몇 분이나 걸리잖아요. 저는 그 로봇 쇼들을 다 접어야 된다고 주장하는 사람입니다. 다들 지루해해요. 인간 우주비행사의 최초 착륙 외에는 다 부질없습니다.

수석 프로듀서 로봇 쇼는 광고 수입 때문에 하는 게 아니오.

광고주 대리인 그래요?

제 7 프로듀서 로봇 대여료로 벌어들이는 돈이 꽤 돼요. 지구에서 금성 로봇을 조종할 수 있는 권한을 경매로 팔고 있어요. 대여 기한을 한 시즌당 세 시간으로 정해놓고 그 세 시간을 분 단위로 쪼개서 런던과 상하이에서 팝니다. 저희가 초청하지 않으면 경매에 참여할 수 없기 때문에 일반 대중에게는 잘 알려져 있지 않죠. 그래도 상류층에서는 굉장히 인기가 높아요. 최근에는 그 대여권에 대한 선물거래 시장도 생겼습니다.

광고주 대리인 그게 광고 수입하고 비교가 됩니까?

제 7 프로듀서 비교가 됩니다. 진짜 사치품 시장이거든요. 부자들한테는 '다른 행성에서 뭘 해봤다'는 게 대체재가 없는 자랑거리니까요. 따지고 보면 다이아몬드나 미술품이나 다 실제적인 쓸모라고는 없는 과시용 물건들이잖아요? 그런데 행성탐사 로봇은 다이아몬드보다 희귀합니다. 또 다이아몬드는 주인이 바뀔 수 있고 진품 미술품은 모든 사람에게 공개할 수 없지만 행성탐사 체험은 그럴 우려도 없죠. 한 번 하고나면 불멸의 기록이 돼요. 관리할 필요도 없는. 로봇 쇼를 방영해주는 것도 그런 매력을 유지하기 위해서예요. 어떤 사람이 업적을 쌓을 수 있게, 역사를 만들 수 있게 해주고, 수백만 명이 그걸 지켜보게 만들어주는 겁니다. 금성 체험은 특히 가치가 높아요. 목성이나 토성 같은 가스형 행성들은 인간형 로봇들이 발을 디딜 바닥이 없고, 달이나 화성은 금성 같은 악조건이 아니지요. 지구에서는 달이나 화성의 저중력을 완벽하게 재현하기도 어렵고.

광고주 대리인 수성은요?

제 7 프로듀서 금성이 수성보다 더 뜨거워요. 다들 그 얘기를 들으면 놀라워하죠.

수석 프로듀서 결혼식을 하려면 로봇이 총 몇 대가 필요하지? 결혼식에는 시간이 얼마나 걸릴까?

제 7 프로듀서 마리는 여섯 대를 요구하고 있어요. 유진 연구원이 사용할 로봇까지 포함해서요. 혼인 당사자 두 사람, 유진 연구원, 그리고 하객 세 사람. 결혼식에는 한 시간 반 정도가 걸릴 것 같대요.

수석 프로듀서 말도 안 되는 소리. 이게 얼마나 비싼 사업인지 전혀 모르는구만.

제 7 프로듀서 하객 수를 줄일 수는 있을 것 같아요. 마리의 약혼녀가 파키스탄 출신 무슬림인데, 이게 금성에서 열리는 최초의 레즈비언 결혼식이기도 하지만 파키스탄 무슬림 최초의 동성 간 공개결혼식이기도 하대요. 그래서 하객 세 사람이 각각 파키스탄 여성운동가, 무슬림 여성운동가, 그리고 동성결혼에 찬성하는 이맘*이에요. 그중에 한 사람만 받아들일 수 있다고 하면 어떨까요. 그러면 필요한 로봇은 네 대가 되죠.

수석 프로듀서 그렇게 해. 그리고 결혼식 시간도 15분으로 줄여. 한 시간 반씩이나 식을 진행해야 할 이유가 있나? 상징만 있으면 된다고.

제 7 프로듀서 물어볼게요.

광고주 대리인 몇몇 광고주들은 종교와 관련 있는 내용을 민감하게 받아들일 수 있어요. 저희가 따로 이야기를 해보고 의견을 정리해서 보내드리겠습니다.

수석 프로듀서 그렇게 하시죠.

* 이슬람 지도자

마리가 어렸을 때, 그녀가 아직 수학 영재였을 때, 그래서 유진이 자신의 딸과 대화를 나누는 일을 기피하지 않았을 때, 그들은 리만 가설에 대해 이야기를 나눈 적이 있었다. 리만 가설이 해결돼 현재의 암호체계가 무용지물이 된다면 어떤 대체 시스템을 만들어야 할까? 암호표를 쓰던 방식으로 돌아가야 할까? 아직까지 풀리지 않은 수학의 다른 문제를 이용해 새로운 암호체계를 만들 수는 없을까?

마리는 장난스러운 아이디어를 여러 개 냈는데, 유진이 갑자기 소리를 질렀다.

"지금 농담하는 게 아니잖니!"

마리가 수학에 대해 관심을 잃기 시작한 게 그 즈음이었다.

그날 마리와 유진이 했던 이야기 중에는 19세기 영국 사람들이 사용했던 암호 아닌 암호에 대한 것도 있었다. 신문을 한 장 산다. 전하려는 문장의 철자에 해당하는 알파벳이 신문 기사에 나올 때 그 글자 아래에 바늘로 조그맣게 구멍을 뚫는다. 신문을 보낸다. 받는 사람은 바늘구멍 위에 있는 문자들만 이어서 읽으면 된다.

마리는 그 암호 아닌 암호를 변형하기로 했다. 그녀는 일부러 촘촘하게 선이 그어진 편지지를 샀다. 길고 부질없는 이야기를 그 종이에 장황하게 쓰면서 몇몇 글자가 교묘하게 밑줄을 침범하게 했다. 그 글자들만 모으면 의도한 내용이 드러나도록.

간단한 꼼수였지만 달리 뾰족한 수가 없었다. 애초에 어머니가 보내온 동영상의 '구해줘'라는 메시지 자체가 과연 실제로 존재하는 것인지 확신할 수 없었다. 어머니와 공유하는 코드북도 없었고, 상대가 암호해독에 얼마나 시간과 에너지를 쏟을 수 있을지도 가늠할 수 없는 일이었다.

하지만 유진이 진짜로 '구해줘'라는 말을 동영상 속에 숨겨 전달한 것이었다면, 마리의 답장도 유심히 살필 것이다. 한편으로는 한글 필기체에 익숙지 않은 다른 연구원이나 관제센터 관계자들은 여기에 암호가 있다는 사실을 쉽게 눈치채지 못할 것이다. 해볼 만한 시도라고 마리는 생각했다.

유진은 손편지로 답장을 해왔다. 유진은 마리가 제안한 암호를 한 단계 더 발전시켰다. 로봇을 사용해 손편지를 썼기 때문에 모든 점과 획을 0.1밀리미터 단위로 정교하게 그릴 수 있었다. 각 점과 획의 위치를 좌표계에 입력하면 의미 있는 숫자들이 나오는 방식이었다. 그런 암호체계를 만들어냈다는 것 자체가 유진이 컴퓨터와 로봇으로 어떤 작업을 몰래 할 수 있고 어떤 일은 하지 못하는지를 알려주는 효과도 있었다.

손편지가 두 차례 오가며 암호가 업그레이드되자, 글줄 몇 줄에 책 한 권 분량의 정보를 담을 수도 있게 되었다. 마리는 이제 어머니가 어떤 곤경에 빠졌는지 이해했다. 왜 이런 식으로 구조를 요청하는지, 왜 금성탐사계획의 다른 관계자들이 이 사실을 알아서는 안 되는지도 알게 되었다.

어머니는 어떤 면에서는 예전처럼 마리를 대했다. 자신의 잘못은 거의 시인하지 않았으며, 미안해하는 기색 없이 도움을 요청했다. 대상을 분명하고 뚜렷하게 가리키기만 하면 다른 사람들은 당연히 자신을 따라올 거라고 믿는, 오만하고 이기적인 자세도 여전했다. 유진은 금성탐사선에서 자신을 구조하는 일을 새로운 산학 연구 프로젝트처럼 묘사했다. 그런 식으로 묘사하면 딸이 흥미를 가지리라고 여긴 것일까? 마리는 기가 막혔다. 유진은 딸이 과학으로부터 멀어진 지 오래라는 명명백백한 팩트를 아직까지도 인정하지 않는 것 같았다. 그 원인이 다름 아닌 자신일 가능성에 대해서는 생각조차 해보지 않은 듯했다.

'저 여자는 내 인생이 뭐라고 생각하는 걸까? 어머니를 향해 수십 년째 부리는 앙탈?'

그럼에도 어쩔 수 없이, 4000만 킬로미터 이상 떨어진 상태에서도, 마리는 유진에게 말려들었다. 마리에게 어머니의 영향력은 거부할 수 없는 것이었다. 어떤 특수한 종류의 인력과

척력이 두 사람 사이에만 작용하는 것 같았다. 그것도 공평하지 않게. 핏줄을 따라 내려오는 힘이 위로 거슬러 올라가는 반발력보다 훨씬 더 크게.

그 뒤로 벌어진 일들은, 머리로는 안 된다고 생각하면서도 육체의 요구에 굴복해 급작스럽게 벌이게 된 정사와 비슷했다. 상대가 알아차릴지 못 알아차릴지 모를 암호를 고안할 때부터 마리는 흥분해 있었다. 금성 지표면에서의 결혼식과 로봇을 이용한 구조 계획을 짤 때에는 문자 그대로 몸이 후끈 달아올랐다. 어쩌면 어머니가 예전부터 옳았는지도 모른다는 생각에 마리는 몸서리를 쳤다. 그녀 삶의 의의는 예술이 아니라 수학과 공학 분야에서 구체적인 과제를 다루는 데 있었는지도 모른다는 두려운 가능성.

제 7 프로듀서 로봇은 네 대만 빌려도 괜찮대요. 파키스탄 여성운동가와 무슬림 여성운동가, 이맘이 로봇 한 대를 순차적으로 조종하겠답니다. 하지만 결혼식 시간 15분은 너무 짧다고, 조금 더 필요하다고 요구합니다.

수석 프로듀서 그 정도면 충분할 것 같은데.

제 7 프로듀서 실은, 신부 두 사람과 하객들이 로봇을 이용해서 무용 공연을 펼치고 싶답니다. 근본주의자들이 아무리 주먹질을 해도 자신들을 막을 수는 없다는 사랑과 평화의 메시지를 금성에서 지구로 전하고 싶다나요.

광고주 대리인 저희는 찬성입니다. 시뮬레이션을 돌려봤더니 저희 광고주 제품군의 잠재 구매층 40퍼센트가 이 결혼식의 스폰서 기업에 더 호감을 품게 될 걸로 나타났습니다. 떨어져 나갈 기존 고객은 10퍼센트 미만이고요.

수석 프로듀서 간접광고를 공개입찰에 부치면 응하시겠습니까?

광고주 대리인 기존 광고주들에게 우선협상권을 주셨으면 합니다.

수석 프로듀서 논의해보지요. 광고가 얼마나 잘 팔리느냐에 따라 결혼식 길이도 결정될 것 같군요.

제7 프로듀서 다른 문제들도 몇 가지 더 있어요. 그 딸이 금성 지표탐사 로봇의 설계도면을 받을 수 없느냐고 묻더군요. 동력계와 구동계, 그리고 티타늄 합금에 대해 구체적인 수치들을 알고 싶다고요.

수석 프로듀서 그건 또 왜?

제7 프로듀서 단순한 율동 수준이 아니라 상당히 정교한 안무를 짜고 싶은 모양이에요. 금성과 지구가 중력이 거의 같긴 하지만 약간 차이는 나고, 로봇도 인간 골격을 기초로 만들었지만 관절이 조금 다르게 움직이죠. 그러니까 점프를 하면 정확히 몇 초 뒤에 발이 땅에 닿을지 알 수가 없는 거예요. 팔이나 다리가 움직이는 각도 같은 것도 미세하게 달라요. 골프를 치거나 타악기를 연주하는 정도라면 별 상관없을 테지만, 현대무용이라면 그런 게 확실히 문제가 되죠.

수석 프로듀서 슬슬 그 예술가 딸에게 짜증이 나기 시작하는군.

광고주 대리인 저희 로봇 기술의 우수성을 보일 기회라는 생각도 드는데요. 수리 장면이 자꾸 나오니까 사람들이 저희 광고주 제품은 고장이 잦은 줄 안단 말입니다.

수석 프로듀서 이렇게 하면 어떨까. 어차피 탐사선에 있는 연구자들 중에 로봇 전문가는 유진이야. 그리고 그 로봇들이 금성 표면 같은 극한상황에서 몇 년이나 있다보니 성능이 저하된 부분도 있고, 탐사선에서 부분 개조도 몇 번 했잖아. 그러니까 정확한 사양은 탐사선에서 제일 잘 알아. 그렇지?

제 7 프로듀서 그렇죠.

수석 프로듀서 그러니까 로봇에 대한 정보는 유진이 직접 딸에게 전달하게 하는 거야. 그리고 딸이 안무를 짜고, 어머니로부터 로봇의 움직임에 대한 정보를 받는 과정도 쇼의 일부로 만드는 거지. 대충 이런 스토리야. 시즌 초반에 유진은 깐깐한 원칙주의자라서 비공개 사양에 대한 정보는 아무리 딸에게라도 주지 않으려 해. 딸은 그런 어머니를 이해 못하고 불만을 터뜨리고. 두 사람이 그렇게 서로 티격태격하면서 각자의 방식으로 결혼식을 준비하게 만드는 거야.

제 7 프로듀서 좋은 아이디어 같아요. 작가들이랑 이야기해볼게요. 그런데 로봇에 대한 정보는 실제로 어디까지 전달해야 하죠?

수석 프로듀서 작가들이 특허관리팀과 논의해서 정하라고 해. 딸에게 비밀준수 서약을 쓰게 하는 것도 방법이고. 처음에는 관련 규정이 모호해서 유진이 내주려 하지 않다가 나중에는 양보할 수 있게 되는 핵심 정보가 몇 가지 있어야겠지. 중요한 정보가 아니어도 중요한 것처럼 보이게 해.

'인간은 싸고, 무게도 150파운드밖에 나가지 않는 비선형non-linear 다목적 컴퓨터 시스템이다. 그것도 비숙련 노동자가 대량생산할 수 있는.'

미국 항공우주국은 유인우주탐사계획을 옹호하며 그렇게 주장했다. 유진은 그들이 뻔뻔한 거짓말을 했다고 믿었다. 1960년대에 미국의 출산율은 떨어지고 있었다. '비숙련 노동자의 대량생산' 운운할 때가 아니었다. 그리고 우주선에 탑재하는 컴퓨터라는 용도로서도 인간은 결코 싸지 않다. 훈련과 생명 유지에 엄청난 돈이 든다.

무엇보다 1960년대에 우주탐사 반대론자들은 '왜 우주선에 사람을 태워 보내야 하는가'를 묻고 있지 않았다. 그들은 '왜 유인이든 무인이든 우주선을 띄워야 하는가, 왜 국민의 세금을 우주에 뿌려야 하는가'를 물었다. 진짜 답은 '소련을 이기기 위해서'라는 것이었다.

회의론자들은 결국 승리했다. 소련은 해체됐고, 유인우주탐사계획은 동력을 잃었다. 중국 국가항천국은 항공관제와 위성운용 위주로 업무를 재편했고, 미국 항공우주국은 민영화된 뒤 부문별로 분리되어 탄산음료 회사와 무인자동차 회사에 팔렸다. 우주탐사는 리얼리티 쇼, 중간 광고, 무중력 섹스 체험과 결합했고, 얼마 뒤에는 그런 사업들이 각 프로젝트의 핵심을 차지했다. 이제 우주탐사에서 과학자들은 엔터테인먼트의 기초적인 질을 보장하는 인증마크 정도의 역할을 수행했다.

'과학자들이 주인공이 되는, 보다 진지한 우주탐사 다큐멘터리 쇼'에 대해 제안을 받았을 때, 그것도 배경이 금성이라는 귀띔을 들었을 때 유진은 벌써 마음을 굳힌 상태였다. 탄산음료 회사는 자세한 조건을 담은 제안서를 보내왔다. 구체적인 조건을 유출하는 것만으로도 막대한 배상금을 물어야 하는 계약이었다. 탄산음료 회사는 우주인의 훈련과 생명유지 비용을 획기적으로 감축할 수 있는 아이디어를 제시했다. 어안이 벙벙해질 구상이었으나 한편으로는 합리적이었고 어떻게 보면 기존 방식보다 더 안전하기까지 했다.

유진은 오래 고민하지 않았다. 방송 출연료는 보잘 것 없었으나, 금성에 갈 수 있다는 사실이 중요했다. 금성의 대기와 지면을 현장에서 연구할 수 있다면 사생활을 드러내는 일이나 방송작가들이 자신의 실제 모습을 편집하고 왜곡할 것이라는 우려쯤은 아무것도 아니었다. 사실 그녀는 자신의 실체가 대단하다고 여기지도 않았다. 그녀가 연구하고 싶은 대상과 비교하면 더욱 그랬다.

대중의 시선을 신경 쓴 적은 한번도 없었다. 디지털 배우의 외양 따위에는 눈길도 주지 않았다. 신동으로, 최연소 입학생이나 졸업생으로, 천재 과학자로, 언제나 괴물 취급을 받으며 살아온 사람에게 그것은 당연한 자기보호 기제인지도 모른다.

지구에서의 인연을 정리하고 미지의 땅에서 고독과 고립을 감수해야 한다는 사실…… 그것은 차라리 해방이었다. '타인은 지옥'이라는 말을 자기보다 더 잘 이해하는 사람은 없을 거라고 유진은 확신했다. 물론 탐사선에서 그녀 혼자 있는 것은 아니지만, 적어도 동료들은 박사 학위를 최소한 두 개씩은 지닌 이들이었다.

금성탐사계획과 그녀의 계약은 지구 시간으로 1년마다 기간을 연장할 수 있게 되어 있었다. 즉 유진은 매년 6월 말마다 금성탐사를 마치고 지구로 돌아올 것인지, 아니면 1년 더 금성 궤도에 체류할 것인지를 선택할 수 있었다. 그녀가 계약 연장을 거부하면 탄산음료 회사는 그 즉시 지구로 귀환하는 로켓을 준비해야 했다.

여기에는 탄산음료 회사 측의 교묘하다면 교묘한 술수가 하나 있었다. 계약에는 한번 지구로 돌아오고 나면 탄산음료 회사의 '지원 대상 과학자 그룹' 명단에서 이름이 빠지게 된다고 나와 있었다. 이 말은 곧 '지구로 돌아오면 우리를 통해서는 다시는 금성에 갈 수 없다'는 의미였다. 금성에 대한 최신 조사 자료를 얻는 것도 힘들어지리라는 뜻이기도 했다.

금성탐사선을 운영하는 회사는 탄산음료 회사와 무인자동차 회사 두 곳뿐이었다. 금성을 연구하고 싶다면 두 회사 중 한 곳에 고용되는 수밖에 없었다.

매년 6월이 올 때마다 유진은 지구로 돌아가야 할 때인지를 검토했다. 결론은 늘 같았다. 금성에서의 1년은 지구에서의 10년보다 더 값진 시간이었다. 그걸 포기할 수는 없었다.

그렇게 그녀는 금성에서 4년을 보냈다. 그리고 어느 날 자신의 판단에 의문을 품게 되었다. 사흘째 폭풍이 치던 밤이었다.

"그런 자세가 가능할 줄 몰랐네요. 제 말은, 사람이 아니라 저희 로봇이요."

제 7 프로듀서가 말했다. 그녀 앞에서 마리가 전신 타이즈를 입고 매트 위에서 포즈를 취하고 있었다. 발레리나처럼 허리를 숙이고 팔을 목 뒤로 뻗어 하늘로 올린 자세였다.

마리 옆에 금성 지표탐사 로봇을 4분의 1 크기로 모사한 홀로그램 화면이 떠 있었다. 로봇은 허리를 숙이고 팔을 등 뒤로 뻗은 것까지는 마리와 같은 포즈였으나, 팔꿈치가 기묘한 각도로 꺾여 있었다. 지구에서 조종하는 인간의 동작을 흉내내게 되어 있는 로봇이, 인간으로서는 불가능한 자세를 구현하고 있었다.

"'날개-3'이라고 이름을 붙였어요. 팔꿈치를 조금 굽힌 상태로 팔을 등 뒤로 천천히 올리면 어느 순간부터 로봇의 어깨 관절이 그 동작을 따라하지 못해요. 그때 팔꿈치를 펴면서 팔을 계속 올리면 이렇게 됩니다. 지표탐사 로봇은 주요 관절에 움직여야 할 방향과 거리를 1차로 벡터 값으로 전달하고, 손가락과 발가락 끝에 달린 센서로 몸통과의 상대 거리를 측정해서 팔다리 위치를 다시 보정하더군요. 그걸 이용했어요."

마리가 설명했다.

"버그를 오히려 새로운 표현의 기회로 삼으셨네요. 이렇게 보니까 제가 알던 로봇 같지가 않아요."

제 7 프로듀서가 말했다. 아닌 게 아니라 그 간단한 자세만으로도 로봇은 더 이상 인간을 모방해 만든 기계 같아 보이지 않았다. 그럼에도 불구하고 전에 없이 세련되고 우아해 보였다. 제 7 프로듀서는 이전까지는 엉거주춤한 자세로 바닥을 살피고 돌을 줍는 로봇들의 디자인이 어설프고 추하다고 여긴 편이었다. 그런데 지금 그녀의 눈앞에 있는 로봇의 형상은 애초에 인간과는 다른 모습으로 태어난, 고대 신화 속의 반인반수처럼 보였다. 그로테스크하면서도 아름답고, 동시에 무척이나 강한 힘을 지녔을 듯한. 제 7 프로듀서는 마리에게 예술가의 재능이 있음을 인정하지 않을 수 없었다.

"이게 버그라고 생각하시나요?"

마리가 물었다.

"설계자들이 이런 자세를 의도하지는 않았을 테니까요."

제 7 프로듀서가 대꾸했다.

"자식이 뭘 할 수 있는지는 부모도 모르죠."

"저게 금성탐사에 도움이 되는 포즈는 아니잖아요?"

"저 로봇의 목적을 금성탐사로 규정한다면 분명 무의미한 자세겠지요. 하지만…….”

마리는 말을 흐렸다. 제 7 프로듀서는 반발심을 느꼈다.

‘하지만 뭐? 이것이 버그가 아니라 로봇의 본성이나 잠재력이라고 주장할 참인가? 창조자가 부여한 목적 외에도 피조물에게 다른 존재 이유가 있을 수 있다고? 이게 자신과 어머니의 관계를 상징하는 안무라는 건가?’

제 7 프로듀서는 그런 추상적인 생각들을 입 밖으로 내는 대신, 실질적인 사항을 힐난조로 지적했다.

“계약에 따르면 결혼식은 저희에게 독점 중계권과 2차 저작권이 있고, 로봇 무용극의 안무도 최종적으로는 저희가 승인해야 합니다. 알고 계시죠?”

“잘 알고 있어요. 걱정하지 않으셔도 됩니다.”

마리가 대답했다. 거짓말이었다. 그녀와 그녀의 어머니는 탄산음료 회사를 크게 엿 먹일 계획을 짜고 있었다.

‘인간은 싸고, 무게도 150파운드밖에 나가지 않는 비선형 다목적 컴퓨터 시스템이다.’

그 시스템을 더 싸게 만드는 방법은 없을까?

탄산음료 회사의 아이디어는 인간의 무게를 150파운드에서 획기적으로 줄이자는 것이었다.

인간의 몸에서 '컴퓨터'인 부분만 금성으로 보내면 어떨까? 목을 잘라 머리만 우주선에 싣고, 목 아래 몸뚱이는 지구의 시설에 냉동보관한다면?

안 될 게 뭐가 있겠는가? 이렇게 하면 단지 우주인 한 사람당 130파운드 남짓만 절감하게 되는 게 아니다. 그 사람을 생존시키는 데 필요한 물과 음식의 양도 크게 줄어든다. 몇 가지 당류와 아미노산, 미네랄로 그 '음식'을 만들면 배설물을 처리하는 복잡한 재순환설비도 설치할 필요가 없어진다. 금성까지 가는 동안 무중력 상태의 좁은 실내에서 근육을 유지하기 위해 고안된 값비싼 운동장비나 몸이 다쳤을 경우를 대비한 의료기구들도 싣지 않아도 된다. 인조 혈액과 수액은 필요하지만, 기존의 10분의 1 정도 용량이면 충분하다.

몸을 떼어놓고 가면 그만큼 안전해지기도 한다. 금성에서 갑자기 신장이나 폐 기능이 저하됐을 때 우주인들에게 치료 기술이 몇 가지나 있겠는가? 갑자기 장기 이식수술을 받아야 할 일이 생긴다면? 그보다는 차라리 그 장기들이 머리와 떨어져 지구에 있는 편이 훨씬 낫지 않을까?

딱히 불편할 것 같지도 않았다. 어차피 그들은 로봇을 아바타처럼 활용해서 금성을 탐사할 계획이었다. 로봇의 카메라에서 오는 신호를 시신경에 연결하고, 마이크에서 오는 신호를 청각신경에 보내고, 촉각 센서가 수집하는 정보를…… 그렇게 한다면 그녀의 머리는 자신에게 몸이 없다는 사실을 실감하지도 못할 것이다.

"몸이 없다는 느낌보다는, 오히려 몸이 여러 개가 있는 듯한 느낌이 들겠죠. 한 로봇에서 다른 로봇으로 채널을 바꿀 때에는 순간이동을 하는 듯한 기분이 들 겁니다. 두 사람이나 세 사람이 한 로봇과 연결될 수도 있겠지요. 한 사람이 조종을 맡고, 다른 사람은 감각 신호만 전달을 받는 방식으로요. 위험하지만 중요한 장소에 로봇을 보낼 때에는 그게 좋을 겁니다."

수석 프로듀서가 말했다.

"가위에 눌린 느낌이 들겠군요. 남이 조종하는 로봇에 의식이 올라탈 때는 말이에요."

유진이 계약 내용을 속으로 검토하며 대꾸했다.

"영화를 보다 언짢은 장면이 이어지면 그걸 악몽이라고 여기고 끝까지 버티시나요? 답답한 기분이 들 때에는 접속을 차단하면 그만입니다. 좋은 면들도 생각해보십시오. 로봇은 속이 쓰리다거나 어깨가 결린다거나 무릎이 쑤신다는 신호를 보내지 않습니다. 금성탐사 기간은 육체적인 고통에서 완전히 해방되는 기간이기도 할 겁니다."

"저는 아픈 데가 없어요."

유진이 대답했다.

"인체를 최대한 재현한 특별 맞춤 로봇도 제작할 생각입니다. 그 로봇의 머리 부분에 뇌를 탑재할 수 있는 공간과 소형 냉각장치도 만들어놓겠습니다. 탐사선 안에서는 그 로봇 속에서 머무르시면 될 겁니다. 그 로봇 안에서 다른 로봇으로 접속하는 것도 물론 가능하고요."

"그 로봇에 탑승한 채로 금성 표면에 내려가는 것은요?"

"소형 풍선에 추를 달아서 내려보낼 수 있습니다. 두어 시간 정도 금성 표면에서 머물 수 있을 겁니다. 하지만 연료전지가 그 이상은 버티지 못할 테지요. 열을 밖으로 퍼내는 작업에만 상당한 에너지가 들 테니까요. 박사님께서도 알다시피 인간의 뇌는 열에 무척 약한 단백질로 되어 있어서, 주변 온도가 섭씨 40도를 넘으면 아주 흉하게 변성됩니다."

"애초에 저희가 왜 필요한 건가요?"

유진이 물었다.

"저희의 모토가 '사기 치지 말자'이기 때문입니다. 금성에 우주인을 보내기로 했으니 우주인을 보내야죠. 그래야 '실화'라고 선전할 수 있죠. 그리고 금성이 지구에서 4200만 킬로미터 떨어져 있고, 인간이 아주 뛰어난 비선형 다목적 컴퓨터이기 때문입니다. 우리는 탐사선에서 어떤 상황이 벌어질지 잘 모릅니다. 탐사선은 금성 궤도에 10년 이상 머물게 되고, 아마 지구에서는 절대 예상하지 못했던 비상상황이 수백 번은 발생할 겁니다. 인공지능은 아직까지 그런 종류의 예상치 못한 위험 요소에는 제대로 대처를 못합니다. 뛰어난 선장의 직관 같은 게 부족합니다. 그렇다고 지구에서 조종을 할 수도 없지요. 전파가 오가는 데에만 4분이 넘게 걸리니까요. 게다가……."

수석 프로듀서는 잠시 말을 멈췄다. 머뭇거리는 것인지, 아니면 극적인 효과를 노리는 것인지는 알 수 없었다. 유진은 이어지는 말을 가만히 기다렸다.

"인공지능들은 연기도 정말 못합니다. 디지털 대역 배우들은 여러 가지 표정을 잘 짓지요. 하지만 그 표현에도 원천이 필요합니다. 선형linear 컴퓨터들은 그 원천은 아직 만들어내지 못해요. 인간의 감정 말입니다. 우리는 금성에 머무르면서 외로워하고 기뻐하고 욕망하고 결단하는 주체가 필요합니다. 그런 고민을 인간의 시계에 맞춰서 인간적인 방식으로 풀어나가는 배우 겸 초벌 각본가요."

제 7 프로듀서 마리가 안무 초안을 짰어요. 총 9분 30초 길이예요. 서로 만나기 전 자신과 파트너의 삶을 묘사하는 구간이 2분씩 있고, 이슬람 여성들의 처지에 대한 비판이 2분, 자신들이 어떻게 만나게 되었고 그 만남이 어떤 의미였는지 설명하는 장면이 2분, 금성에 대한 찬미가 1분 30초, 앞으로의 비전이 2분이라고 설명하더군요.

광고주 대리인 현대무용이라. 어떻습니까? 채널 돌리는 소리가 벌써 들리는 것 같은데.

제 7 프로듀서 그게 그렇지 않더라고요. 문외한이 보기에도 와닿는 대목들이 꽤 있었어요. 누가 봐도 지루하다는 소리는 못할 겁니다. 로봇 기술자들도 놀랐어요. 우리 로봇들이 그런 동작을 할 수 있는지 미처 몰랐다면서. 한번 보세요. 제가 무슨 얘기를 하는지 아실 겁니다.

수석 프로듀서 9분 30초를 통으로 다 보여줄 필요는 없겠지. 하이라이트만 뽑아내거나, 지루해질 때쯤 교차편집을 하면 되지 않을까. 작가들 의견을 들어봐.

제 7 프로듀서 그게, 작가들은 그 초안 버전 안무에 열광하고 있어요. 지구에서 따로 무대에 올리자는 의견도 나왔어요. 금성과 지구에서 동시 공연을 하자는 거죠. 정말 아이러니하죠. 유명 과학자인 어머니의 그늘에서 벗어나려고 적성을 버리고 예술계에 투신했는데 그다지 빛을 보지 못한 반항아 딸이라는 게 원래 저희 캐릭터 설정이었잖아요. 그런데 그 딸에게 진짜 예술가 자질이 있다는 걸 우리 쇼가 보여주게 생겼어요.

수석 프로듀서 재능을 이제서야 꽃피웠다든가, 여태까지 불운하게 발견이 되지 못했다든가, 설명이야 여러 가지로 할 수 있겠지.

제 7 프로듀서 결혼식을 준비하고 어머니와 대화를 하면서 예술적 자기 발견에 이르는 이야기로 하자는 게 작가들의 생각이에요.

수석 프로듀서 괜찮게 들리는데? 그렇다면 안무를 고안하는 장면도 쇼에 꽤 들어와야겠군. 제작 과정도 다 촬영하고 있지?

제 7 프로듀서 물론이죠.

수석 프로듀서 그 안무 초안 영상을 나한테 보내줘. 처음부터 끝까지 제대로 보고 그 플롯의 비중을 어느 정도로 정할지 판단해야겠어.

광고주 대리인 눈물 찔찔짜게 만들어줘요.

수석 프로듀서 그 얘기는 전에도 똑같이 하지 않았습니까?

제 7 프로듀서 사실 작가들이 아니라 로봇 기술자들이 문제예요. 이 무용극에 대해서 우려를 표하는 사람들이 있어요.

수석 프로듀서 아까는 로봇들이 그런 동작까지 할 수 있는지 몰랐다고 놀라워했다면서.

제7 프로듀서 네, 바로 그 점이에요. 이 무용극에서는 로봇들이 일상적인 탐사 작업에서는 절대 하지 않을 자세들을 취해요. 물구나무서기나 공중회전만 해도 사람이 일상적으로 하는 동작은 아니잖아요. 그런데 마리는 거기에서 더 나아가 사람은 절대로 할 수 없는 동작을 로봇으로 여러 차례 구현합니다.

광고주 대리인 저희 입장에서는 기술력을 과시할 수 있게 되어서 좋을 것 같은데요.

수석 프로듀서 안무 영상을 기술팀에서 받아서 검토하면 될 일 아닌가? 로봇에 무리를 주는 동작은 하지 못하게.

제7 프로듀서 그게 애매해요. 안전성 측면에서 '이 지점이 문제'라고 딱 꼬집어 말할 수 있는 대목은 없어요. 어쨌든 시뮬레이션을 해보면 다 가능하다고 나오니까요. 구동계를 부품 단위로 분석을 해봐도 특별히 과부하가 걸리는 부위는 없어요. 그런데 특정 동작 중에 인간 조종자들이 지구에서 실수를 한다면 그때 문제가 생길 수 있어요. 예를 들어 '개똥벌레 자세'라는 요가 동작이 있어요. 두 다리를 좌우로 한껏 벌리고 앉은 상태에서 양손을 가랑이 사이에 넣고 팔 힘만으로 몸을 들어 올리는 거예요. 우리 로봇들은 이 동작을 수월하게 잘 해요. 몸을 띄운 상태에서 다리를 200도 이상으로 벌릴 수도 있죠. 그런데 그때 균형을 잃고 뒤로 자빠진다면 다리 사이에 있는 연료전지함 덮개를 열기 쉬워집니다.

수석 프로듀서 이렇게 하자고. 그런 알력까지 다 쇼에 넣어. 로봇 기술팀을 깐깐한 관료주의자들로 묘사하는 거야. 마리는 다른 사람과 협상하는 일에 서툰 외골수로 보이게 하고. 그 사이를 유진이 중재하는 거지.

제 7 프로듀서 중재 내용은요?

수석 프로듀서 지구랑 금성 양쪽에서 무용극을 보고 있다가 뭔가 잘못됐다 싶으면 즉시 로봇과 접속을 차단하는 걸로. 조종권을 회수해서 잘못된 부분을 바로잡고, 이전 단계로 돌아가서 다시 시작하면 되겠지.

제 7 프로듀서 그러면 금성 측 책임자는 유진으로 할까요?

수석 프로듀서 그래야 하지 않을까? 우주인 중에 제일 뛰어난 로봇 전문가이기도 하고 말이야.

제 7 프로듀서 하지만 유진은 결혼식 때 현장에 있을 예정인데요. 괜찮을까요?

수석 프로듀서 무슨 말이지? 현장에 있을 거라는 게?

제 7 프로듀서 금성 지표면으로 내려가겠대요. 로봇을 타고.

수석 프로듀서 직접? 뇌를 탑재한 그 로봇을 탐사선 아래로 내려보내겠다는 거야?

제 7 프로듀서 네.

수석 프로듀서 왜? 아바타를 보내서 중계 받는 것과 가서 보는 게 뭐가 다르다고?

제7 프로듀서 글쎄요, 상징성이 있잖아요? 작가들도 그 아이디어를 좋아해요. 유진이 결혼식에서 주례를 맡을 예정이에요. 무슨 게임 속 결혼식도 아니고, 신혼부부도, 하객도, 주례도 모두 로봇으로 참석하는 예식보다는 한 사람이라도 실체가 오는 게 낫지 않겠어요? 사실 홍보를 할 때도 그 점을 강조하려고 하는데요. 어머니는 예식장에 직접 올 거라고. 그리고 우리 모토가 '사기 치지 말자'잖아요.

수석 프로듀서 이렇게 하자고. 일단 쇼에서는 현장을 유진과 지구 관제센터 양쪽에서 감독하는 걸로 보이게 해. 유진에게도 그렇게 알려주고. 그리고 실제로는 탐사대장에게도 그 로봇들에 대한 조종권을 줘. 유진이 탄 로봇의 감각 신호를 전부 대장에게도 보내서 감시하도록 해. 비상상황이 생기면 우리보다 몇 분 더 빠르게 대처할 수 있게. 여차하면 대장이 자체 판단으로 로봇들의 조종권을 넘겨받을 수 있게 해. 유진이 탄 로봇은 탐사선으로 강제로 회수하고.

제7 프로듀서 네, 그렇게 할게요. 유진 연구원에게는 정말 알리지 않아도 될까요?

수석 프로듀서 비상상황에는 우주인의 뇌를 실은 로봇이라도 탐사대장이나 관제센터에서 고지 없이 조종권을 가져갈 수 있다고 계약서에 적혀 있어. 비상상황인지 아닌지를 판단하는 건 우리고. 이런 일이 이번이 처음도 아니야.

광고주 대리인 와우, 무슨 신체 강탈자입니까?

수석 프로듀서 지금 이야기들 전부 보안사항인 거 아시죠?

광고주 대리인 제가 바보입니까? 이런 이야기를 밖에다 떠벌이고 다니게. 금성에 가 있는 우주인들이 몸 없는 머리통들이라는 사실을 시청자들이 알면 제일 먼저 목이 달아나는 사람이 접니다.

수석 프로듀서 우리들 머리는 몸통이랑 계속 잘 붙어 있게 서로 애쓰십시다. 유진은 금성 지표면에서 얼마나 오래 머물 수 있지?

제 7 프로듀서 얼마나 활동적으로 움직이느냐에 따라서도 다르고, 주변 기온에 따라서도 달라요. 평균 150분 정도예요.

광고주 대리인 그것밖에 못 있는다고요? 쇼에서 보니까 충전 없이 일고여덟 시간도 움직이는 것 같던데요.

제 7 프로듀서 그 로봇들은 기본적으로 고온고압 하에서도 냉각장치 없이 움직일 수 있게 설계된 거예요. 만약 거기에 사람 뇌가 들어가면 냉각장치를 한시도 멈추지 않고 가동해야 해요. 그게 전기를 엄청 잡아먹어요. 바닥에 깔아놓은 충전용 태양광 패널을 전부 연결하더라도 유진이 탄 로봇이 냉각장치를 쉴 새 없이 가동하는 걸 버티지는 못할 거예요.

수석 프로듀서 그 점을 강조하라고. 어떻게 보면 유진은 목숨을 걸고 딸의 결혼식에 참석하는 거야. 탐사선으로 돌아오지 못하게 되면 꼼짝없이 쪄죽는 거야.

제 7 프로듀서 결혼식이 20분 안팎이라서 그렇게 긴장감이 생길 것 같지는 않은데요…… .

수석 프로듀서 사람들은 그 로봇에 뇌가 아니라 인체 전부가 들어가 있는 걸로 알잖아. 그러면 냉각장치에 필요한 전력량도 달라지는 거 아닌가? 그런 상황을 상정하면 150분보다는 시간 여유가 훨씬 적을 것 같은데?

제 7 프로듀서 맞습니다. 그걸 깜빡했네요. 계산해볼게요.

수석 프로듀서 첫 시즌과 두 번째 시즌에 과학자들이 지표면에 착륙할 때의 에피소드가 몇 편 있었어. 그때 자료를 참고해봐. 나도 그때는 이 자리에 있지 않아서 뭐가 어떻게 돌아갔는지는 정확히 몰라.

광고주 대리인 눈물 찔찔…… 알죠?

사흘째 폭풍이 치던 밤이었다. 그러나 바람들은 대류권의 중층에서 격렬한 전투를 벌이는 중이었다. 대류권 상층을 날고 있는 탐사선 주변 대기는 비교적 맑고 안정적이었다. 끝없이 펼쳐진 구름바다 위로 거대한 적란운 몇 개가 간혹 하늘과 이어진 기둥처럼 위로 뻗어 있었다. 탐사선은 황산 빗방울을 가득 품은 그 수직형 구름 주변 소용돌이에 말려들지 않도록 조심스럽게 몸을 움직였다.

머리 위에는 별이 가득 했다. 검은 하늘에 뿌려놓은 듯한 빛의 입자 중에서 가장 밝게 빛나는 점은 지구였다. 로봇의 가시광선 영역 시력은 인간으로 치면 좌우 양쪽 모두 4.0에 가까웠기 때문에 망원경을 쓰지 않아도 지구가 반달 모양으로 보였다. 유진은 샛별이라는 말에 더 어울리는 행성은 지구라고 생각했다. 노란빛에 가까운 금성과 달리, 지구는 바다와 대기권 때문에 푸르스름하게 빛났다. 탐사선은 그로부터 4500만 킬로미터 정도 떨어져 있었다.

탐사선 아래 구름층에서는 지구에 있는 사람들은 살면서 한 번도 볼 일이 없을 바큇살 모양의 강력한 번개가 쉴 새 없이 쳤다. 구름 속에서는 바람이 때때로 음속보다 더 빠른 속도로 불었고, 그로 인한 소닉붐과 천둥소리가 뒤섞여 무시무시한 굉음을 냈다. 탐사선은 그로부터는 900미터 정도 떨어져 있었다.

탐사선은 두터운 방음장치를 주변에 둘렀지만 거대 폭풍이 온몸으로 내짖는 포효를 완전히 차단할 수는 없었다. 바닥이 저음으로 울릴 때마다 방공호에서 대공습이 지나가기만을 기다리는 듯한 기분이었다. 유진은 문득 두려움을 느꼈다. 그들은 태평양 한가운데 떠 있는 종이배와 별 다를 바도 없는 신세였다. 초대형 번개 때문에 궤동기동시스템의 컴퓨터가 계산 착오를 일으키면 어떻게 될까? 별안간 고속 상승기류가 생겨나 황산을 가득 머금은 구름이 배를 덮친다면? 초강력 제트기류의 충격파와 탐사선의 진동이 우연히 공진共振 현상을 일으켜 질소풍선의 고분자 시트가 찢어진다면?

그녀는 점점 더 그런 망상에서 헤어날 수 없게 되었고, 숨이 가빠지는 듯한 느낌이 들었다. 좁은 상자나 물이 차오르는 밀폐된 방에 대한 생각에서 벗어나지 못하는 폐소공포증 환자처럼 되어버렸다.

유진은 몸을 일으켜—정확히 표현하자면 '그녀의 뇌를 실은 로봇의 몸을 일으켜'이겠지만 당사자에게는 아무런 차이도 없는 일이었다—구급약 키트가 있는 찬장으로 갔다. 거기서 신경안정제 앰플을 꺼내 혈류에 주입했다. 자동으로 투약하는 방법도 있었으나 그렇게 되면 지구로 전송하는 일지에 그 사실이 기록되고, 관제센터가 자신의 정신 건강에 대해 의문을 품을 수도 있다. 다큐멘터리 쇼 촬영 기간은 아니었으므로 지구와의 통신 데이터 대부분은 연구원들의 탐사 관련 자료를 보내고 받는 데 쓰고 있었다. 다른 연구원들과 나누는 대화는 지구의 방송작가들이 참고하기 위해 녹음되어 지구로 보내지지만, 연구원들의 다른 감각 정보나 녹화 영상은 전송되지 않는다—적어도 유진이 아는 바로는 그랬다.

탐사선을 감옥에 비유한다면, 하나뿐인 문이 유리로 만들어진 형무소라고 묘사할 수 있으리라. 그 문이란 곧 지구와의 전파 통신이다. 간수는 그 문을 통해 밖에서 죄수들을 24시간 감시할 수 있다. 그러나 죄수들은 그 문만 조심한다면 간수의 감시 없이 무엇이든 할 수 있다. 어차피 죄수든 간수든 어느 누구도 자기 혼자 힘으로는 상대가 있는 곳으로 가지 못한다.

약이 효력을 발휘하면서 마음은 가라앉았지만 그래도 갑갑한 기분까지 사라지지는 않았다. 유진은 조타실 부근을 서성였다.

"뭐, 신경 쓰이는 점이라도 있어?"

탐사대장의 조종을 받는 로봇이 유진을 향해 걸어왔다. 그 로봇에는 탐사대장의 뇌가 실려 있지는 않았다. 탐사대장은 다큐멘터리 쇼 촬영 시즌이 아닐 때에는 자기 뇌를 조타실 안의 작은 선반에 보관해두었다. 그게 더 안전하다면서.

"그냥 좀 심란하네. 이렇게 심한 폭풍은 처음 봐. 그쪽은 아무렇지도 않아?"

유진이 물었다.

"아무렇지도 않은데."

"어떻게 그럴 수가 있지?"

"어떻게 안 그럴 수가 있지? 구름층은 900미터나 아래에 있다고. 설사 이 탐사선이 지금 당장 추락한다 해도 구름 꼭대기에 닿기도 전에 안전장치가 삼중으로 전개될 거야."

그리고 탐사대장은 열정적인 어투로 그 안전장치들에 대해 설명했다. 유진은 위화감을 느꼈다. 탐사대장은 평소에 저렇게 달변이 아니었고, 저 정도로 냉철한 인간도 아니었다. 그 순간 탐사대장은 유진이 알던 내성적이고 겸손한 기상학자가 아니라 두려움이라고는 조금도 모르는 기계인간 같았다. 뭐, 어차피 유진의 '눈' 앞에 보이는 것은 표정 없는 인간형 로봇이긴 했지만.

유진의 위화감은 몇 겹에 걸쳐 있었다. 유진은 자신 역시 때때로 스스로도 이상하다 싶을 정도로 고도로 침착한 정신 상태에 빠지곤 했다는 사실을 떠올렸다. 반면 다큐멘터리 쇼를 촬영할 때에는 야릇한 흥분 상태에서 절제력을 잃고 마치 드라마 퀸이라도 된 양 굴었다.

왜 그랬을까?

유진은 탐사대장의 뇌가 놓여 있는 선반 쪽으로 몸을 돌렸다. X선에서부터 적외선까지, 모든 영역대의 빛으로 그 선반을 촬영했다.

그리고 탄산음료 회사가 자신들을 어떻게 조종했는지 이해하게 되었다.

"본격적으로 촬영에 들어가게 되면 나랑 대화하기가 꽤 버거워질 거야. 굉장히 감정적이 되거든. 시청자 반응도 신경 쓰게 되고, 누군가가 24시간 지켜보고 있다는 압박감도 상당하니까."

다큐멘터리 쇼 촬영 시즌이 오기 전에 유진은 딸에게 그렇게 경고했다. 이때쯤에는 마리도 진상을 알게 되어서, 어머니의 말 중 앞의 두 문장은 진실이고 마지막 한 문장은 거의 진실이 아님을 이해했다.

그녀가 미처 대비하지 못했던 사항은, 원인이 어떻게 되었건 어머니의 감정 자체는 진실이라는 점이었다.

유진은 사춘기 소녀처럼 굴었다. 어려운 안무 동작을 몇 번 시도하다가 "못해, 못한다고!"라고 울음을 터뜨리거나, 멍한 표정으로 지시를 못 들은 척 하면서 딴청을 피우기도 했다—정확히 표현하자면 '어머니의 뇌 신호를 받은 디지털 배우가 울음을 터뜨리거나 딴청을 피우는 연기를 했다'가 되겠지만, 마리에게는 아무런 차이도 없는 일이었다.

탄산음료 회사의 감시를 피하느라 신경이 곤두선 데다 시간도 부족한 와중에, 어머니마저 비협조적으로 나오자 마리 역시 울화통이 터졌다. 몇 번은 이성을 잃고 소리를 지를 뻔했다. 어깨가 찢어지는 것 같다고? 당신에게 진짜 팔다리는 없잖아! 다 착각일 뿐이야! 그리고 팔다리가 있는 사람도 그 정도로 어깨가 찢어지진 않아!

그런 감정들은 모두 진짜였다. '진짜 감정'의 힘은 강력하다. 가짜 몸뚱이와 가짜 대사와 가짜 설정 속에서도 무너지지 않는다. 오히려 그런 거짓들이 위태롭게 걸린 상태에서도 전체 그림이 어색해 보이지 않게 우뚝 서서 지지대가 되어준다. 사람들은 그 감정의 격류에 휘말리고 싶어서 극장에 가고 TV를 켜는 것이다. 아리스토텔레스 시대부터 지금까지 줄곧 그랬다.

마리는 이제 왜 이 쇼에 진짜 인간 배우들이 필요한지를 이해했다. 대자연의 경이 앞에서 한순간 동시에 맛보는 환희와 공포, 연구 중에 번갈아 느끼는 몰입과 좌절, 과학자의 길을 생각할 때 드는 만족감과 공허함…… 아무런 사건이 없을 때 금성의 우주인이 혼자서 느끼는 감정만 해도 컴퓨터로는 도저히 시뮬레이션을 하기 어려울 정도로 다채롭고 모순적이다. 여기에 다른 연구원들과의 알력이나 관제센터와의 갈등, 지구에 남은 가족이나 동료 연구자들과의 긴장이 겹치면 엄청난 드라마의 재료가 마련된다. 솜씨 좋은 작가, 편집자, 작곡가, 음향기사, 미술 담당자들이 자기 실력들을 발휘할 수 있는.

마리는 어머니와 자신의 싸움을 지켜보면서 흡족해할 그 전문가들의 모습을 상상했다. 그러나 그녀는 드라마 스태프 개개인들에게 사적인 반감을 품지는 않았다. 그들은 어머니를 속였고, 이제 어머니는 자신과 짜고 그들을 속이려 한다. 유진과 마리의 각본은 더 은밀하고 더 촘촘했다. 그렇게 해야만 겨우 성공할 수 있는 시나리오였다.

레즈비언 결혼식이니, 파키스탄 약혼녀니, 무슬림 페미니즘이니, 이맘이니 하는 설정은 다 헛소리였다. 모녀는 유진이 금성 지표에 내려갈 명분과, 로봇 네 대가 필요했다. 그래서 마리의 동료 무용수가 약혼녀를 연기했고, 조연출과 무대감독이 각각 무슬림 페미니스트와 이맘 역을 맡았다. 그들은 적어도 디지털 대역을 쓰지는 않았다.

쇼 제작진은 쉽게 속아 넘어갔다. 그럴싸한 이야기로 남을 현혹하는 기술을 오래 연마한 이야기꾼을 현혹하는 가장 쉬운 방법은, 그들에게 그럴싸한 이야기의 재료와 그 이야기로 메울 수 있는 빈틈을 함께 내주는 것이다. 픽션에 가장 깊게 사로잡히는 사람은 바로 그걸 쓴 작가다.

과학탐사 프로젝트를 가장한 멜로드라마. 멜로드라마를 가장한 탈옥 모의.

인간인 척 하는 컴퓨터그래픽이 준비하는 실물 기계의 춤.

기만극 속의 기만극.

"마리야, 꼭 이렇게까지 해야 하니? 나 너무 힘들다. 이 동작은 그냥 건너뛰면 안 될까?"

유진이 임시로 마련한 탐사선의 연습실에서 마리가 정해준 자세를 취하려다 울상이 되어 하소연한다.

다 당신이 부탁한 일이야! 난 모른 척 할 수도 있었다고! 마리는 소리를 지르고 싶은 충동을 참는다.

"이 정도는 동네 꼬마 아이들도 이틀만 연습하면 다 해요. 어머니도 영상을 보고 좋다고, 하겠다고 했잖아요? 이제 와서 무를 수는 없어요. 다른 사람들도 기다리고 있다고요. 일어나요, 어서."

입장이 바뀐 어머니와 딸.

"너 일부러 이러는 거지? 이런 식으로 복수하니까 속이 좀 풀려? 아직도 어린 시절 생각만 하면 속이 부글부글 끓어?"

"어쩌면 매사를 그렇게 자기중심적으로 봐요? 어머니 유전자를 물려받았다고 제가 어머니 같은 줄 알아요?"

남을 속인다고 생각하는 사람들을 속이기 위해 진정한 자기 자신을 연기하기.

돌이켜보면 대단한 우연이었다. 연구원들의 뇌를 감싸고 있는 헬멧에서 특수코일이 작동되는 시간은 한번에 0.5초 정도에 불과했다. 가동 횟수는 많아야 하루에 서너 번이었다. 한번 작동하면 짧게는 두 시간, 길게는 여섯 시간까지도 효과가 있었으니까.

유진이 탐사대장의 뇌가 놓인 선반을 전자기파 스캐너로 훑었을 때, 마침 그 특수코일이 작동되었다. 잠깐이지만 강력한 자기장이 생겨났다. 뇌 속을 찌르는 듯한 형태의 자기장이었다.

나중에 유진은 그 장면을 몇 번이나 반복해서 검토하고, 확대하고 돌리고 까뒤집어서 살펴보았다. 자기자극은 정확히 탐사대장의 두뇌 중 편도체 부분을 겨냥하고 있었다. 전자기 펀치로 편도체를 세게 얻어맞은 탐사대장은 두려움이나 수치심 같은 감정에서 벗어나 냉정하게 사고하고 거리낌 없이 행동하는 인간이 되어 있었다. 그 순간 일시적으로 사이코패스가 된 것이나 다름없었다.

아니, 그는 실은 유진을 만나기 몇 시간 전부터 그런 상태였던 것이다. 그리고 그 편도체 자극의 약효가 떨어진다고 판단한 지구의 누군가가 다시 한번 코일을 작동시켰고, 그 찰나를 유진이 목격하게 된 것이다.

유진은 조용히 조사를 벌였다. 모든 사람의 헬멧에 특수코일이 두 개씩 부착되어 있었다. 구조상 그 특수코일이 뇌의 모든 영역을 선택적으로 활성화시킬 수 있었다. 코일은 외부에서 켜고 끌 수 있었다.

그녀의 전문 분야는 우주물리학과 지질학, 로봇공학이었다. 뇌과학에 대해서는 잘 알지 못했다. 탐사선에는 생리학자나 뇌과학자는 아무도 없었다. 그것조차 탄산음료 회사의 교묘한 배치 아닌가 하는 의심이 들었다. 유진은 경두개 자기자극과 비수술적 뇌자극 치료요법에 관한 논문을 검색하려다 감시자들의 눈길을 끌지 모른다는 우려에 포기했다.

그럼에도 분명한 사실은, 지구 관제센터가 탐사선에 있는 우주인 여섯 명의 감정 상태를 자유자재로 조절할 수 있다는 것이었다.

이제 그녀는 자기 자신을 믿을 수 없게 되었다.

왜 드라마 촬영 기간이 되면 그토록 나약하고 감상적인 기분에 빠졌는지 알 것 같았다.

왜 탐사활동 계약을 연장하기 전 며칠 간은 그토록 강해지고 냉정해져서 장기 목표만을 고려했는지도 알 것 같았다.

새로운 발견을 하거나 힘든 논문을 마쳤을 때 느꼈던 충일감, 충족감은…… 그것들은 어디까지가 그녀 자신의 것이었을까?

어떻게 해야 할까?

그녀는 몇 가지 대응책을 검토해보았다.

지구 관제센터에 항의한다—기각. 애초에 이런 함정을 팔 인간들이라면 유진의 항의나 하소연에 눈 하나 깜빡하지 않을 것이다. 그들은 그녀를 압박할 수단을 수도 없이 많이 갖고 있지만, 그녀에게는 무기가 하나도 없다.

탐사선 동료들에게 상황을 알리고 함께 대책을 논의한다—검토 뒤 기각. 대화 내용은 전부 지구로 전송된다. 암호를 사용한다 해도 여섯 명이 정보를 공유할 때까지 보안이 유지될지 장담할 수 없다. 여섯 사람이 힘을 합쳐봤자 지구에 대해 별 협상력이 없다는 점도 인정해야 한다. 처음부터 이 음모에 참여한 내통자가 있었을 가능성을 배제하기도 어렵다. 그런 의심을 품게 하는 우주인도 있었다.

해당 회로를 무력화할 방법을 찾는다—여러 차례 시도했

으나 실패. 뇌를 감싸고 있는 헬멧에 대해서만큼은 탐사선에서 독자적으로 개조하거나 보수하는 일이 허용되지 않았다. 게다가 그냥 무력화하는 것만으로는 충분치 않았다. 코일의 효력이 없다는 것을 지구에서 알지 못해야 했다. 유진은 외부에서 역장을 발생시키는 장치, 뇌자극을 무효화시키는 장치, 코일의 작동을 미리 감지하고 경고해주는 장치를 구상했지만 번번이 결정적인 대목에서 넘지 못할 장애에 맞닥뜨렸다.

이 사실을 외부에 알려서 보호를 요청하고 소송을 제기한다—하지만 어떻게? 지구로의 통신은 전부 탄산음료 회사가 통제하고 있다. 적어도 그들이 있는 탐사선에서는 그러했다. 탄산음료 회사의 탐사선을 제외하고, 금성에서 지구로 전파와 발사체를 보낼 수 있는 유일한 기지는 무인자동차 회사의 탐사선이었다. 그런데 두 탐사선은 항상 서로 간의 거리를 500킬로미터 이상으로 유지했다. 그렇게 협약이 되어 있었다.

포기한다—어쩌면 가장 오래 고민한 답안이었다. 어쨌든 그녀는 금성에 오고 싶어 하는 많은 과학자 중의 한 사람이었고, 과학자를 금성에 보낼 수 있는 회사는 두 곳뿐이었다. 이성적으로 판단하면 4, 5년쯤은 꾹 참고 금성 생활을 견뎌내는 게 옳았다. 만약 그들이 정중하게 요청했더라면, 더 나은 드라마 퀸이 되기 위해 편도체 자극도 큰 거부감 없이 받아들였을지 모른다. 그들과 유진에게는 공동의 목표가 있었고, 그들은 그녀가 자칫 실수하지 않게 몰래 도왔다고도 볼 수 있으리라.

그러나 아무리 상대에게 우호적으로 생각하더라도 유진이 도저히 용납할 수 없는 일이 있었다. 자신의 삶에 대한 통제력과 자아정체감을 잃게 될 가능성이었다. 다른 사람이 답안을 알려준 정답과 자신이 선택한 오답 중 하나를 선택해야 한다면 당연히 후자다. 사람은 오답을 선택하면서 그 자신이라는 한 인간을 쌓아가는 것이다. '올바른 판단을 할 수 있게 해주는 약'을 먹고 올바른 판단을 하게 되더라도, 누군가 그 약을 마실 물에 몰래 타 넣어 먹게 되는 것과 스스로 복용하는 것은 하늘과 땅 차이이다.

유진은 처음으로 딸을 이해할 수 있게 되었다. 오답을 선택하기 위해 자신으로부터 도망친 아이. 그 아이에게, 유진은 도움을 요청했다.

감시자들의 눈을 피해, 논리적이지 않은 암호를 만들어 보내야 했다. 그러나 유진은 딸이라면 그 암호를 풀 수 있을 거라고 확신했다.

갑판 아래 선창이 있다. 선창 아래 문이 있다. 그 문이 아래로 열린다. 그 아래에는 구름이 있다.

열린 문을 향해 캐터필러가 움직이기 시작한다. 캐터필러에는 1인승 비행선이 올려져 있다. 1인승 비행선의 조종은 안에서도 할 수 있지만 탐사선에서도 무선으로 할 수 있다. 비행선 안에 있는 인공지능이 할 수도 있다. 어찌됐건 비행선 안에 탄 사람이 지구의 허락을 받지 않고 먼 곳으로 가려 한다면, 그 즉시 조종간이 멈출 것이다. 비행선과 로봇의 무선 조종장치는 아주 교묘하게 설계되어 있어서, 누구도 해킹할 수 없다.

1인승 비행선은 커다란 풍선 앞뒤로 회전날개가 붙은 모양이다. 회전날개는 중심축이 상하좌우로 이동해 비행선의 방향과 균형을 잡게 해준다.

커다란 풍선 안에는 중간 크기의 풍선이 있고, 그 안에 다시 작은 풍선이 있다. 외벽을 이루는 풍선은 구름층을 통과할 때 황산 빗방울을 막아주고, 착지할 때 충격을 흡수하는 역할을 한다. 풍선 막에는 형상기억합금으로 된 프레임이 있어서, 전체적인 바깥 모양새를 구형이나 유선형, 접시형으로 바꿀 수 있게 해준다.

두 번째 풍선 안에 발판이 있고, 그 위에 조종간과 조종석이 있다. 유진의 뇌를 실은 로봇이 그 발판 위에 서 있다.

세 번째 풍선은 물고기의 부레와 비슷한 역할을 한다. 액체 질소를 정확한 양만큼 기화시켜 바깥쪽 풍선으로 밀어내거나 반대로 기체 상태인 질소를 빨아들여 액화시킨다. 그렇게 조절되는 부력 덕분에 금성의 짙은 대기 속에서 비행선이 떠오르고 가라앉을 수 있다.

유진의 뇌를 실은 로봇은 우주복을 입고 있다. 지표면에 내려갔을 때 '보정하지 않았음'이라는 인증이 된 사진을 찍기 위해서다. '사기 치지 말자'가 그들의 모토다. 그들은 사실 가끔 사기를 친다. 그러나 그때조차 거짓말은 하지 않는다.

비행선이 캐터필러로부터 떨어져 아래로 떨어진다. 액체질소가 부글부글 끓는다. 회전날개가 비대칭으로 움직이며 미세하게 자세를 조정한다. 제일 바깥에 있는 풍선이 공기저항을 최대한 받기 위해 옆으로 퍼지며 버섯과 같은 모양이 된다. 황산 빗방울들이 풍선의 탄소섬유막에 와서 부딪히고, 방울진 상태로 맺혀 있다가 미끄러져 내려가, 결국에는 떨어져 나간다. 그 황산의 비는 결코 땅에 이르지 못한다. 온도가 너무 뜨겁기 때문에 아래로 떨어지는 도중에 끓어버리는 것이다. 그렇게 해서 다시 구름으로 돌아온다.

우주복 안에 있는 로봇은 무표정한 얼굴이다. 로봇은 무표정한 얼굴을 돌려 땅을 내려다보고 하늘을 올려다본 뒤 정면의 구름을 응시한다. 구름은 태양빛을 반사하고, 그렇게 반사된 태양빛이 헬멧의 전면창에 다시 반사된다. 헬멧 위로 복잡한 음영이 빠르게 지나간다. 그 덕분에 간혹 로봇은 깊은 생각에 잠긴 것처럼 보이기도 한다.

유진은 그렇게 탐사선을 벗어난다. 이제 그녀와 탐사선과 지구는 절대 해킹이 불가능한 무선조종장치로 가느다랗게 이어져 있다.

땅에서는 딸과 딸의 친구들이 그녀를 기다리고 있다.

수석 프로듀서 내가 늦었나?

제 7 프로듀서 아니오. 막 시작했어요. 어차피 맞절이니 서약 낭독이니 따위를 보려고 하셨던 건 아니셨잖아요? 춤을 보려고 하신 거죠?

광고주 대리인 저도 왔습니다. 생중계를 직접 봐놔야 나중에 광고주들과 중간광고를 어떻게 할지 논의할 수 있을 것 같아서요.

수석 프로듀서 로봇이 두 대만 움직이고 있네.

제 7 프로듀서 한 대는 마리가 조종하는 로봇이고, 다른 한 대는 유진이 탄 로봇이에요. 마리가 약혼자를 만나기 전에 어떻게 살아왔는지를 보여주는 장면이에요. 이 안무를 짜느라고 마리와 유진이 많이 싸웠어요. 마리의 로봇이 나아가려는 방향을 유진이 계속 방해하는 게 보이죠?

수석 프로듀서 우리 실제로 방송을 할 때에도 이 무용극 부분에는 내레이션이나 자막을 넣는 게 어떨까? 지금 자네가 하는 것처럼 말이야.

제 7 프로듀서 좋은 아이디어 같아요. 아니면 마리가 직접 자기 안무를 설명하는 장면을 교차편집으로 보여줘도 될 것 같아요.

광고주 대리인 오, 이거, 기대 이상인데요. 저 딸, 재능이 있었군요.

제 7 프로듀서 제가 얘기했었잖아요. 이건 시작일 뿐이에요. 뒷부분은 훨씬 멋져요.

수석 프로듀서 나도 마음에 들어. 여러 면에서 인상적이야. 순수하게 기술적으로만 봐도 감탄이 나오고, 시각적으로도 상당한 볼거리인 것 같아. 우리 스토리 안에서도 좋은 결말이야. 모녀간의 화해를 상징하기도 하고, 저 딸의 자아 발견으로 꾸밀 수도 있겠어. 이런저런 설명을 다양하게 붙일 수 있으니 여러 버전을 만들어서 한 에피소드 전체를 이 무용극으로 구성하는 방안도 검토해봐야겠군.

광고주 대리인 본사에서도 좋아할 겁니다. 화면에 금성 표면이 나올 때마다 탄산음료 매상이 오르거든요. 여름에는 특히 더요.

수석 프로듀서 아까부터는 약혼자의 과거사를 설명하는 거 아닌가? 그런데 왜 다른 로봇 세 대도 다 움직이는 거지?

제 7 프로듀서 글쎄요, 다음 챕터로 넘어갔나? 원래는 저런 식으로 움직이는 게 아닌데…….

수석 프로듀서 지금 뭐 하는 거야?

제 7 프로듀서 무선조종장치가 저런 식으로 떨어질 줄은…….

광고주 대리인 뭐가 어떻게 돌아가는 겁니까? 나머지 로봇 세 대는 왜 저렇게 두 손으로 몸을 띄우고 양다리를 벌리고 있는 거죠? 다리가 엉켜서 이제 움직이지도 못하겠는데요?

수석 프로듀서 당장 중단해! 젠장, 저 로봇들 빨리 회수해!

제 7 프로듀서 이미 늦었어요! 저건 2분 전 영상이에요! 그리고 여기서 전파를 쏘면 2분 뒤에나 금성에 도착한다고요!

무선조종장치를 해킹하는 것은 불가능했다.

그러나 몸체에서 그 장치를 떼어내는 것은 가능했다. 로봇들은 범용 모듈을 사용했다. 용접이나 나사 접합 없이 모든 모듈을 탈·부착할 수 있었다. 지구의 로봇 기술자들은 다만 자신이 만든 로봇들이 다른 장비 없이 맨몸으로도 그런 작업을 할 수 있다는 사실을 알지 못했다.

유진은 로봇의 전자부품과 신호체계를, 마리는 로봇의 골격과 동역학을 연구했다. 모녀는 환상적인 파트너였다.

마리가 '날개-5'라고 이름 붙인 자세를 취하면 무선조종장치의 보안이 해제되었다. 그 상태에서 목을 조금 더 앞으로 숙이고 등의 아랫부분을 가볍게 치면 무선조종장치가 떨어져 나갔다.

이슬람 여성들의 처지를 상징하는 대목에서 그들은 모두 날개-5 자세를 취했다. 유진이 탑승한 로봇을 제외한 나머지 로봇 세 대는 개똥벌레-2 동작까지 하고 있었다. 이는 그 로봇 세 대의 다리가 엉켜서, 순서대로 펴지 않으면 그 연결이 풀리지 않는다는 것을 의미했다.

유진은 날개-5 자세에서 목을 수그리고 등의 아랫부분을 손바닥으로 가볍게 두드렸다.

무선조종장치가 떨어져 나갔다. 이제 탐사선에서는 그녀가 탄 로봇을 강탈할 수 없었다.

유진을 감시하고 있던 탐사대장은 무슨 일이 일어나는 건지 직관적으로 알아차렸다. 그는 얼른 다른 로봇 세 대의 조종권을 회수했다.

마리와 마리의 친구들이 로봇과 접속이 끊겼다.

그러나 로봇 세 대는 겉으로 보기에는 아무런 변화도 없었다. 탐사대장은 로봇 세 대의 몸을 일으키려 했지만 로봇들은 그 지시를 이행할 수 없었다. 개똥벌레-2 동작 때문에 다리가 서로 엉켜 있었기 때문이다.

유진은 재빨리 일어나 다른 로봇들의 등 아랫부분도 잇달아 두드렸다. 로봇 세 대의 무선조종장치가 풀린 족쇄처럼 아래로 떨어졌다.

유진은 서로 엉켜 있는 로봇들을 뒤로 밀었다. 다리가 엉킨 로봇들이 균형을 잃고 뒤로 자빠지자 가랑이 사이에 있던 연료전지함 덮개를 열기 쉬워졌다.

유진은 로봇 세 대의 연료전지를 차례로 꺼냈다.

이제 그녀는 600분 가까이 금성 지표에 머물 수 있게 되었다. 그 600분 동안에는 지구에서도, 탐사선에서도 그녀를 막을 수 없었다.

그녀는 지평선을 향해 달리기 시작했다. 무인자동차 회사의 탐사선이 있는 방향이었다. 무인자동차 회사의 탐사선은 500킬로미터 멀리 떨어져 있었다.

유진이 탑승한 로봇은 시속 60킬로미터로 달릴 수 있었다. 로봇이기 때문에 지치지 않았다. 한 시간에 60킬로미터씩 열 시간을 달린다면 600킬로미터를 이동할 수 있다. 행운이 따라준다면 연료전지를 전부 소모하기 전에 무인자동차 회사의 탐사선 아래에 이를 수 있을 것이다.

탄산음료 회사의 탐사선이 그녀를 쫓아올 수 있을까? 유진은 아닐 거라고 생각했다. 바람의 방향이 반대였다. 그리고 소형 비행선의 부레 역할을 하는 작은 풍선에서 액체질소를 모두 빼놓은 상태였다.

광고주 대리인 우주탐사 역사에서 챌린저 호 폭발 이후 최악의 스캔들이라고 하더군요. 뭐, 하실 말씀이라도?

수석 프로듀서 뭘 그렇게까지. 죽은 사람도 없는데.

광고주 대리인 야, 지금 그런 말이 나와?

제 7 프로듀서 무인자동차 회사가 성명을 냈어요. 유진을 일종의 난민으로 생각한다고, 자기네 탐사선 아래까지 오면 수단 방법을 가리지 않고 구조하겠대요. 구조 장면을 생중계하겠다더군요. 우리 본사도 성명을 냈어요. 유진의 몸을 본사에 저장하고 있는지는 알 수 없지만 만약 확인이 된다면 머리와 합칠 수 있을 때까지 책임지고 안전하게 보관할 거라고요.

광고주 대리인 그 딸년이 지금 온갖 곳에 자료를 뿌리고 인터뷰를 하고 있어. 네가 여기서 이렇게 점잔 떨고 있을 때야? 뭔가 대책을…….

수석 프로듀서 너도 끼워줘?

광고주 대리인 뭐?

수석 프로듀서 잘 생각해봐. 이건 기회야.

광고주 대리인 허풍 치지 마.

수석 프로듀서 이 쇼가 시작한 뒤로, 유진과 마리의 탈주만큼 극적이고 짜릿한 이야기가 있었나? 그런데 이 이야기는 아직 방영이 안 되었다고. 사람들이 뉴스로만 알아. 그리고 이 이야기의 영상은 전부 우리가 소유하고 있지. 백 퍼센트. 계약에 따르면 유진과 마리의 가짜 로봇 무용극조차 우리 거야. 영상뿐 아니라 그 안무 자체가 다 우리 거야. 로봇 디자인도, 금성의 사진도, 전부 우리 거야. 이걸 돈으로 따지면 얼마나 될까?

광고주 대리인 사람들이 우리 쇼를 볼 거라고 생각하나? 대중에게 우리는 악의 화신이라고.

수석 프로듀서 탄산음료 회사의 쇼는 보려 하지 않을 테지. 하지만 다른 회사의 쇼라면?

광고주 대리인 다른 회사……?

수석 프로듀서 탄산음료 회사는 우주탐사 부문에 대해 파산을 선언할 거야. 사과 발표와 함께 앞으로 음료 회사 본연의 일에 충실하겠다든가 뭔가 하는 얘기를 늘어놓을 테지. 하지만 그런다고 파산한 부문이 그냥 사라지는 게 아냐. 거기서 팔

수 있는 것들을 모아서 최대한 정산을 하려들 거라고. 그런데 그 우량자산의 가치가 어쩌면 파산 전 회사 가치의 총합보다 더 높을 수도 있어.

제 7 프로듀서 저희는 그 우량자산에 포함될 수도 있고…….

수석 프로듀서 아니면 우리가 직접 그 게임에 뛰어들 수도 있겠지. 간판 바꾸고 영업 재개할 때 계속 종업원으로 남아 있을 건가, 공동 사장단의 명단에 이름을 올릴 건가, 그런 문제야. 엔지니어 기질이 있는 딸이 악의 화신인 회사로부터 어머니를 구해내는 드라마를 생각해봐. 그러는 가운데 심지어 딸이 자기 재능까지 발견하는. 그게 다 실화라고.

광고주 대리인 다루기 쉬운 광고주들에게 컨소시엄 구성을 제안해보겠습니다. 채권자 자격을 내세우면 유리한 고지에 오르지 않을까 싶네요. 참, 아까 험한 말씀 드려서 미안합니다. 제가 가끔 그렇게 냉정을 잃어요. 저도 뇌자극을 해주는 그 헬멧이 있으면 좋을 텐데.

하늘에서 바큇살 모양의 번개가 여러 개 동시에 치고 있다. 지평선 근처 멀리서 화산이 폭발한 듯하다. 폭풍구름이 머리 위를 가득 뒤덮었지만 유진을 방해하는 바람은 없다. 너무 뜨겁기 때문에 지표면 바로 위는 오히려 공기의 밀도가 낮고,

거의 움직이지도 않는다. 그것 역시 계산해둔 바였다.

이제 그녀를 태운 로봇은 탄산음료 회사의 탐사선으로부터 250킬로미터, 무인자동차 회사의 탐사선으로부터도 250킬로미터 떨어진 지점에 와 있다. 로봇은 지치지 않고, 여전히 한 시간에 60킬로미터의 속도로 뜨거운 땅 위를 달리고 있다.

유진은 공포와 흥분으로 가슴이 터질 것 같은 기분이다. 헬멧의 특수코일을 수동으로 켜는 방법을 알았다면 몇 번이고 작동시켰으리라.

탐사선에서, 지구에서, 어떤 일이 일어나고 있는지 그녀는 알지 못한다. 가장 우려했던 일은 벌어지지 않은 듯했다. 탄산음료 회사의 탐사선에서 다른 로봇들을 조종해 자신을 쫓는 것이다.

두 번째로 우려하는 일은, 무인자동차 회사의 탐사선 아래까지 가지만 아무도 자신을 구하러 오지 않는 것이다. 그렇게 된다면 그녀는 자신의 선택을 뼈저리게 후회하며 뇌 변성으로 인한 죽음을 기다려야 하리라.

그 다음으로 우려하는 시나리오도 최후의 형태는 같다. 자신이 열 시간 동안 달리다 졸리거나 지쳐서 정신을 잃거나, 길을 잃고 헤매느라 시간을 맞추지 못하거나, 또는 기계 고장으로 오도 가도 못 하는 신세가 되는 경우다.

아직 다섯 시간을 더 달려야 하고, 연료전지의 잔량은 딱 그 정도 남아 있다. 무선조종장치를 떼어냈기 때문에 위성이 보내는 GPS 신호는 받을 수 없다. 금성은 자기장이 거의 없기 때문에 나침반도 만들 수 없고, 하늘이 구름으로 덮여 있으므로 별자리로 위치를 파악할 수도 없다. 오로지 지형지물에 의존해서 방향을 잡아야 한다.

이제 유진은 고독과 고립에도 단계와 깊이가 있다는 사실을 이해한다. 어느 수위에 이르면 그것은 더 이상 외롭다든가 쓸쓸하다든가 하는 문제가 아니게 된다. 그것은 어느 순간 생존과 자존의 질문으로 변한다. 주변으로부터 아무런 도움조차 기대할 수 없는 처지에 빠져 오래도록 고군분투하는 상황을 가정해보라. 특히 그 도움이 자신에게는 절대적으로 필요하지만 타인에게는 아주 사소한 종류인 경우를 그려보라. 결국엔 누구나 스스로를 처절하게 버림받은 존재로 느끼게 되고야 만다. 그리고 자신을 도와줄 수 있는 사람 중 가장 가까이에 있는 인물과 자신과의 거리를 계산하게 된다.

금성 표면을 달리며, 유진은 딸에 대해 생각한다. 지금 마리가 무엇을 하고 있을지, 자신으로부터 얼마나 떨어져 있는지를 계산한다. 과거에 자신이 마리에게 무엇을 했는지, 딸에게서 얼마나 떨어져 있었는지를 헤아린다.

유진은 자신이 방향을 제대로 잡고 있는지 확인하기 위해 근처에 있는 언덕에 오른다. 하늘에서 바큇살 모양의 번개가 친다. 머리 위에 있는 구름이 갑자기 팽창하기 시작한다. 멀리 있는 화산이 연기를 내뿜는다. 그녀는 언덕 정상에 우뚝 선 채로 갈 길을 찾는다. 번개와 구름과 연기가 로봇 헬멧의 전면창에 반사된다. 그 덕분에 로봇은 강한 결의에 찬 것처럼 보이기도 한다.

외합절 휴가

배명훈

화성

평균 기온 –63도. 외합은 2년에 2주 정도.

지구와의 회합주기는 779.9일이다.

화성의 1년은 지구일로 686.98일이며,

하루가 24시간 37분으로 지구보다 37분 길다.

지구와의 통신은 최대거리일 때 21분, 최단거리일 때는 3분 만에 가능하다.

합: 지구-태양-화성

모퉁이를 도는 순간, 불길한 예감이 마음을 짓눌렀다. 고개를 들어 주위를 둘러보니 거리에 나와 있는 사람 모두가 같은 기분에 휩싸인 모양이었다. 그리고 절망이 몰려오기 직전에 세상이 다시 빛을 되찾았다. 빠른 달이 태양 아래를 지나쳐 간 모양이었다.

"진정해. 그냥 일식이야."

앞서 가던 영아 씨가 뒤를 돌아보며 말했다. 은경은 고개를 끄덕이며 느려진 발걸음을 재촉했다.

'여기 문명은 결국 지구보다 훨씬 조심성 많은 문명이 되고

말 거야. 이렇게 집단으로 가슴이 덜컥 내려앉는 순간이라니.'

방금 전 일식이 시작이었다. 앞으로 몇 주 간 대여섯 번은 더 겪을 일이었다. 화성의 빠른 달 포보스가 대략 30초 동안 해를 가리고 지나가는 일. 해를 겨우 반밖에 가리지 못하는 작은 달이지만, 포보스에게는 트랜짓이라는 표현보다는 일식이라는 말이 더 어울렸다. 빠르게 밀려왔다가 갑자기 사라지고 마는 근심, 그렇게나 오래 봐왔어도 좀처럼 적응이 되지 않는 기댈 데 없는 불안감.

영아 씨가 팔을 잡아끌었다.

"훠이, 훠이. 며칠 있으면 휴가라고, 휴가. 정신 차리고 어서 가던 길이나 갑시다. 그깟 걱정 따위, 해로운 거 먹으면 싹 사라질 거야."

입가에 미소를 지어 보였다. 눈까지는 채 번지지 못한 웃음이었다.

"저 휴가 아니에요."

"응? 왜? 지구직 공무원이 무슨 소리야? 다른 사람들은 다 일해도 그쪽 회사는 진짜 할 거 없잖아."

"대기조예요."

"아. 저런."

"좋은 일이에요. 이번 대기조 근무 지나면 승진 대상 명단에 들 거예요."

그 말에 영아 씨가 그 자리에 멈춰 섰다. 그러더니 은경의 손을 꼭 쥐었다.

"그래? 이런 경사가! 축하해, 은경 씨."

은경은 영아 씨의 손을 가만히 내려다보았다. 차가운 손이었다. 늦가을이니까. 지구보다 훨씬 추운 행성이니까.

"와, 이건 제대로 해롭겠다. 뭔데, 이거? 독이야?"

영아 씨가 만면에 웃음을 띠며 묻자 소진이 의기양양한 표정으로 대답했다.

"어. 언니 좋아하는 독."

"와, 양심도 없다. 이거 이렇게 많이 넣으면 불법 아니야? 이 케익 이름이 뭐라고?"

설탕 케익이었다. 설탕이 그만큼 들어가 있으면 다른 재료가 뭐가 들어갔든 이름에 영향을 미칠 여지가 없었다.

은경이 말했다.

"이건 좀 불법 같은데?"

"이 언니 표정 좀 봐. 나는 저 언니 저러면 진짜 무섭더라. 막 잡아갈 것 같고."

"말 잘했네. 소진이 너 조심해라. 재 휴가 끝나면 승진 대상

들어간다는데?"

"아, 진짜? 진짜 언니 고위직 되는 거야? 농담 아니고 진짜로 조심해야 되는 건가?"

은경이 끼어들었다.

"평소에 걸리는 거 많은가봐."

"저요? 저처럼 선량한 업자 본 적 있어요?"

"글쎄. 선량한 업자라는 건 지구에나 가끔 있는 거 아닌가. 그보다 설탕 안 들어간 차 없어? 그거나 좀 가져와봐."

"설탕 안 넣었는데."

"본인 손으로 직접 넣지는 않았겠지. 대신 다른 사람이 설탕을 잔뜩 넣어서 만든 뭔가를 넣었겠지. 내 손에 설탕은 못 묻히겠다는 심산이시겠지만. 그런데 진짜 단맛 안 나는 차 안 키워?"

영아 씨가 대신 대답했다.

"그런 거 없어. 재 생긴 것 좀 봐. 딱 봐도 해롭게 생겼잖아. 근데 넌 왜 살도 안 찌니? 너 솔직히 집에 있는 거 안 먹지? 안 먹는 거 먹어치우려고 우리 부른 거지?"

"그런 거야? 소름 돋네."

"이 언니들이 또 모함이네. 돈 주고 벌 받아서 그래요."

"돈? 벌?"

"승진한다더니 진짜 유머감각 반납하셨네. 헬스 트레이너한테 돈 주고 벌 받았다고요."

은경이 피식 웃음을 흘렸다. 그러자 영아 씨가 말할 순서를 잡아챘다.

"야야, 총독부 공무원이 괜히 총독부 공무원이겠니. 너 걔 우습게 보면 안 돼."

"총독부라고 부르지 말라니까요."

은경은 지구직 공무원이었다. 지구에는 아직 행성 전체를 대표할 만한 정치기구 같은 게 들어서지 않았다. 그러니 '지구직'이라는 말도 '지구연방 공무원' 같은 의미는 아니었다. 다만 지구에 있는 어느 나라의 행정부를 위해 일한다는 의미일 뿐이었다. 사람들이 장난 삼아 총독부라고 부르는 그 관청이 은경의 근무처였는데, 그곳에는 총독이라는 이름으로 불리지만 않을 뿐 사실상 총독의 역할을 하는 임명직 관리가 시 정부의 실권을 행사하기 위해 지구로부터 직접 파견되어 있었다. 그래봐야 그들이 살고 있는 빠른 달 아래의 작은 도시 '소월' 바깥으로는 미치지 못하는 작은 권력이었지만.

사실 김은경은 화성에서 나고 자란 토박이였다. 지구에 가본 적이라고는 단 한 번도 없다는 말이다. 화성 변두리 작은 시골에서 태어나 공무원 시험을 거쳐 그다지 크지 않은 도시에서 직장을 구한 게 다였다. 그래도 은경의 고향에서는 대단한 출세로 쳐주는 일이었다.

그에 비하면 지금 함께 어울리는 두 사람은 정말로 다른 세상에서 살다 온 사람들이었다. 지구에서 태어나 우주선을 타고 다른 행성의 중력권으로 넘어온 경험이 있는 사람들. 그리고 아주 가끔은 휴가를 내서 지구에 다녀오기도 하는 사람들. 은경은 단 한 번도 세상의 중심에 가본 적이 없었다. 그게 정확히 어디를 말하는 건지도 몰랐다. 지구라고 다 세상의 중심도 아니었고, 화성에도 분명 세상 한가운데의 삶을 살아가는 사람들이 있었다. 중심이란, 경계선이 명확한 지역을 지칭하는 말이 아니었다. 그러나 그게 어디가 됐든 자신이 닿을 수 있는 곳이 아니라는 사실만은 분명히 알 수 있었다.

'행성은 매끈한 구球인데 왜 어디는 중심이고 어디는 변방이 됐을까. 다 똑같은 곳인데.'

하지만 지금 앉아 있는 소진의 집도 그렇기는 했다. 벽으로 나뉘어 있지 않은 탁 트인 공간이었지만 어디가 침실이고 어디가 거실인지 구별하는 것은 그다지 어려운 일이 아니었다. 다 똑같은 평평한 사각형 공간 안에 앉아 있었지만, 두 사람은 중심의 관성을 몸에 지니고 있었고, 다른 한 사람은 내내 주변의 원심력을 숨기지 못했다. 그 한 사람만이 지구직 공무원이라는 타이틀을 지니고 있었어도 마찬가지였다.

어떤 것은 지독히도 변하지 않는다. 어떤 것은 변화를 꿈꿀 엄두조차 낼 수 없다.

"언니, 무슨 생각해요?"

"아, 그냥. 연구는 잘 돼? 다음 충衝에는 테스트 들어가나?"

"충? 와, 진짜 공무원 말이다. 지구에 제일 가까워지는 때 말하는 거죠? 그때 안 돼요. 언제가 될지는 몰라도 그렇게 금방은 안 돼요."

이소진은 엔지니어였다. 지구를 떠나 화성으로 온 이후 쭉 이상한 연구에 몰두해 있었다. 이름하여 행성간 반응형 원거리 섹스토이 기술이었다. 은경은 소진이 '특허권보호를 위한 기술예비등록'을 하려고 시청을 찾았던 날을 생생히 기억하고 있었다.

"설명은 잘 들었는데, 그러니까 뭘 만든다고요? 결국은 섹스토이인 거죠?"

"아니, 저희 통신회사라니까요. 그 섹스토이에 응용할 통신 기술 이야기예요. 그러니까 이쪽에서 만들어낸 자극을 저쪽으로 전달하는데요, 원거리에서 작동하는 거예요."

"얼마나 원거리에서요?"

"당연히 행성간이죠."

"행성간이요? 그런데 그거 안 되잖아요. 시간 차이가 너무 많이 나서. 제일 가까이에 있을 때도 빛의 속도로 편도 3분이니까."

"아주 짜증이 나죠. 6분 전에 다 끝난 걸 가지고 저쪽은 아직도 헐떡거리고 있으니까요. 그쪽도 3분 전에 끝낸 짓이겠지만, 하여간 괜히 서로 짐승 같고 상황이 좀 그렇죠. 그래서 대체모델을 개발하고 있어요. 어느 순간에 발생한 자극을 있는 그대로 전달하는 게 아니라 양쪽 단말에 있는 인공지능이 각자의 성적 자극이나 반응에 해당하는 패턴을 재구성해서 그걸 전송하는 거예요. 자극 자체가 아니라 그 자극의 경향성을 다른 행성으로 보내버리는 건데, 그럼 거기로 넘어간 그 경향성이 구체적인 자극을 실시간으로 생성해내는 거고요."

"와!"

"천재적이죠?"

"진짜 그게 돼요?"

"될 거예요. 편도 광속 5분 거리 안 정도까지는."

그게 소진과의 첫 만남이었다. 전문가 검토를 위해 다음 약속 날짜를 정하는 일조차 두근거리게 만들 정도로 매력 넘치는 사람. 그렇게 두 사람은 친구가 되었다. 우주시대가 되고도 전혀 나아지지 않은 복잡한 행정절차를 거치는 동안 자연스레 형성된 유대감과 동지애 덕이기도 했다. 처음부터 소진이 누구인지 알았더라면 조금은 다른 관계가 됐을지도 모르지만.

그런데 그렇게 자신만만했던 이소진이 자기 입으로 처음과는 전혀 다른 부정적인 예측을 내놓고 있는 것이었다.

"왜? 모델링 잘 돼간다며."

"너무 잘 돼서."

"너무 잘 돼도 안 돼?"

"어, 너무 잘 되면 그게 최초 자극하고는 거리가 생기잖아요. 너무 좋으니까. 실제 인풋은 하나도 안 좋은데, 인공지능이 너무 잘하는 거죠. 가상 파트너가. 잘해도 문젠가, 뭐 그런 생각도 자주 하는데, 문제는 문제죠."

"왜?"

"우리, 통신회사잖아요. 표현이 좀 이상하지만, 우리는 통신장비로 개발하는 건데 사람들이 통신장비로 안 쓰고 단말기 하나만 떼다가 1인용 인공지능 섹스토이로 쓸 거 아니에요. 테스트 기간인데 이미 그러고 있기도 하고요."

"피실험자들이?"

"그러더라니까요. 모니터 다 되는데 안 되는 줄 알고."

"너 그거 살짝 애매한 발언이다."

"네, 네, 알아요. 언니네 휴가 끝나면 다 보고할 거여서 별로 비밀도 아니에요. 그래서 테스트 중단하려고요. 지원금이나 안 끊겼으면 좋겠네."

이번 외합절外合節 휴가는 15일간이었다. 지구 달력으로 2년에 2주 내외. 유래가 꽤 긴 명절이었다. 화성과 지구가 태양을 사이에 두고 일직선을 이루는 기간. 화성에 와 있는 무인우주선과 탐사 로봇들이 중간에 가로막힌 태양으로 인해 원격조종 신호를 제대로 수신할 수 없게 된 것이 이 휴가의 유래였다. 그런 손상된 명령이 계속해서 전달되면 지구에서 화성까지 그 비싼 배송료를 치르고 날아온 소중한 장비들이 오작동을 일으킬 가능성도 높아지게 마련이었다. 궤도를 이탈하거나, 무리하게 움직이다 손상을 입거나. 그런 사고를 막기 위해 지구 기술자들은 장비들이 스스로 살아남을 수 있도록 3주치 프로그램을 미리 짜놓곤 했다. 아예 기계들을 꺼버리는 것도 꽤 괜찮은 방법이었다. 그런 다음에는 휴가를 떠났다. 할 일이 없었으니 당연한 일이었다. 바로 그 관습이 화성 개척 이후까지 이어져서 화성에서 제일 긴 연휴로 자리를 잡았다. 화성인들의 천구에서 지구가 완전히 사라지는 시간.

지구 입장에서 화성은 외행성이었으므로 지구인들은 이 시기를 합절제合節祭라고 불렀다. 하지만 화성 입장에서는 지구가 내행성이기 때문에 지구직 공무원이 아닌 화성인들은 외합절이라는 말을 더 좋아했다. 그리고 이름이 뭐가 됐든 이 절기가 돌아오면 화성을 담당하는 지구 측 관리들은 관습에 따라 대부분 휴가에 들어갔다. 화성 측 파트너인 은경의 직장 역시 마찬가지였다. 사실 화성 전체가 다 그렇기는 했지만, 대부분의 사람들이 자리를 비우고 미리 입력된 기능을 수행할 최소한의 부품들만이 가수면 상태에서 대기하게 마련이었다. 그리고 이번 휴가철에는 김은경이 바로 그 가수면 부품이었다.

은경은 대기 장소로 지정된 시청사 지하 비상상황실 책상에 앉아 상황조치 매뉴얼을 하나씩 펼쳐보았다. 그리고 그 사이에 은근슬쩍 끼어 들어가 있던 엉뚱한 문건 하나에 시선이 머물렀다.

'뭐야, 이걸 왜 여기다 넣어둔 거야? 나더러 처리하라는 건가?'

은경은 담당자의 얼굴을 떠올렸다. 퇴근하자마자 집에도 안 들르고 곧바로 휴가를 떠난다던 그의 말이 생각났다. 그리고 그 얌체 같은 표정도. 일단 옆 테이블에 아무렇게나 던져두기는 했지만, 어느새 손이 다시 그쪽으로 향했다. 시의원 급여에 관한 일이었기 때문이다. 휴가 기간이고 뭐고 느긋하게 처리했다가는 누가 됐든 꽤 곤란한 지경에 이를 게 분명한 종류의 일.

'지구가 먹통이라 어차피 승인도 안 날 텐데.'

그러다 문득 그 생각이 떠올랐다. 일부러 그 기간에 처리하려고 상황조치철에 끼워 넣은 건지도 모르겠다는 생각.

'지구가 먹통인 게 아니라 전권이 현지에 위임되어 있겠지.'

서류를 뒤적여보니 그 생각이 맞았다. 상황조치 매뉴얼 두 번째 페이지에는 그곳 사람들이 '총독'이라고 부르는 특별행정관의 권한위임 서류가 끼워져 있었다. 혹시나 해서 보니, 첫 페이지에 든 문건은 그 특별행정관이 지구에 있는 본국 내무행정부로부터 전권을 넘겨받는다는 내용의 문서였다. 그 두 단계를 거쳐 최종적으로 전권을 위임받게 될 사람의 이름은 아직 빈칸으로 남아 있었다.

'그러니까 나더러 알아서 하라는 거군. 하고 싶은 대로 마음대로. 그래, 어디 한번 해봅시다.'

은경은 서류철을 들고 19층 사무실 자기 자리로 올라갔다. 그리고 몇 달 동안이나 전혀 해결책이 보이지 않던 서류철 하나를 집어 들고는 다시 지상 2층에 있는 통신실로 내려갔다. 통신실 자체는 아예 출입문이 봉인되어 있는 듯했지만 다행히 옆방 문은 잠겨 있지 않았다.

그리고 그 안에 자리 잡고 있는 컴퓨터. 총독이 지구로부터 위임받은 권한을 다시 위임받은 쪽은 엄밀히 말하면 당직근무자인 김은경이 아니라 그 컴퓨터였다. 지구직 공무원들 사이에서 '결재자'로 불리곤 하는 정부의 대리인.

원래 '결재자' 컴퓨터는 극도로 비효율적인 화성 행정체계의 상징과도 같은 존재였다. 행성간 연락이라는 것 자체가 태생적으로 비효율적일 수밖에 없는 탓이었다. 본국과 제일 가까이 위치해 있을 때가 빛의 속도로 3분, 제일 멀 때는 무려 21분이나 떨어져 있었으므로, 여러 번 연락을 주고받아야 하는 일인 경우에는 무슨 수를 써도 효율적일 수가 없었다. 그뿐만이 아니었다. 시간대가 다른 것도 문제였다. 양쪽 공무원들의 출퇴근 시간이 어떤 때는 거의 비슷한 시간대에 맞춰져 있는 듯하다가도, 또 어떤 날에는 밤낮을 경계로 완전히 반대가 되어 있기도 했는데, 모두 지구 시간으로 환산한 화성의 하루가 대략 24시간 37분 정도인 탓이었다. 즉 매일 37분씩 틀어지는 시차였던 셈이다.

게다가 지구 쪽 파트너들은 되도록이면 권한을 위임하려고 하지 않았다. 엄연히 '총독'이 파견되어 있었지만, 일이 조금만 복잡해져도 전부 본국 내무행정부의 해석을 기다려야만

하는 형편이다 보니 사실상 이름만큼의 카리스마는 전혀 기대할 수가 없는 직위였다.

'하지만 지구와의 통신이 두절된 상태라면? 통신실이 아예 잠겨 있는 상황이라면?'

통신실의 핵심은 물론 지구와 직접 연락을 주고받는 보안 통신장비였다. 그런데 막상 그 일이 불가능해지는 순간이 오면 평소에는 생각지 못했던 놀라운 일이 통신실 바로 옆방에서 일어나곤 하는 것이었다. 직접 지구와 연락할 때는 상상조차 할 수 없었던 효율적인 시스템이 스르르 기지개를 켜고 일어나, 관료제가 얼마나 훌륭한 제도인지를 당직근무자에게 몸소 증명해내는 일.

말하자면 그것은 관료계의 오르가슴 같은 것이었다. 이소진이 개발 중인 섹스토이에 비유하자면 그렇다는 뜻이다. 2주 동안 지속되는 관료제의 마법. 모니터가 되고 있다는 사실을 까맣게 모른 채 원래 통신장비로 개발된 기계를 좀 더 원초적인 섹스토이로 사용하는 피실험자들과, 지구와 직접 연락을 주고받느니 차라리 통신이 두절된 상황에 대비하기 위해 만들어진 시스템을 활용하는 편이 훨씬 만족스러운 결과를 보장한다는 것을 알게 된 지구직 공무원의 선택 사이에는, 어쩌면 본질적인 차이 같은 게 존재하지 않을지도 모른다. 물론 기분은 좀 나쁘지만, 화성 사람치고 그런 식으로 생각해보지 않은 사람은 거의 없다고 해도 과언이 아니었다. 어느 쪽이 더 편한지는 따져보나 마나였으니까.

'사무실에 가서 좀 더 찾아봐야겠어. 다들 책상 위에 잘 안 풀리는 문제 한두 개쯤은 슬쩍 올려놓고 퇴근했을지도 몰라.'

통신실을 나와 엘리베이터를 타고 19층에 있는 사무실에 거의 다다랐을 때쯤 결재자 컴퓨터로부터 연락이 왔다.

"김은경 씨, 방금 제출한 서류에 문제가 있는데요."

"무슨 일이죠?"

"숫자가 틀렸네요. 의원 임기가 759일로 돼 있어요. 지구 날짜로는 778일이고 759로 쓰려면 단위를 솔sol로 써야 되는데 '759일'로 돼 있네요."

"아, 시의회 사무국에서 올린 걸 텐데, 늘 하던 걸 왜 틀렸을까요?"

"글쎄요. 아무튼 사무국에 확인한 다음 솔로 고쳐서 올려주시겠어요? 제가 고쳐도 되지만 절차가 그래서요. 그 사람들, 급여가 19일치나 비면 반란이라도 일으킬 텐데요."

"그러게요. 난리가 나겠죠. 알았어요."

"그리고 결재 문제도요. 그런 거 아무도 신경 안 쓰시는 거

알지만, 전권위임장 서명해서 제출하셔야 처리해드릴 수 있어요."

"아, 그랬죠, 참."

은경은 컴퓨터와의 대화가 새삼 낯설었다. 지구와 연결이 되어 있었더라면, 그러니까 불과 이틀 전만 하더라도, 무려 세 시간 반이 소요되었을 대화였다. 질문 하나에 대한 답을 듣는 데 대략 42분 정도가 소요될 것을 생각하면 "늘 하던 걸 왜 틀렸을까요?" 같은 무의미한 소리는 아예 입 밖으로 꺼내지도 않았을 것이다.

은경은 결재자 컴퓨터가 꽤 인간적이라고 생각했다. 전에는 한 번도 느껴본 적 없는 다정함이었다. 그저 대화 몇 마디 주고받은 것만으로도 그렇게 달라질 줄은 미처 몰랐다. 친밀한 대화의 비결은 그런 무의미한 말들을 시간 아까운 줄 모르고 나누는 일인지도 모른다.

그런 생각을 하면서 창가로 다가섰다. 8층짜리 시의회 건물이 한눈에 들어왔다. 본회의장 천장이 어마어마하게 높은 탓에 안에서 보면 3층으로 보이는 건물이었다. 인기척이 있는지 알아보려는 것뿐이었는데, 의외로 분주한 분위기가 느껴졌다. 심지어 정장에 얇은 코트 차림을 한 사무국 직원 몇 명이 어깨를 잔뜩 움츠린 채 1층 정문 쪽으로 바쁘게 걸어가는 모습까지 보였다. 걸음이야 추위가 재촉한 것이겠지만, 복장만큼은 확실히 휴가철 분위기와는 전혀 어울리지 않았다.

'다들 휴가 안 갔나? 혼자 먹기 그랬는데 점심이나 같이 먹자고 해야겠네. 저쪽은 식당도 열려 있으려나.'

그리고 그때였다. 다시 한 번 불길한 예감이 시청사와 그 주위를 휩쓸고 지나갔다. 갑자기 닥친 어둠이 무겁게 내려앉자 고요하던 풍경이 한층 더 적막해졌다. 은경은 미처 피할 새도 없이 맞이한 그 어둠을 무방비 상태로 가만히 응시했다. 그 끝없는 적막 속에서 어떤 목소리 하나가 들려오는 것만 같았다. 밑도 끝도 없는 불안과 근심, 혹은 두려움과 공포의 목소리.

일부러 귀를 기울일 필요는 없었다. 꼭 알아들어야 하는 목소리는 아니었다. 그저 빠른 달이 화성 표면에 던지는 그림자일 뿐이었고, 길어야 30초면 지나갈 어둠이었다. 화성에 너무 가까워서 화성 자전 속도보다도 빠르게 공전하는 바람에, 그만 서쪽에서 떠서 동쪽으로 지고마는 성질 급한 달. 화성 거주민 전부가 거기에 의미를 두었다가는 머지않아 행성 전체가 심각한 공황 상태에 빠져버릴 게 분명했다.

'참 새삼스럽기도 하지. 한두 번 본 것도 아닌데. 하지만 저게 다 지나갈 때까지 차라리 지하에 틀어박혀 있는 게 낫겠

어. 일식 예보가 언제까지였더라.'

지하 비상상황실로 돌아와 시의회 사무국에 연락해 문제의 문건에 관해 문의했다. 그런데 30분이 다 되도록 아무도 대답하는 사람이 없었다. 이상한 일이었다. 연락은 어떻게든 갔을 게 분명했다. 음성 신호나 문자, 혹은 약식 기호, 아니면 하다못해 색깔로라도. 구체적인 형태는 알 수 없지만 뭐가 됐든 연락이 가기는 갔을 것이다.

'이상하네. 분명 사람이 꽤 있었는데.'

다시 연락을 해보려다가 마음을 바꿔서 박영아에게 말을 걸었다. 얼마 지나지 않아 상황실 테이블 맞은편 벽에 영아 씨의 얼굴 영상이 나타났다.

"임시 총독 각하께서 무슨 일이야?"

"어? 어쩐 일로 얼굴을 다 보여주세요?"

"심심할까봐. 총독부 싹 비지 않았어? 상황실이네. 벙커에서 당직 서는 거야?"

"그런 건 아니에요. 꼭 있어야 되는 시간대가 몇 번 있는데 나머지는 뭐. 휴가 안 갔어요?"

"가야지, 가야 되는데, 일이 좀 있네."

"이 시즌에요? 오프 시즌 아닌가?"

박영아는 방송 제작자였다. 또한 이소진이나 김은경처럼 행성간 통신 분야 종사자이기도 했다. 통신 종사자라기보다는 통신의 적으로 간주되는 경우가 좀 더 많기는 했지만. 특히 지구에서 나고 자란 지구 토박이들로부터.

신호가 몇 분에 걸쳐 두 행성 사이를 오가는 동안, 대부분의 사람들은 할 일이 없었다. 15광분 이상씩 떨어져 있어서 아예 다른 일을 하다 올 수 있는 경우에는 오히려 문제 될 게 없었지만, 딱 3분에서 4분 정도밖에 떨어져 있지 않을 때는 그렇지가 않았다. '실시간' 연락을 시도할 수 있는 거리인 탓이었다. 아예 자리를 비우기도 애매하고 그렇다고 빈 화면을 마냥 들여다보고 있기도 어색한 6분의 간격. 그 기간이 되면, 내합 혹은 충이라고 불리는 절기가 되면, 사람들은 행성간 통신 중간중간에 딴짓할 거리를 찾아 나서기 마련이었다. 특히 화성 거주민 쪽이 더 그랬다.

박영아는 5분 30초짜리 드라마 시리즈계의 스타 연출자였다. 시작은 그랬다. 그러다가 이내 영역을 넓혀갔다. 화성과 지구 사이의 거리가 서서히 멀어지면서 1회 방송시간이 거의 15분까지 길어지는 수백 회 분량의 장편 드라마. 그런 영상물을 제작하는 것 자체가 특이한 일은 아니었다. 그러나 박영아가 지닌 시간 감각만큼은 아무나 흉내 낼 수 있는 게 아니라고 했다. 6분은 6분대로 10분은 10분대로, 분량에 딱 맞는 완벽한 이야기 구조를 찾아내는 일은 보기만큼 그렇게 간단한 일이 아니었다.

문제는 그 다음이었다. 이소진의 경우처럼 이번에도 역시 너무 훌륭하다는 게 문제였다. 연락 사이사이의 지루한 공백을 채우기 위해 드라마를 보기 시작한 사람들이 마침내 그 공백 자체에 매료당해버릴 만큼. '실시간'으로 대화를 주고받던 지구인들이 그 사실을 눈치채지 못할 리가 없었다. 사소한 다툼이 생겨났고, 결국은 시의회에서도 그 일을 논의할 지경이 되었다. 지구 쪽에서는 말할 것도 없었다. 하지만 당연히 영아 씨의 회사는 그 사업을 접을 생각이 전혀 없었다.

"당연하죠. 그런 말도 안 되는 소리를."

은경이 그렇게 말하자 영아 씨가 물었다.

"그렇게 생각해? 나는 그 사람들 말이 일리가 있다고 생각하는데. 요즘 지구에서 유행한다는 화성 혐오도 결국 그 시차 때문일걸. 시차를 견딜 수 없다는 사실 때문이 아니라 여기 사람들이 그 시차를 별로 대수롭지 않게 견뎌낸다는 점 때문에. 뭘 바라는 건지 모르겠다니까. 매달리라는 거야, 뭐야?"

"그런데 화성 혐오라는 게 유행해요?"

영아 씨는 1회 15분이 넘어가는 시간대에 제공되는 영상물에는 손을 대지 않았다. 그 이상 길어지면 전혀 다른 장르가 되어버린다는 판단 때문이었다. 공백 기간 동안 영아 씨는 주로 다음 시즌을 준비했다. 화성의 1년은 지구 시간으로 687일이었지만, 화성과 지구가 근접하는 시기를 기준으로 따지면 778일 정도가 필요했다. 시의원 임기가 778일, 화성 날짜로 759솔 전후인 것도 바로 그 이유 때문이었다.

지구 기준으로 2년이 조금 넘는 기간이었으므로 다음 시즌을 준비하는 게 촉박하지는 않았다. 적어도 외합절 휴가 기간에까지 일을 붙들고 있어야 할 정도는 아니었다. 어차피 다른 사람들도 다 일에서 손을 떼고 있을 기간이라 혼자 분주하게 들쑤시고 다닌다고 해서 뭔가가 이루어질 것 같지도 않았다.

은경이 물었다.

"휴가 안 가요? 올해는 어디에 간다고 그랬더라?"

"아직 계획 없어. 내일까지 결정해서 모레 떠날 계획인데, 그 계획도 방금 전에 세운 거야. 휴가를 꼭 가야 되나? 그냥 멍하게 있으면 안 되나."

"풍습이니까요. 일 다 내팽개치고 기회다 하고 도망가던 데서 유래한 거라니까."

"내가 뭐 엔지니어니?"

"그냥 그러고 있든지요. 그런데 혹시, 회사에서 무슨 이야기 들은 거 없어요?"

"뭐?"

"아니, 우리 맞은편 건물 보니까 출근한 사람이 꽤 있는 것 같아서요. 보좌관들이 정장 입고 돌아다니는 것 같던데요."

"총독부 자회사가? 무슨 일이래? 리모델링 같은 거 하는 거 아닌가? 의원 몇 명이 의자 교체해달라고 난리였다던데. 비어 있을 때 하는 거겠지."

"그런가요? 그런다고 정장씩이나. 그쪽도 뭐 특별한 이야기는 없는 거죠?"

"나야 뭐, 보도국은 아니니까. 시즌도 아니고."

"일 있어서 출근하신다면서요. 호출 받고 가는 거예요?"

"어, 호출."

"무슨 일일까요?"

"그러게. 관련된 일인가? 혹시 재미있는 소문 같은 거 들리면 알려줄게. 물론 생각해보고 거를 건 걸러서."

"아, 예. 그러시겠죠."

오후 내내 아무 일도 일어나지 않았다. 은경은 시의회 식당에 들르지 않았다. 챙겨 온 도시락이 있어서이기도 했고, 먼저 보낸 연락에 답이 없는 것에 대한 대답이기도 했다. 보고 싶지 않다면야 뭐 굳이.

컴퓨터가 말을 걸었다.

"이제 슬슬 퇴근하셔도 될 텐데요."

"그런가요? 그런데 어차피 요 근처에 있어야 되는 거 아니에요? 멍하게 있기는 이 방이 제일 좋은데."

"원칙은 그렇습니다만, 선례는 좀 다르죠."

"아. 그러니까, 그랬다는 거군요, 다들."

"휴가니까요."

"하지만, 급한 일이 생기거나 하면 누군가 책임지게 되지 않나요?"

"그게 지금 김은경 씨 일이기는 한데, 엄밀히 말하면 상황이 발생한 당시에 조치를 취하라는 게 아니라 다 터지고 나면 나중에 희생양이 되라는 의미에 가깝습니다."

"아. 솔직하시네요."

"기계니까요. 어디서 쉬시든 제가 연락을 주고받는 건 똑같습니다. 그리고 사실 비상사태를 만들 사람들도 다 휴가를 가버려서 아마 아무 일도 안 일어날 겁니다. 특별행정관 본인이 문제를 일으키는 게 아니라면."

"특별행정관님이 근처에 계신가요?"

"휴가를 잘 안 다니십니다. 이미 어딘가 멀리 떠나온 상태라고 생각하시거든요."

"하긴, 지구에서 온 분들은 그렇게들 생각하시죠."

영아 씨도 그래서 휴가를 떠나지 않은 걸지도 모른다는 생각이 들었다. 그들에게 화성은, 결국 아무 데도 아닌 것이다. 경력이 충분히 쌓이거나 돈을 원하는 만큼 벌고 나면 그들은 지구로 돌아갈 것이다. 여생을 보내고 싶은 행복한 풍경이 펼쳐진 행성으로.

은경은 고개를 돌려 벽 쪽을 바라보았다. 아무것도 걸려 있지 않은 하얀 벽에 커다란 화면 하나가 띄워져 있었다. 그리고 그 안에는 바깥 풍경이 창문처럼 펼쳐져 있었다. 거의 해가 질 무렵이었다. 빠른 달이 태양 반대 방향으로 하늘을 가로지르고 있었다. 느린 달로 보이는 작은 별 하나가 먼 하늘에 홀로 떠 있었다.

일단 짐을 챙겨 시청사 정문으로 나갔다. 그러나 차마 밖으로 나갈 수는 없었다. 로비에 서는 순간 이미 발목이 오싹해지는 한기 때문이었다. 5분 정도 문밖을 바라보고 있다가 다시 19층 사무실로 발걸음을 옮겼다. 그대로 외투를 껴입은 채 사무실 안쪽 구석에 있는 휴게실로 들어갔다. 창문이 전혀 없어서 창고로나 쓰일 법한 방이었지만, 그렇게 한기가 매섭게 스며드는 계절에는 바깥과 직접 닿은 면이 하나도 없는 방이

볕 잘 드는 방보다 훨씬 더 아늑했다. 화성이 지구만큼 태양에 가까웠다면 그나마 볕이 드는 편이 나았겠지만.

은경은 침대만큼 넓은 소파에 털썩 주저앉아 남은 14일을 어떻게 보낼지 생각했다. 할 일은 벌써 다 끝낸 모양이고, 보고서는 마지막 날 몰아 써도 충분할 것이다. 매일 나와 있을 필요도 없다니, 그냥 집에서 놀고 있다가 중간에 한 번쯤 들러주기만 하면 되겠지. 남는 시간에는 무슨 일을 할까. 오랜만에 그림이나 하나 그려볼까.

'그런데 뭐? 막상 일이 터졌을 때는 아무것도 못하고 있다가 사태가 다 정리되고 나면 책임이나 지는 자리라고?'

승진 대상 명단에 올라가는 마지막 단계가 그런 조건 하에서 짧지도 않은 휴가 기간을 그저 아무 일도 일어나지 않기를 바라며 보내는 일이라니, 어울리는 듯하면서도 뭔가 개운치 않은 통과의례였다.

'그리고 참, 휴가 안 가고 남아 있는 사람이 총독 하나는 아니었는데. 시의회는 왜 연락을 안 받는 거야, 신경 쓰이게? 방송국은 왜 또 일을 하고 있는 거지? 그 정도가 남아 있으면 비상사태를 일으킬 수 있는 사람들이 다 사라져버린 상황도 아니잖아.'

다음 날 아침, 은경은 떠들썩한 소리에 잠이 깼다. 바쁘게 돌아다니는 발소리, 초조한 듯 긴박감이 느껴지는 사람들의 말소리. 잠이 덜 깬 눈을 가늘게 뜨고, 소리가 넘어 들어오는 휴게실 문 너머를 바라보았다. 책을 읽다가 불을 켜놓고 잠이 든 탓에 휴게실 안이 환하게 밝혀져 있었다.

"특별행정관님은 나오셨대?"

"식사 중이시랍니다."

"그래? 당신들은 아침 먹고 왔어?"

같은 사무실 사람들. 익숙한 목소리였다. 정신이 시차를 두고 은경을 쫓아오고 있었다.

얼른 몸을 일으켜 앉았다. 정신이 조금 더 빠른 속도로 쫓아왔다. 소파에서 일어나 휴게실 문손잡이로 손을 뻗는 순간 쫓아온 정신이 손을 붙들었다.

'잠깐, 다들 왜 나와 있는 거지?'

그리고 다음 순간 이런 생각이 뒤따랐다.

'출근할 거라고 미리 알려준 사람 아무도 없는데.'

은경은 사무실 쪽에서 들려오는 소리에 귀를 기울였다.

"당직 누구였지?"

"김은경 씨입니다."

"그렇지 참. 지금 어디 있대?"

그제야 은경은 자신의 위치가 아직 사람들에게 알려지지

않았다는 사실을 깨달았다.

"찾고 있는데요."

"누가 잘 좀 붙들고 설명해줘. 엉뚱한 짓 안 하게."

'엉뚱한 짓이란 뭘 말하는 걸까. 그보다 과연 어느 쪽이 엉뚱한 짓을 벌이고 있는 걸까.'

숨을 죽인 채 아침 뉴스를 불러냈다. 맞은편 벽면에 텍스트로만 이루어진 아침 뉴스가 떴다. 예상대로 맨 첫 줄에 답이 올라와 있었다.

〈**속보**〉 화성북반구연맹 소속 17개 도시 독립선언 가담.
22개 시 의회 해산 및 재선거 절차 검토.

뉴스에 시선을 고정시켰다. 그리고 무슨 말인지 이해할 수 있을 때까지 반복해서 그 짧은 문장을 읽고 또 읽었다.

화성북반구연맹은 소규모 자치도시를 가입단위로 하는 일종의 공공서비스 소비자 조합이었다. 평범한 지구 사람들의 생각과는 달리, 화성의 모든 도시가 기본적인 삶의 조건을 스스로 충족시킬 수 있는 것은 아니었다. 물론 화성 개척의 선두에 선 몇몇 나라들이 세운 정착지는 자급자족을 하지 않을 수가 없었다. 행성의 대기 조성 자체를 개조해야 했기 때문이다. 그런데 그렇게 만들어진 공공재는 그들의 정착지에 필요한 수요를 넘어서는 경우가 많았다. 그래서 화성 개발 선진국들은 남아도는 전기와 물을 새 정착지에도 제공하기로 했다. 당연히 새 행성의 향후 발전 방향을 좌우할 중요한 정치적, 사회적 구조들이 모두 결정된 다음에나 실행에 들어간 일이었다.

문제는 가입 특약이었다. 최초 가입자들에게 적용되었던 대단히 우호적인 공급계약조건, 그리고 그 요금 수준이 적용되는 기간에 관한 문제. 지구 시간으로 50년이면 결코 짧은 기간은 아니었을 것이다. 그러나 영원히 계속될 것 같았던 유예기간이 지나고, 주요 인프라공급사업자들이 요금 현실화 계획을 줄줄이 발표하면서 갈등의 씨앗이 서서히 싹을 틔우기 시작했다. 지구 시간으로 무려 3년간이나 행성 전체에서 보도되는 뉴스의 절반이 오로지 그 일 하나로 채워졌을 만큼.

'하지만 그 건은 별 탈 없이 잘 해결됐을 텐데. 북반구연맹이 만들어지고, 협상도 예측 가능한 선에서 마무리가 됐고. 악수하고 박수치고 분위기 훈훈했잖아.'

가까이에 있는 벽을 손으로 두 번 두드렸다. 그러자 그 자리에, 마치 몇 년 전에 그려진 벽화처럼 생긴 글자판이 나타났다. 은경은 그 자판을 두드려 결재자 컴퓨터에게 말을 걸었다.

「지난번 협상안, 시의회가 아직 비준을 안 했던가요?」

컴퓨터가 보낸 대답이 벽면에 나타났다.

「새벽에 표결이 있었습니다.」

「새벽에요?」

「의회가 공공요금 지불 협상안을 부결했습니다.」

'그 게으른 시의회가? 갑자기 나타나서 정족수를 채웠다고? 그것도 새벽에?'

전날 19층 창문을 통해 본 시의회 보좌관들이 떠올랐다. 은경이 다시 컴퓨터에게 물었다.

「몇 명이나 투표했죠?」

「119명입니다. 찬성이 2, 반대가 117명이고요.」

135명 중 119명. 그 말은 지구계와 화성계 양쪽이 초당적으로 공모해서 벌인 일이라는 뜻이었다.

「거의 다 왔잖아요. 미리 파악이 안 됐나요?」

「저는 그런 성능 좋은 인공지능 인격체가 아니거든요.」

「네?」

「그런 건 화성방위연합 사무국 인공인격 컴퓨터나 할 수 있는 일이니까요.」

'하긴. 그래도 말이나 못하면.'

하지만 컴퓨터의 입장도 일리는 있었다. 자연스럽게 대화를 주고받는 기능이야말로 인간이 그런 류의 인공지능에게 부여한 첫 번째 능력이었으니까. 인간이 만든 인공인격체라면 성능이야 좀 떨어지든 말든 일단 말 하나는 기가 막히게 잘해야 하는 법이었다.

「저야 그저 행정통신 보조컴퓨터에 부여된 가상인격일 뿐이니까요. 행정적인 책임을 질 수 있는 인격체로 간주하지는 않으시기를 바랍니다.」

말은 많이 하지만 책임은 지지 않겠다는 말. 역시 훌륭한 동료 직원이었다.

「그러면 어떻게 되는 거죠? 전기나 수도가 끊기나요?」

「공공시설은 어느 정도 자급이 가능합니다. 그런데 민간에 공급되는 전기는 제한 공급으로 바뀔 겁니다. 수도도 마찬가지고요.」

「완전히 끊지는 못하는군요.」

「인권협약이 있으니까요. 그래도 도시는 마비될 겁니다. 다시 말하면 의회가 도시 기능을 마비시키는 표결을 한 셈이겠죠.」

「그 말은, 그걸 의미하는 거겠죠?」

「'그걸' 의미하는 게 뭔지는 모르겠지만, 특별행정관이 의회를 해산하고 재선거를 요구할 요건이 되는 건 분명합니다.」

비로소 은경은 무슨 일이 일어나고 있는지 알 것 같았다. 조금 있으면 아침 식사를 마친 총독이 평소처럼 시청사로 출근을 할 것이다. 그리고 의회를 해산할 것이다!

저 문 너머 사무실에 출근해 있는 사람들은 그 일을 처리하기 위해 나와 있는 셈이었다. 그러니까 그 말은 이런 의미였다.

'의회부터 시정부까지 모두가 한 패라는 말이군. 일부러 해산할 사유를 주려고 다 합의된 중재안을 부결한 거야. 그것도 외합절 휴가 기간에 딱 맞춰서. 그런데 왜?'

벽을 문지르자 글자판이 사라졌다. 은경은 조용히 소파로 다가가 가방 속에 넣어둔 상황조치 매뉴얼을 펼쳤다. 지구와의 연락이 두절된 기간 동안 특별행정관이 할 수 있는 일.

'그 조항이 어디 있더라? 그런데 잠깐, 이건 또 뭐야, 전쟁도 수행할 수 있는 거였어? 이거 뭐 이렇게 과격해?'

그때 문 밖에서 이런 소리가 들려왔다.

"권한위임장 챙겨. 그거 회수해야 돼."

은경은 마치 대답이라도 하듯 고개를 들어 문 쪽을 바라보았다. 놓쳐서는 안 되는 중요한 말이었다. 상황이 어떻게 됐든 일단 그게 핵심인 것 같았다.

다행히 그 소리는, 총독이 시청사로 출발했다는 누군가의 말이 전해지자마자 조용히 묻혀버렸다. 그러나 은경은 그 말을 놓치지 않았다. 그리고 발소리를 죽인 채 다시 소파로 다가갔다. 상황조치철을 뒤졌으나 위임장은 그 안에 들어 있지 않았다. 한번 슥 훑어보고는 상황실 책상 위에 아무렇게나 펼쳐둔 기억이 떠올랐다. '아니면 통신실 갔을 때 놓고 온 건가.'

지하 비상상황실에 있지는 않을 거라는 생각이 들었다. 그랬다면 다른 사람들이 이미 챙겼을 테니까. '의원 급여 정리하다가 바로 해결이 안 돼서 그 사이에 끼워놓고 온 모양이야.'

발소리가 들렸다. 총독을 맞이하기 위해 사람들이 사무실 밖으로 빠져나가는 소리였다. 남아 있는 사람이 있을까. 벽을 두드려 글자판을 불러냈다. 그리고 사무실로 전화를 걸었다.

문 너머로 알림음이 들려 왔다. 아무도 연락을 받지 않았다. 또한 아무 기척도 들리지 않았다. 청사 내부에서 걸려온 전화라는 것은 쉽게 알 수 있었을 테니 누구라도 사무실을 지키고 있었더라면 반응을 했을 것이다.

전화를 끊고 불을 끈 다음 천천히 휴게실 문을 열었다. 사무실은 텅텅 비어 있었다. 빠른 걸음으로 복도로 나가 조심스럽게 엘리베이터 쪽을 살폈다. 아무도 없었다. 알림판을 보니 엘리베이터 한 대가 이미 아래층으로 내려가고 있었다.

'내가 지금 정확히 무슨 짓을 하고 있는 거지?'

다른 쪽 엘리베이터를 기다리면서 생각을 정리해보려 했으나 아직 정보가 충분하지 않았다. 아무튼 뭔가를 해야 되는 상황인 것만은 분명했다.

일단은 2층으로 내려갔다. 어지러워진 책상. 사람이 왔다 간 흔적이 있었으나 당장은 아니었다. 은경은 한 구석에 모아 놓은 서류 뭉치로 다가가 맨 앞 몇 장을 넘겼다. 위임장이 있었다. 지구 측 내무행정부의 전권을 위임받은 특별행정관이 다시 그 권한을 누군가에게 위임하는 서류. 위임받는 사람 이름이 공란으로 남아 있는, 의회해산권과 재선거 요구권뿐만 아니라 심지어 전쟁 수행 권한 일부까지도 포함하는 꽤 중요한 권한을 담은 종이 문서.

서명란이 아직 빈칸으로 남아 있는 것을 확인하고 은경은 가슴을 쓸어내렸다. 그리고 재빨리 빈칸에 자기 이름을 또박또박 써 넣은 다음, 방의 주인인 관료주의 인공인격체가 볼 수 있도록 카메라 앞에 문서를 들이밀었다.

"접수됐습니다. 방법은 좀 희한했지만."

컴퓨터가 말했다. 은경은 고개를 끄덕이고는 곧바로 컴퓨터실을 빠져나와 엘리베이터로 향했다.

'이제 지하로 가서 문을 걸어 잠그는 거야.'

복도 저쪽에서 누군가의 발소리가 들려 왔다. 문이 열리고,

엘리베이터로 한 걸음 들어서는 순간 은경의 이름을 부르는 익숙한 목소리가 다급하게 엘리베이터 안으로 따라 들어왔다. 목덜미를 붙들린 듯 아찔한 느낌이 등줄기를 타고 흘렀지만 문 안으로 들어온 것은 오직 목소리뿐이었다.

'쫓아오고 있겠지. 왜 도망쳐야 하는지는 모르겠지만, 쫓아오니까 일단은 도망부터 가자.'

버튼을 눌러 문을 닫았다. 엘리베이터가 곧장 지하로 향했다. 은경은 상황실로 들어가자마자 출입문을 봉쇄했다. 그러고 나서야 아차 하는 마음에 생존물품을 확인했다. 다행히 모든 것이 충분히 구비되어 있었다. 공기도, 전기도, 물도, 식량도. 그리고 비상상황실이라는 이름에 걸맞게 샤워실과 화장실이 딸린 작은 숙직실도.

결재자 컴퓨터가 말했다.

"방금 소월시 특별행정관이 의회해산 명령을 내렸습니다만, 현재 그 권한은 외합절 당직근무자 김은경 씨에게 위임되어 있습니다. 따라서 이 명령이 유효하려면 권한 조정이 필요합니다. 특별행정관에게 권한을 반환하시겠습니까?"

은경이 선 채로 대답했다.

"아니요."

"좋습니다. 행정권한 판단입니다. 권한에 부합하지 않은 명령이므로, 특별행정관의 의회해산 명령 처리 요청을 반려합니다."

"감사합니다."

공간결정론 Space decides

공간이 삶을 결정한다. 우주가 지배형태를 결정한다. 두 지점 사이의 거리와, 통신수단 혹은 이동수단의 속도 사이의 관계가 두 행성 사이의 지배구조를 한정짓는다.

화성에 대한 지구의 지배방식은 결국 단 한 가지 형태, 봉건제로 귀결된다. 지구의 이익을 완전히 대변하는 제후가 화성 현지에서 직접 지배하는 것 외에 다른 유효한 지배방식은 생각할 수 없다. 잠깐은 성공할지라도 결국은 실패할 것이다. 사이좋게 연락을 주고받는 것보다 연락을 끊었을 때 훨씬 좋아지는 수많은 것들 때문에.

'겨우 짝사랑 하나도 성공하지 못할 거야, 화성과 지구 사이에서는.'

은경은 그 아이를 떠올렸다. 고향 시골 마을에서 같이 자란 동갑내기 친구. 일곱 살 때부터 천재로 불렸던 그 아이의 호기심 가득한 입술이 생각났다. 다른 똑똑해 보이는 아이들이 겨우 "왜요?"하고 묻는 법을 배웠을 무렵에 혼자서만 벌써 "그렇게 되면 누가 좋은데요?"하고 아무도 가르쳐준 적 없는 질문을 던지곤 하던 그 입매.

키가 조금 더 자라자 은수는 곧 마을을 떠났다. 그러고는 아주 가끔씩만 집에 들렀다. 맨 처음 은수가 마을을 떠나던 날, 은경은 동네 버스 정류장까지 배웅을 나갔다. 은수 입장에서는 제일 친한 친구도 아니었을 텐데.

마을에서 버스를 타고 떠난 은수는 소월에서 다시 기차를 타고, 공항으로 가는 버스가 있는 안평으로 갔다. 거기에서 공항버스로 예니즈미르 공항에 간 다음 다시 항공편을 이용해 오퍼튜니티 시티에 가서 그곳 대학에 입학했다. 은경이 중학교에 들어가던 나이였다.

은경은 은수의 그 여정이 까마득하게만 느껴졌다. 거리도 거리였지만 그 여정이 관통하는 한 단계 한 단계, 겹겹이 쌓여 있는 세상의 벽이 우주만큼이나 아득하게 느껴진 탓이었다. 맨처음 지구 우주선이 화성에 왔을 때 어느 곳에 내려야 할지를 심각하게 고민했을까? 하기는 했지만 그것은 화성이라는 세계의 층위 때문이 아니었다. 단지 어디에 착륙해야 비교적 평탄한 지역에 안전하게 내릴 수 있을지 알 수가 없었기 때문이었다. 그런데 지금은 그렇지 않다. 지구에서 온 우주선이 내리는 곳은 화성에 단 열세 군데밖에 없다. 지구에 갔던 은수가 2년 만에 집으로 돌아오기 위해서는 세이건 시에 있는 우주공항에 내린 다음, 오퍼튜니티 시티, 예니즈미르, 안평, 그리고 소월을 거쳐 그 작은 시골 마을까지 역순으로 층위를 거슬러 내려오는 여행을 해야만 했다. 우주선이 직접 안평쯤에 내려도 될 텐데. 아니, 차라리 곧장 소월에 내려도 우주선 입장에서는 전혀 다를 게 없을 텐데도.

어느 날 문득 사랑한다는 사실을 깨달았지만 그 후 대부분의 시간 동안 동경밖에 할 수 없었던 동갑내기 은수는, 결국 지구 어딘가에서 사고로 목숨을 잃었다고 했다. 평생 절대 닿을 일 없는, 상상조차 할 수 없을 만큼 아득한 세상 저편에서. 그리고 만약 은수가 고향으로 돌아온다면 맨 처음 은수가 마을을 떠나던 때보다 한 단계 정도는 더 멀리 배웅을 나갈 수 있을 만큼 성장한 은경은, 외합절 휴가 이틀째 날에 별안간 작은 도시 소월의 임시 총독이 되어 있었다. 외부와의 연락을 완전히 차단한 채 작은 방 안에 틀어박혀 있는 고독한 총독.

결재자 컴퓨터가 말했다.

"뉴스를 봤는데, 선거 공고가 나갔답니다."

"선거일은 언제로 잡혔대요?"

"사흘 뒤라는군요."

"그럼 여기는 아무 일도 안 일어난 걸로 처리된 건가요?"

"이 방 말고는요. 언론에서 협조를 잘 했네요."

은경은 영아 씨의 표정을 떠올렸다. 어쩐지 차갑게 느껴졌던 손길도.

"문 밖은 이제 좀 잠잠하네요. 다 물러갔나요?"

"네, 일단은요."

"강제로 문을 열까요?"

"아직 그런 낌새는 안 보이지만, 경찰에 무기가 지급된 모양입니다. 이쪽에서도 대응무기를 준비할까요?"

"무기요? 아니, 됐어요. 무기는 무슨. 어차피 저 문은 못 뚫을 거 아니에요."

"쉽지 않을 겁니다."

"그럼 뭐. 일단 상황 정리부터 해보죠. 이게 다 어떻게 된 일일까요?"

"무슨 말씀이신지 모르겠습니다."

"반란인가요?"

"반란으로 규정하시겠습니까?"

"제가 물었는데요."

"전권위임자인 김은경 씨가 반란으로 규정하시면 반란이 됩니다. 그렇지 않으면 반란이 아닙니다. 다른 해석이 필요하시면 수사기관이나 법원의 판단을 기다리시면 됩니다."

순간 은경은 말문이 막혔다.

"참 나. 가끔 너무 사람 같은 거 알아요?"

"칭찬인가요?"

"다 알아들으면서."

결재자 컴퓨터는 2층에 살았다. 지하에 있는 것은 절도사 컴퓨터라는 별명을 지닌 비상사태용 컴퓨터였다. 결국은 동일한 인공인격체였고, 하나가 손상된다고 해서 그쪽 기능이 완전히 상실되는 구조로 설계되어 있지도 않았지만 아무튼 시청 사람들은 그 둘을 구별해서 부르기를 좋아했다. 그리고 총독과 공모자들은 2층에 있는 결재자 컴퓨터를 차단하지 않았다. 지구에서 정한 정당한 절차에 따라 선거에 의해 합법적으로 독립을 쟁취할 마지막 수단이었기 때문이다.

그래도 물론 행성간 통신망을 차단해두기는 했다. 태양이 중간에 가로놓여 있어서 신호가 온전하게 전달되지는 못한다 해도 용량이 아주 크지 않은 간단한 긴급신호 정도는 충분히 전해질 수 있기 때문이었다. 물론 그런 최소한의 연결확인 신호조차 사라져버리면 지구 쪽에서도 뭔가 문제가 있다는 생각 정도는 할 수도 있겠지만, 겨우 그 정도의 불완전한 정황만으로 위기를 확신하고 상황에 대처하기에는 두 행성 사이의 거리가 너무 멀었다. 먼저 계획하고 움직인 쪽에 승산이 있는 싸움이었다.

'그런데 그 계획이라는 게 구체적으로 뭐지? 내가 지금 무슨 계획을 저지하고 있는지 정도는 알아야 할 텐데.'

우선은 총독이 취하려던 조치가 제일 중요한 단서였다. 선거를 다시 치르는 것. 화성 어디가 됐든 선거는 대체로 화성이 지구에 가장 근접하는 시기에 치러졌다. 778일, 759솔. 화성의 공전주기가 아닌, 두 행성의 상대적인 위치가 선출직 공무원들의 임기를 결정하는 셈이었다. 지구가 화성에 영향을 미치기에 가장 좋은 시기. 화성을 유지시켜줄 물자와 사람들이 가장 활발히 쏟아져 들어오는 시즌.

어쩌면 의회를 해산하고 선거를 다시 한다는 것은 단순히 남은 임기를 채울 의원을 다시 뽑는다는 말이 아니라, 아예 선거 날짜 자체를 두 행성 사이의 거리가 가장 먼 시기로 옮기는 일을 의미하는 것인지도 모른다. 지구의 존재감이 커지는 시기에 독립을 시도한다면 그만큼 반대자들의 목소리도 커질 게 분명하기 때문이다. 물리적인 위협은 되지 않는다 해도, 그저 그 사람들과 토론을 하는 것만으로도 혁명은 금방 분쇄되고 말 것이다.

'관건은 절차야. 총독이 협상한 것을 의회가 거부하고 다시 총독이 의회를 해산하는 방식으로 진행되는 합법적 절차. 그게 가능하려면 총독이 의회와 미리 말을 맞춰뒀어야 해.'

은경은 지난 몇 주간 특별행정관의 행적을 검색했다. 수상한 정황은 없었으나 시의회 대표들과의 접촉이 유난히 많은 시기가 눈에 띄었다. 은경은 관련된 기사를 벽면에 출력했다. 공공서비스협상 비준 문제가 걸려 있던 기간이었으니, 총독과 의회의 접촉 자체가 특이한 일은 아니었다. 다만 비공개 모임이 지나치게 많았을 뿐. 단지 그뿐이었다.

기사들을 들여다보고 있다가 문득 좋은 생각이 떠올랐다. 다른 북반구연맹 도시들과 공조해서 일어난 반란이라면, 소월에서 일어난 것과 비슷한 일들이 다른 연맹도시들에서도 일어나지 않았을까.

관련 기사를 모두 검색했다. 행동에 가담한 도시만 마흔 개에 가까웠으니, 기사도 적지 않았다. 번역기를 가동한 다음 결과물을 출력하자 지하 벙커 벽면이 전부 글자로 가득 찼다. 천장에서 바닥까지 빼곡하게 들어차 있는 글자들이 마치 광야에 세워진 비석의 글귀처럼 비장해 보였다. 그리고 정말로 그 안에 답이 있었다. 같은 날 같은 시각. 연맹에 속한 도시 대부분에서 행정수반과 시의회 대표자들 간에 비슷한 비공식 대화가 진행된 듯했다. 내용을 알 수 없는 블랙박스 모임들.

해당되는 부분에 모두 빨간 줄을 긋자, 상황실 안 육면체 천구가 붉은색 블랙홀들로 가득 찼다.

'징후가 이렇게 분명했는데도 지구에서는 아무도 모르고 있었어. 하지만 그럴 수밖에 없었겠지. 총독부고 시의회고, 직접 뽑아서 파견한 지구 출신 관리들이 아무 말도 안 하고 넘어갔을 거니까.'

은경은 그 많은 지구 출신 정치인들 중 제일 가까이에서 보아온 한 사람을 떠올렸다.

'우리 총독은 무슨 생각으로 저쪽에 가담한 걸까. 누가 봐도 영락없는 지구내기였는데.'

"접견 요청이 들어왔습니다."

결재자 컴퓨터가 갑자기 말을 거는 바람에 은경은 흠칫 놀라 고개를 들었다. 대답 대신 목소리가 나는 쪽으로 돌아봐 주고 싶었지만 결재자 컴퓨터가 정확히 어디에 존재하고 있는지 알 수가 없었다. 그러자 다시 컴퓨터가 말했다.

"아무도 안 만나실 건 알지만 이분은 다를 것 같아서요."

영아 씨였다. 다 알고 있었으면서도 단 한 마디도 미리 말해주지 않았던 수십 명의 동료들 중 한 사람. 은경은 긴 숨을 내쉬었다.

"교섭 대표인가요? 좋은 선택은 아닌 것 같은데요."

기분은 썩 내키지 않았지만, 그래도 영아 씨라면 은경이 폐쇄된 벙커 문을 열게 될 가능성이 제일 높은 교섭 담당자이기는 했다. 은경으로서도 어쨌거나 누군가의 입장을 들어보기는 해야 했고 그러지 않고서는 어느 편에 서야 할지 정할 방법이 없기도 했다.

"알았어요. 그런데 이왕이면 먹을 만한 음식을 좀 갖고 들어와달라고 전해주세요. 멀쩡한 커피도요."

은경은 다른 사람들을 모두 멀찍이 물러서게 한 뒤 문을 열어 영아 씨를 맞이했다. 결재자가 문을 닫아버리자 상황실은 다시 밀폐공간이 되었다. 은경의 명령이 없으면 아무도 그 문을 열 수 없다는 사실을 확인한 다음 영아 씨가 말했다.

"하필 자기가 딱 비상근무가 돼 가지고."

"다른 사람이면요?"

"잠깐 얼굴만 내밀고 벌써 집에 갔겠지."

"가려고 했어요."

"근무 시간 다 채웠던데."

"비난할 일인가."

"비난이겠니?"

영아 씨가 의자에 털썩 주저앉았다. 은경은 긴장을 살짝 늦

쳤다.

"어디까지 개입된 거사예요?"

"낄 만한 사람은 다."

"나는?"

영아 씨가 한숨을 내쉬었다.

"모르는 게 나았어. 고민할 필요도 없어지니까."

"설마요."

"좋아. 이야기해보자. 뉴스는 보고 있어?"

"그럼요."

"봐서 알겠지만 이거 어차피 여기서만 일어나는 일도 아니야. 결국 연맹소속 도시들이 전부 재선거에 들어갈 거니까 이 근방이 다 독립 쪽으로 돌아서겠지. 꽤 정당한 과정을 거쳐서 진행될 거고, 독립 여부를 정하는 건 어차피 선거일 거니까, 엄밀히 말하면 거사도 뭐도 아니지. 안 그래?"

"대충 어떤 사람들이 당선될지는 정해져 있으니까 재선거를 하는 거 아닌가요?"

가지고 온 가방에서 도시락을 꺼내며 영아 씨가 대답했다.

"그거야 뭐. 그런데 내합에 선거를 해도 마찬가지 아닌가. 그랬으면 늘 그랬듯 지구 쪽에서 생각하는 사람들이 당선되겠지. 밤하늘에 지구가 떡하니 보이는 날이니까. 무슨 간장을 이렇게 많이 넣어놨냐. 몇 개야? 여덟 개야? 그런데 그게 공정한 선거인가? 지구가 없으면 어떤 결과가 나올 거라고 생각해? 천구에서 지구가 완전히 삭제된 시즌에 말이야. 마치 그런 행성은 처음부터 없었던 것처럼. 어때? 여론조사 같은 거 본 적 있어? 없겠지. 불법이니까. 그래도 왠지 외합에 하는 선거가 더 공정할 것 같지 않아?"

그런가. 아마도 그럴 것이다. 어차피 어느 쪽에는 유리하고 어느 쪽에는 불리한 선거.

'그런데 나는 어느 쪽이지? 화성인가? 지구 쪽인가?'

지구직 공무원으로 일하는 화성 토박이에게 편 가르기란 사실 큰 의미가 없었다. 그걸 중요하게 생각하는 것은 대체로 지구 출신들뿐이었다. 물론 정치는 무의미한 일이 아니다. 행정도 마찬가지다. 싸워나간다는 것은 얼마나 숭고한 일인가. 그러나 지구 출신들의 편 가르기는 완전히 공감하기가 쉽지 않았다. 그들은 지구를 위해 싸우는 것이 아니었다. 그렇다고 화성을 위해서 싸우는 것도 아니었다. 그들에게는 과학자들도 모르는 제2의 지구와 제2의 화성이 있었다. 그렇게 애지중지한다니 존중은 하겠지만 한 번도 본 적은 없는 마음속 행성들.

생각이 거기에 이른 순간 영아 씨가 조금은 가벼워진 말투로 물었다.

"그런 거 다 상관없지?"

은경이 잠시 멈칫하더니 아무것도 아니라는 듯 자연스레 대답했다.

"뭐. 그거야."

"그러니까. 그게 무슨 상관이야. 굳이 자기한테 알릴 일도 아닌데. 어차피 당직 아니고 조용히 휴가 갔다 온 거면 별로 신경도 안 썼을 거잖아."

"신경이야 쓰였겠죠. 일단 할 일이 얼마나 많아지는데."

"그거야 뭐. 이미 정해진 운명인 것 같더라. 일복 터졌던데. 그러니까 이제 그만하고 나와. 당직 다 끝났고 집에 가면 돼. 총독이 지가 하겠다는데 일은 무슨 일이야? 좀 있으면 일 복 터질 텐데. 놀 수 있을 때 놀아. 다른 사람들도 출근했다가 일단 다 집에 갔어."

"집에요? 경찰이 무기 지급했다면서요."

"소월 경찰이 하는 일이 뭔지 아냐? 무기 지급했다가 다시 걷는 거. 젓가락 줄까? 포크?"

"젓가락."

"집에 갔어, 경찰 빼고. 어차피 너 나올 때까지 올 스톱이니까. 휴가 기간에 나와서 대기하고 있으면 식구들이 좋아하냐?

나도 기차 시간 맞추려면 빨리 집에 가서 짐 싸야 돼. 너 씻고는 있어?"

"여기 시설 좋아요."

"하긴. 우리 집보다 좋아 보이네. 간장 또 있네. 잘못 넣었나보다. 가다가 돌려줘야겠다."

은경은 아무 말도 하지 않았다. 그러자 영아 씨가 한 마디를 보탰다.

"충분히 잘했어. 소신 있게. 뭐 싫은 소리 좀 듣겠지만, 다 매뉴얼대로 한 일이니까 당당하게 나가면 돼. 누가 뭐라 그러면 나한테 말하고. 그런데 매뉴얼에 있기는 한 거지?"

"글쎄요."

"그런가. 모르겠다. 아무튼 밥이나 먹자."

그러나 밥이 잘 넘어가지가 않았다. 뭔가 석연치 않은 느낌 때문이었다.

"그래서 언제 나갈 거야?"

"글쎄요, 한 오후쯤? 이러고 그냥 나가면 좀 이상하잖아요."

"오후에 갑자기 나가도 이상하기는 마찬가지 아닌가? 아무튼 알아서 해. 좋은 그림 만들어서 나와."

"그런데 말이죠," 은경이 물었다. "사람들이 왜 독립을 생각하게 된 걸까요?"

"다른 데도 다들 하니까 하는 거겠지."

"그러니까 그 다른 데들은 왜 그랬을까요? 일반인들이 다 독립을 생각하는 것도 아니고, 독립 이야기가 구체적으로 나왔던 것도 아니고. 정책결정자들끼리만 의견 일치를 봤다는 거 아니에요. 그것도 갑자기."

자기 목소리로 그 말을 하는 순간 은경은 핵심이 뭔지 알 것 같았다.

'뭔가 중요한 정보가 나온 거야. 교섭 중에. 언론이 공모해서 일반인들한테까지는 아직 안 퍼지게 한 거지.'

영아 씨가 튀김을 간장에 찍으며 대답했다.

"불편하지 않아, 지구랑 연락해가면서 일하는 거? 그 사람들이 제일 불편하지 않을까? 일반인들이야 뭐 귀찮으면 연락 안 하고 살면 그만이지만, 공무원들은 지구만 쳐다보고 살아야 되잖아. 신탁 기다리듯이 통신실에 매달려서 천날만날 허송세월이나 하고 있고."

"아닌 건 아니지만."

적절한 답은 아닌 것 같았다. 은경은 젓가락으로 반찬을 뒤적거리며 생각에 잠겼다. 그러면서 가끔 영아 씨의 얼굴을 살폈다.

'저게 뭐지?'

거기에 뭔가가 있었다. 영아 씨의 표정이 아니라 영아 씨 뒤에 있는 벽면에. 소리 없이 켜져 있는 작은 영상 화면이었다. 결재자 컴퓨터가 띄워 놓은 화면 같았다. 은경이 그 화면을 보고 있다는 확신이 생겼는지, 컴퓨터가 화면을 조금씩 확대했다.

경찰이었다. 손에는 무기가 들려 있었다. 길쭉하고 방아쇠가 달린 무기, 복도를 막아선 경찰 병력. 어느 복도인지 알아보는 것은 어렵지 않았다. 시청사 안이고, 지하층이었다. 비상상황실 쪽으로 이어지는 통로 앞. 머리 위였다.

고개를 끄덕여 알았다는 신호를 준 다음 말없이 밥을 떠먹었다. 거짓말이었다. 다른 사람들은 집으로 돌아가지 않았다. 아무 일도 아닌 게 아니었다. 은경이 문을 걸어 잠그고 상황실에 틀어박혀 있는 상황을 저들은 도저히 견딜 수가 없었던 것이다. 무장한 병력을 보내 진입로를 다 봉쇄할 만큼. 마치 뚫고 들어오기라도 할 것처럼.

'괜찮을 거야. 그래도 지하벙커니까.'

식사가 끝날 때까지 포위망이 더 좁혀지지는 않았다.

"나는 바빠서 이만 가봐야겠다. 쓰레기 챙겨 갈까?"

"두고 가세요. 이따가 오후에 나갈 때 가지고 나갈게요."

영아 씨를 내보내고 출입문을 봉쇄했다. 다시 혼자가 되자 안도감과 불안감이 동시에 밀려왔다.

'뚫고 들어오지는 못할 거야. 그게 가능했으면 직접 뚫고 들어왔겠지 왜 사람을 보내겠어?'

그런데 별일 아니라고 생각하는 것도 아닌 사람들이 왜 한가하게 사람을 들여보냈을까? 설득하려고 한 건 아닌 것 같은데. 금세 발각될 거짓말까지 해가면서.

'뭐가 됐든 목표를 달성한 모양이지. 그게 뭘까?'

책상 위로 눈을 돌렸다. 도시락을 담아 온 보온 가방이 보였다.

'혹시 저 안에? 설마!'

그때였다. 퍽 하는 소리와 함께 무언가가 가방 밖으로 빠져나왔다. 연기였다. 가방에서 풀려나 순식간에 몸집을 불리는 새하얀 램프의 지니.

갑자기 숨이 턱 막혔다. 폐가 공기를 받아들이지 않았다. 연기가 계속해서 뿜어져 나오는 소리가 들렸다.

'죽게 될 거야.'

빠른 달 아래, 적막한 세상 어딘가에서 메아리치던 들릴 듯 말 듯한 목소리의 정체를 드디어 알 것 같았다. 그것은 바로 죽음의 예감이었다.

엉거주춤한 자세로 자리에서 일어났다. 뿌연 연기에 시야가 완전히 가려졌다. 당혹감이 순식간에 머릿속을 가득 채웠다. 내내 보고 있던 상황실의 풍경이 인식의 영역 밖으로 튕겨 나가고 말았다.

'문으로 가야 해.'

손을 뻗어 앞을 더듬었다. 길고 무거운 탁자가 만져졌다. 길게 쭉 이어지는 물체. 그림 하나가 제자리로 돌아왔다. 세상의 한 조각이 간신히 회복되었다.

'알 수 있어. 저기가 문이야.'

발걸음을 옮겼다. 마비된 것 같았던 몸이 생각보다 훨씬 잘 움직였다. 그러자 자신감이 생겨났다.

'살 수 있을 거야. 문까지만 가면.'

숨을 멈추고 문 쪽으로 다가갔다. 이미 숨을 들이쉰 기억이 났다. 분명 폐가 공기를 거부하는 느낌이 들었지만, 사실은 절대 들이쉬어서는 안 되는 것을 호흡했을 때 폐가 느끼는 당혹감이 바로 그 느낌일지도 모른다. 돌이킬 수 없는 잘못을 저지르고 만 느낌, 회복할 수 없는 실수, 죽음으로 가는 계단 한 칸.

그래도 일단은 방을 빠져나가야 했다. 문 너머에서 발소리가 들렸다. 바로 앞에까지 사람이 와 있는 모양이었다. 저 문만 열면 살 수 있다는 뜻이었다. 저 사람들이 목숨을 구해줄 것이다.

'과연 그럴까? 죽이려고 했는데 살려줄까? 잠깐, 죽이려고 한 게 맞아? 죽이면 안 될 텐데.'

문을 열려면 컴퓨터에게 말을 해야 했다. 한 마디만 하면 그만이었다. 그런데 그 말을 할 수 있을까. 이 뿌연 공기로도 말을 할 수 있을까. 할 수 있을 것이다. 그런데 이제는 그 말을 해도 되는지 확신이 서지 않았다.

"정화."

목소리가 나왔다. 문장을 끝맺을 수는 없었지만, 결재자 컴퓨터가 여유로운 목소리로 대신 마무리를 해주었다.

"공기를 정화합니다. 출입문을 열까요?"

"안."

거기까지만 말했지만 이번에도 역시 알아들은 것 같았다. 문은 열리지 않았고, 어디선가 바람이 빠져나가는 소리가 들렸다.

은경은 그 자리에 쪼그리고 앉아 몸을 움츠렸다. 그리고 시간이 가기를 기다렸다. 호흡이 완전히 끊어지거나 공기정화 장치가 제 기능을 다할 때까지. 견딜 수 없게 된 폐가 아우성을 치는 통에 몸이 격하게 들썩거렸다.

잠시 후 마침내 호흡이 돌아왔다. 컥 소리와 함께 폐가 공기를 받아들였다. 뿌옇기만 하던 시야가 조금씩 맑아졌다. 아주 조금씩.

컴퓨터가 한가한 목소리로 말했다.

"독성 가스는 아닙니다. 일종의 최루 가스로 보입니다. 영구적인 손상은 없을 거고, 곧 회복되실 겁니다."

그 목소리가 갑자기 섬뜩하게 느껴졌다. 내내 곁에서 한가하게 그 광경을 지켜보고 있었을 인공인격체의 존재가.

시야가 거의 완전히 회복되자 이제는 눈물이 쏟아져 내렸다.

"무기를 배치해서 대응할까요?"

"그래요. 배치해주세요."

배회하는 파국

"무기라면, 미사일 세 개를 보유하고 있습니다."

'절도사' 컴퓨터의 말에 은경은 정신이 번쩍 들었다.

"미사일이요?"

연기가 사라진 상황실 안에 은경의 목소리가 공허하게 울렸다. 아직도 눈이 따갑고 목이 아팠다. 컴퓨터는 당연하다는 듯 아무 대답도 하지 않았다.

2층에 있는 결재자 컴퓨터와는 달리 지하벙커의 한 구석을 차지하고 있는 것은 별명이 절도사인 컴퓨터였다. 병권을 직접 지니고 있는 시스템이라는 뜻이었다. 그러니 시가 어느 정도의 군사적인 수단을 자체적으로 보유하고 있으리라는 사실을 전혀 예상하지 못했다고는 할 수 없었다. 하지만 그게 미사일일 줄은 꿈에도 몰랐다.

"그리고요?"

"그뿐입니다. 나머지는 경찰이 보유하고 있습니다."

"그럼 아까 배치하겠다고 한 건……."

"물론 미사일입니다."

은경은 말문이 막혔다. 언제 그런 말을 했단 말인가. 매뉴얼에도 안 나와 있는 일이었는데. 일단 마음을 가라앉히고 차근차근 물었다.

"50만 명이 사는 동네에 미사일 기지가 세 군데나 있었다고요? 발사대는 지하에 있는 건가요?"

"발사는 다시 하실 필요가 없습니다. 이미 오래 전에 발사가 됐거든요."

"네? 발사를 했다고요? 누가요? 제가요?"

"지구 사람들이요. 이미 오래전에 발사돼서 표적을 향해 날아가고 있는 중입니다. 아직은 표적이 정해져 있지 않아서 영원히 배회하고 있지만요."

"날아오고 있다고요? 영원히 배회한다는 건?"

"화성 주위를 돌고 있다는 뜻입니다. 말하자면 지구에서 가져온 무기인데, 착륙시킬 필요가 없고 어차피 착륙장치도 없으니까 굳이 착륙시키지 않고 행성을 공전하게 둔 셈입니다. 아주 오래전에요. 그러다 지구 쪽 명령권자나 화성에 있는 지구 대리인이 명령을 내리면 지상에 있는 표적을 향해 떨어지는 방식입니다. 화성에 있는 전략무기가 대부분 그런 것처럼."

"대부분이라면, 그런 게 많나요?"

"화성 전체로 따지면 대략 700개쯤? 1000개 이상으로 보는 의견도 있고요."

은경은 자신이 어떤 종류의 사건에 연루되어 있는지 감을 잡을 수 있을 것 같았다. 왜 그렇게 급박한 일이어야 했는지도. 하긴 선거만으로 독립이 가능할 리 없었다. 아무리 정당한 절차를 거친다 해도 마찬가지였을 것이다.

"설마, 핵무기도 있는 건 아니겠죠?"

"핵무기를 원하십니까?"

은경은 숨을 깊이 들이쉬었다.

"그 말은, 적어도 방금 배치한 게 핵탄두는 아니라는 말씀이시죠?"

"그렇습니다만, 다른 사람들은 모릅니다."

"되돌릴게요."

"예?"

컴퓨터가 반문했다. 묘한 기분이 들었다.

"배치 상태를 해제해주세요."

"아, 오해가 있으셨군요. 김은경 씨, 배치라는 건 궤도를 조정한다는 뜻입니다. 어차피 돌고 있기는 마찬가지고요."

"그런데요?"

"궤도를 조정하려면 연료가 소모됩니다. 그리고 다른 형태의 궤도로 진입하는 겁니다. 계단을 한 칸 내려선다고나 할까요. 고도가 서서히 낮아질 수밖에 없는 궤도에 들어가는 셈인데, 이 상태에 들어간 무기를 다시 영구히 안정적인 궤도에 올려놓을 방법은 없습니다."

"그러니까, 되돌릴 수 없다는 말씀인가요?"

"그렇습니다. 그리고 궤도를 변경하는 순간 다른 정부나 민간 정보기관에 위치가 노출되기도 하고요."

"그러면 어떻게 되는데요?"

"자기들이 갖고 있는 무기를 재배치하겠죠. 거의 자동으로. 이런 핵 대응전략은 대부분 기계적으로 이루어집니다. 사람이 직접 관리하는 상황에서도 마찬가지입니다만, 이 기간에는 대부분 컴퓨터가 관리하고 있겠죠."

적막이 흘렀다. 은경이 떨리는 목소리로 물었다.

"그 말은, 지금 우리가 전쟁을 촉발시켰다는 건가요?"

대답이 곧바로 돌아오지 않았다. 은경은 컴퓨터가 씩 웃고 있을 것만 같았다. 얼굴이 없는 인공인격체였지만 그 침묵은 분명 그런 의미였다.

견디기 어려울 정도로 조바심이 날 때쯤 절도사 컴퓨터가 다정한 목소리로 반문했다.

"전쟁 촉발 시나리오를 적용할까요?"

"하, 또 내 책임이라는 거군요."

"요점은 그게 아니지만, 맞습니다. 명령체계가 그렇습니다. 권한을 가진 사람이 이 방에서 하는 명령은. 물론 책임도 크고요."

"아니요. 절대로 하지 마세요."

다행히 핵전쟁이 일어날 상황은 아니었다. 궤도 조정에 들어간 탄두는 이미 위치가 알려져 있던 두 개 중 하나였고, 그 탄두의 궤도를 알고 있는 기관들은 대개 그 무기가 핵탄두가 아니라는 사실도 알고 있다고 했다. 게다가 미사일이 떨어지더라도 그 안에 실린 폭탄은 작동하지 않게 만들 수 있었다. 적어도 컴퓨터는 그렇게 말했다.

그래도 미사일은 분명 아래로 내려오고 있었다. 정확히 어디에 떨어질지 정해지지 않았을 뿐. 갑자기 하늘에서 뚝 떨어지는 게 아니라, 여전히 빠른 속도로 화성 주위를 돌며 서서히 대기권에 가까워지는 방식의 비행이었다.

빠른 달도 사실은 그렇게 서서히 가까워지고 있다고 했다. 하지만 빠른 달은 추락하지 않을 것이다. 그렇게 수백만 년이 지나 로슈 한계라고 불리는 거리까지 화성에 가까워지면 마침내 조석력을 이기지 못하고 산산이 부서지고 말것이다. 그러면 화성은 고리를 갖게 된다. 지상에서 얼마나 잘 보이는 고리인지는 배운 기억이 나지 않았다.

'어디 사막에다 버려야겠지, 그 미사일은. 아무리 사막이어도 그 지역 사람들한테 미리 통지를 하고 떨어지게 해야 할 텐데. 그런 절차가 마련이 돼 있나? 컴퓨터는 알겠지. 컴퓨터도 모르면 좀 귀찮아지기는 하겠네.'

미사일을 움직인 덕인지, 경찰 포위망은 시청사 밖 먼 데까지 물러나 있었다.

'설마 내가 내 머리 위에다 미사일을 떨어뜨릴까봐?'

순간, 분노가 치밀어 올랐다. 영아 씨의 도시락 가방이 떠오른 탓이었다.

'나중에 생각하자. 외부와의 연락을 거의 차단해놓은 걸 보

면 내가 예상할 수 있는 것보다 훨씬 중요한 순간일지도 몰라.'

은경은 일단 외부에서 들어오는 연락을 전부 차단한 다음, 호흡을 가라앉히고 조용히 생각에 잠겼다. 영아 씨의 동기는 무엇이었을까. 왜 영아 씨가 거사에 가담했을까. 간접적인 동기를 찾는 것은 어렵지 않았다. 지구 사람들에게서 미움을 받고 있었으니까. 영아 씨는 집으로 돌아갈 수가 없었다. 아니, 돌아가는 것은 자유였지만 지구에는 영아 씨를 받아줄 좋은 일자리가 없었다.

'하지만 겨우 그런 이유 때문에?'

당사자 입장에서는 '겨우'가 아닐지도 모른다. 그러나 중요한 것은 영아 씨의 동기가 아니었다. 문제는 특별행정관 구예민의 동기였다.

우주군 출신 관료.

특별행정관의 경력 중 제일 인상에 남았던 부분을 떠올렸다. 군인 출신인 게 문제될 것은 없었다. 은수와 같은 기관에 속해 있었으면서도 출세를 위해 은수와는 서로 반대 방향으로 움직여야 했다는 점이 재미있게 느껴졌을 뿐이었다. 하나는 화성으로, 하나는 지구로.

부임 초기부터 시청에는 그런 우스갯소리가 돌았다. 같은 일본 식민지였어도 육군 출신 총독이 부임한 조선이 좀 더 가

혹한 지배를 겪었던 반면 해군 출신이 총독을 맡았던 대만은 그보다 훨씬 상황이 나았다는 사실.

"일본은 공군이 따로 없었지만 만약 공군 총독이 왔으면 아마 거의 민주주의를 했겠지. 공군은 어디나 다 공군이니까. 그러니 우주군은 어땠겠어?"

그것은 식민지에 관한 농담이 아니라 우주군에 관한 농담이었다. 우주에 떠다니는 돌멩이 하나도 명령이 없으면 굳이 점령하지 않을 것 같은 사람들.

그 말 그대로 총독은 지배자가 아니었다. 오히려 지식인 혹은 역사가에 가까운 사람이었다. 구예민은 훌륭한 기록자였다. 화성의 생태와 새로 뿌리내린 인류문명의 변화까지, 기록할 수 있는 모든 것을 꼼꼼히 기록하는 성실한 기록자에게 관료제는 더할 나위 없이 효율적인 수단이었다. 그런 면에서 구예민과 시정부는 꽤 잘 어울리는 한 쌍이었다.

하지만 그에게는 세 개의 미사일이 있었다. 무기와는 절대 어울리지 않을 사람이라고 생각해왔지만 화성을 배회하는 이 오래된 무기의 경우에는 달랐다. 아마도 본국 우주군이 지닌 실전배치 전력의 대부분이 사실상 그 한 사람 손아귀에 놓여 있었던 것이다.

'진짜로 절도사였어. 도성으로 병력을 몰고 가서 반란을 일

으킬 수야 없겠지만.'

그러니 그를 움직일 수 있는 것은 오로지 그 역학관계밖에 없었을 것이다. 본국, 총독, 그리고 전략무기.

컴퓨터에 남아 있는 기록을 불러냈다. 정보망 전체에 비하면 보잘것없는 규모였지만, 조직의 최고책임자 한 사람의 행적을 추적하기에는 과하다 싶을 만큼 방대한 정보량이었다.

특별행정관, 정책, 본국, 반대 의사, 소환, 신임.

그런 키워드들을 골라냈다. 진실을 끌어낼 미끼였다. 미끼를 던지자 기록물 데이터베이스가 거기에 맞게 반응했다. 화성 특별행정관이 본국의 정책에 이례적으로 강한 반대 의사를 표명하자, 본국 정치인들이 재신임을 거론하는 가운데 급기야 누군가가 지구로의 소환을 언급하기에까지 이른 사건. 그런 게 있었다. 데이터베이스가 새 키워드를 뱉어냈다.

UN행성조약. 일명 화성군축조약.

컴퓨터에게 물었다.

"이게 통과되면 어떻게 되는 거죠?"

"가맹국들의 미사일 궤도를 모두 공개하고 궤도 통제권을 동맹우주군 사령관에게 넘기는 내용입니다. 군축 목적으로요."

"순수하게 군축 목적으로요? 그건 좀 이상한데요."

"반대급부가 있습니다만, 보상은 지구 안에서 이뤄질 겁니다."

"아."

무슨 의미인지 알 것 같았다. 다시 컴퓨터에게 물었다.

"특별행정관의 의견은요?"

"비밀전문을 보냈군요. 화성을 버리는 거냐고 물었습니다."

화성을 버리자는 겁니까. 한쪽 벽에 그 문장이 비석처럼 새겨졌다. 평소에 어떤 언행을 했건 그 순간 그런 말을 할 수 있는 사람이라면 정말로 총독이라고 불러도 좋을 것만 같았다.

"그래서, 본국에서는 서명을 했나요?"

"아직은 모릅니다. 휴가 기간 직전까지는 거의 조인할 분위기였다가 갑자기 휴가 이후로 미뤄지기는 했습니다. 본국은 13개국으로 이루어진 워킹그룹에 속해 있는데 연기를 결정한 건 그 워킹그룹 차원의 일인 것 같고요."

"그 말은?"

"정확히 어떻게 돌아가는지 알기가 어렵다는 말이기도 한데, 실제로는 지금쯤 사인을 했을지도 모른다는 의미에 가깝겠지요."

열세 개면 화성북반구연맹 스물두 개 도시국가를 지배하는 지구 측 식민지 모국의 수였다. 그 정보가 도시들을 움직였을 것이다. 그들의 모국이 그들과는 거의 아무 상관도 없는 '다른 행성'에서 얻을 이익을 위해 자신들의 존재 기반을 포기하려 한다는 첩보가.

"그럼 양측이 서로 교신을 끊으려고 하고 있겠군요. 지구도 이쪽도."

"그렇습니다. 그래봐야 예측은 가능하지만."

"그래도 아직은 확정된 사실이 되지 않게 해서 상대방보다 먼저 움직일 시간을 벌려고요."

"그렇습니다."

컴퓨터가 띄워놓은 도표가 천장화처럼 아름답게 머리 위에 걸려 있었다. 알아채지 못할 만큼 천천히 자전하는 화성과 그 주위를 도는 인공천체. 보는 방법이 처음부터 눈에 익지는 않았지만 오래 들여다보니 알 것 같았다. 물론 그것은 미사일이었다. 궤도를 이탈해 점점 반경이 좁아지는 궤적을 그리며 아래로 접근해오는 미사일.

외부통신이 부분적으로 개방되고 다시 교섭 요청이 들어왔다. 은경은 교섭에 응할 생각이 없었다. 일을 그 지경으로 만든 건 애초에 그들이었기 때문이다.

"이번에는 이소진 씨인 것 같습니다."

컴퓨터의 말에 은경은 고개를 치켜들었다.

"아, 진짜 이 사람들이!"

은경은 결국 교섭 요청에 응하고 말았다. 그리고 잠시 후, 벽에 비친 소진의 얼굴을 마주했다. 사고로 세상을 떠난 연인을 대신해서 그 사람의 고향으로 날아와 뿌리를 내린 사람. 은수가 사랑했던 지구인. 그리고 지금은 은경의 몇 안 남은 절친한 친구 중 하나. 수십 차례나 응답이 없자 결국 아는 사람을 통해 접촉을 시도한 것이라는 정황쯤은 쉽게 짐작할 수 있었지만, 그래도 이런 절박한 상황에서는 되도록 만나고 싶지 않은 사람이었다.

소진이 슬픈 목소리로 말했다.

"언니, 미안해요."

"뭐가?"

"그렇게 되게 해서."

미안하다니. 은경은 정말로 자기만 빼고 모두가 거사에 가담한 거였나 하는 생각이 들었다. 그러나 소진의 말투나 표정을 자세히 들여다보니 그 이야기를 하고 있는 게 아닌 것 같았다. 소진이 안타까운 얼굴로 말을 이었다.

"언니 잘못은 아니에요. 그 사람이 한 일이지. 너무 마음 아파하지 말아요."

'그 사람'이란 게 정확히 누구를 말하는 건지 알 수가 없었다. 총독을 말하는 건가? 영아 씨? 그것도 아니면 은수?

은경이 아무 대답도 하지 않자 다시 소진이 말했다.

"그런데 이제 그만 나오셨으면 좋겠어요. 우리랑 같이 가요."

"설득하래, 그 사람들이?"

"아니에요. 허락받고 하는 이야기이긴 하지만 설득 같은 거 아니에요. 제가 청해서 개인적으로 연락하는 건데 막지를 않은 거죠."

"그럼 어차피 누가 시켜서 하는 거나 다를 게 없잖아. 그 사람들이 나한테 무슨 짓을 했는지 알아?"

"알아요. 들었어요. 그런데, 그것도 이제 다 끝난 거잖아요."

"뭐가?"

"진짜 뉴스 못 봤어요?"

"못 봤어. 통신망이 완전히 차단돼 있어서."

소진의 표정이 일그러졌다. 자주 본 표정은 아니어서 어떤 마음인지 읽어낼 수가 없었다. 단지 맥락상 어떤 표정이 나올 순서인지 미루어 짐작할 수 있을 따름이었다.

궁금해하는 은경의 표정을 읽었는지 소진의 얼굴에 결의 같은 것이 떠올랐다. 이 말만은 꼭 해줘야겠다는 표정. 짧은 순간, 소진이 곁눈질로 옆을 살폈다. 그리고 이런 말이 이어졌다.

"온통 다 대피령이에요. 다른 미사일들이 움직이기 시작했다고."

"왜? 우리 건 위험한 것도 아닌데."

"연쇄반응이에요. 계획된 반응인데, 도미노 억제 계획이라고……"

그러자 갑자기 소진의 얼굴이 화면에서 사라졌다. 연락을 허락해준 사람들이 갑자기 통신망을 차단한 모양이었다. 아마도 해서는 안 되는 어떤 말 때문에.

은경은 멍하게 빈 화면을 바라보고 있다가 고개를 들어 천장을 올려다보았다.

'저 쓸데없이 예쁜 화면이 다가 아니라고?'

컴퓨터에게 물었다.

"알고 있었나요, 방금 이소진 씨가 말한 거?"

"모릅니다."

컴퓨터가 그렇게 말했다면 진실일 것이다. 적어도 스스로는 그렇게 믿고 있을 것이다. 어쩌면 단지 공식용어가 아니어서 존재하지 않는 개념이라고 생각하는 것인지도 몰랐다. 결재자 컴퓨터일 때 늘 그래왔으니 절도사 컴퓨터일 때도 마찬가지일 것이다. 2층에 있는 결재자 컴퓨터나 지하벙커에 있는 절도사 컴퓨터나 인공인격 자체는 결국 단일체로 보는 게 맞을 테니까.

다시 컴퓨터에게 물었다.

"아까 다른 방위체계들도 무기를 재배치했을 거라고 하셨는데, 그 현황도 알 수 있나요?"

"알 수 없습니다. 지금은 그 정보망에 접근할 수 없게 되어 있어서요."

"계속 차단돼 있었나요? 비상채널 같은 것도 없고요?"

"있지만 차단되어 있었습니다. 그래도 예측은 가능합니다. 아까도 말씀드린 것처럼 거의 기계적으로 작동하는 대응전략이니까요. 상대가 선제공격을 하지 못하도록 미리 보복계획을 공표하거든요."

"연쇄작용인가요? 도미노처럼?"

"계획된 연쇄반응입니다. 양측이 서로 알고 있는 상태에서요."

"표시해보세요."

"당직근무자도 되도록 보지 않는 게 좋은 기밀 정보입니다만, 괜찮으시겠습니까."

"명령이에요."

그러자 변화가 생겨났다. 갑자기 방 안이 한결 화사해진 것이었다. 배회하던 종말. 소월에 위협이 되기로 맹세했다는 타인의 파국이 섬세한 붉은색 점선이 되어 우아하게 천장을 수놓았다.

이 상황에 탐미주의라니! 은경은 숨을 짧게 들이마셨다. 일곱 개. 미사일을 버릴 곳이 훨씬 더 많아져야 할 상황이었다. 그런데 컴퓨터가 이런 말을 덧붙였다.

"여기에, 연쇄작용이 일어나게 되어 있었습니다. 저 일곱 개는 우리 미사일에 대한 직접적인 대응이고, 누군가는 또 저 일곱 개에 대해 대응을 할 테니까요."

"왜죠? 저 일곱 개는 여기를 노리고 있는 거 아닌가요?"

"그건 맞습니다. 그런데 누군가는 분명 그 사실을 모르고 있을 거거든요. 알아도 믿지를 못하거나. 정확히 말하면 그렇게 선언을 한 겁니다. 믿지 않겠다고요."

"그럼 어떻게 되는데요?"

"5단계 연쇄반응까지만 보여드리죠."

순간 방 안 가득 붉은 빛이 내려앉았다. 몇 개인지 한눈에 셀 수조차 없도록 무수히 많은 빨간색 점선이, 붉은 행성이라 불리던 화성 주위를 한층 화려하게 장식하고 있었다. 어이없게도 참 고운 색감이었다.

"나더러 이걸 어떻게 하라고요?"

"무슨 말씀이신지 모르겠네요."

"이걸 어떻게 처리하라는 거죠?"

"뭘 어떻게 해결하라는 건 아닙니다. 오히려 제가 뭘 하기를 원하시면 그게 뭔지 알려주시기만 하면 됩니다."

은경은 말문이 막혔다. 그러다 한참 뒤에야 적절한 질문 방식을 찾아냈다.

"지금쯤 이렇게 돼 있을 거라는 건가요?"

"이렇게 될 거라는 걸 모두가 알고 있기 때문에 절대로 이렇게 되지 않으리라는 게 최근 몇 년간 쭉 유지되고 있는 우리 측 군사교리입니다."

도미노를 위태롭게 만들어놓으면, 한 칸이라도 무너질까봐 모두가 조심조심 걷게 될 거라는 이론. 도미노에 의한 억제력. 다른 가상의 적들에 비해 우리는 너무 약하니까.

은경이 물었다.

"그런데 누가 그런 미친 소리를 해요?"

"동맹우주군 참모부 특별연구관 조은수 씨가 디자인한 계획이고 본국 국방부 승인 과정은……"

'거짓말일 거야.'

은경은 절망적인 심정으로 고개를 숙이고 있다가 한참 뒤에야 고개를 들고 생각을 정리했다. 이제 아군은 하나도 없었다. 유일한 말 상대인 결재자 컴퓨터도 마찬가지였다. 어쩌면 그 컴퓨터야말로 제일 처리하기 힘든 상대일지도 모른다. 다 알고 있을 텐데도 묻지 않으면 대답하지 않는 기계.

'컴퓨터 잘못은 아니지. 뭘 물어야 할지 생각해내야 해.'

이미 도미노가 넘어가기 시작했다는 소진의 말은 믿을 수가 없었다. 입증되지 않았기 때문이다. 입증은 어렵지 않았다. 차단된 일반통신망을 복구해주기만 하면 그만이었다. 그러면 컴퓨터가 어렵지 않게 사태를 소상히 파악할 수 있을 것이다. 그러나 통신망은 아직도 차단되어 있었다. 그러니 도미노가 진짜로 쓰러지기 시작했는지 아닌지는 아직 확신할 수 없었다.

소진이 스스로 한 말이라고 믿고 싶지는 않았다. 누군가 시켜서, 각본에 따라 일부러 도미노 억제 계획이라는 말을 흘렸다고 믿는 편이 훨씬 희망적이었다. 여전히 총독과 공모자들은 은경이 문을 열고 나와 군사전문가들에게 도움을 청하기를 바라는 게 분명했다. 제한된 정보와 압박감, 그것이 그들의 전략이자 무기였다. 적어도 은경은 그렇게 믿고 싶었다. 그리고 그 생각이 맞는지 확인을 해야 했다.

'틀어박혀만 있어서는 아무것도 알 수 없어. 함정일 수도 있지만 일단 나가야 돼.'

시청사 안에는 사람이 하나도 없었다. 은경은 건물 내부에 있는 감시 카메라를 모두 열어 정말로 사람이 없는지 확인한 다음 문을 열고 밖으로 나갔다. 은경이 발을 떼기 전에 컴퓨터가 미리 위험요소가 남아 있지 않은지 꼼꼼히 확인해주었다.

벙커 밖으로 나오자 뒤에서 문이 봉쇄되는 소리가 났다. 은경은 지상으로 향하는 출입구 쪽으로 다가갔다. 조금 전에 본 이소진의 얼굴이 떠올랐다. 몇 달 전 소진과 나눈 짤막한 대화가 머릿속에서 생생히 되살아났다.

"어떤 마음은 절대 닿지 않아."

"그렇게 생각해요? 내 생각은 다른데. 마음은 결국 가서 닿아요."

소진이 그렇게 말했을 때 은경은 금방 눈치챌 수 있었다. 두 사람이 생각하는 마음의 목적지라는 게 사실은 동일인일 수밖에 없다는 것을. 은경에게 절대 일어나지 않은 일, 하지만 결국 소진에게는 일어난 일. 마음은 닿고 싶은 곳으로만 가서 닿는 건지도 모른다.

소진의 긍정은 은경에게는 또 하나의 실망이고 좌절이었다. 하지만 은수가 없어진 지금, 절망은 어쩌면 희망을 갖고 있는 사람의 어깨에 더 무겁게 내려앉을지도 모르는 일이었다. 잘 풀리지 않는 소진의 '통신장비' 개발 프로젝트 이야기를 들으면서 은경은 그런 생각을 하곤 했다. 안도감이나 부러움 같은 것이 전혀 느껴지지 않는 게 다행이었다. 좀 복잡하긴 했지만 그 감정은, 빠른 달과 느린 달이 화성을 도는 것처럼, 판단의 여지없이 그냥 거기에 놓여 있는 감정일 뿐이었다. 그렇지 않았다면 지금처럼 소진과 친구로 남게 되지는 않았을 것이다.

'하지만 이 행성의 달은 중립상태일 때조차도 너무 비관적이잖아.'

빠른 달의 그림자 안에 든 것처럼 마음이 무거웠다. 재앙의 도미노를 만들어놓고 지구로 가버린 은수. 혹은 지구로 가버린 뒤에야 화성에 재앙의 도미노를 만들기 시작했을 은수. 그 사실을 알고 있으면서 일부러 화성으로 넘어온 이소진.

소진은 두 행성 사람들의 마음이 언젠가는 반드시 이어질 거라고 믿었다. 그게 불가능하다면 자신이 직접 나서서 그 마음을 이해시키고 중계해주고야말겠다는 신념까지. 은경은 바로 이 대목에서 발휘된 소진의 유머감각을 사랑했다. 마음이 전해질 수 있다면 욕망도 당연히 그래야 한다는 현세적인 상상력을 지닌 메신저.

그러나 현실은 소진의 생각과는 달랐다. 두 행성과 관련된 일에 얽혀 있는 사람들은 이제 모두가 알고 있었다. 거리가 너무 멀면 마음은 전해지지 않는다. 그런데 우주는 너무 멀다. 공간이 결정하면 마음은 그 결정에 따르고만다. 우주는 공간이고 공간은 우주다. 우주는 이해를 허락하지 않는다. 봉건제 이상으로 당신을 이해하고 사랑할 방법은 없다. 우리는 현대화된 봉건제 아래에서 살게 될 것이고, 마음 대신 우주 건너편으로 보낼 수 있는 것이라고는 그저 전권을 가진 태수나 총독이나 절도사 정도밖에 남지 않을 텐데, 그들은 반드시 반란을 일으킬 것이다.

'내가 생각해도 나는 너무 비관적인 것 같기는 해.'

은경은 엘리베이터를 타고 2층으로 올라갔다. 통신실은 여전히 봉쇄되어 있었고, 옆방 문은 컴퓨터가 열어줄 수 있었다. 당연하게도 소월의 전권대리인에게는 모든 시설에 대한 접근이 허용되어 있었다. 은경은 그 권한을 이용해서 차단된 외부통신망을 손쉽게 복구할 수 있었다. 아마도 복구보다는 차단하는 쪽이 훨씬 손이 많이 가는 작업이었을 것이다.

컴퓨터에게, 혹시 자리를 비운 틈을 타 침투를 시도한 흔적이 있지는 않았는지를 먼저 물었다. 그런 징후는 발견되지 않았다고 했다. 기다리던 대답이 아니었으나, 컴퓨터는 관습적으로 '다행히'라는 말을 덧붙였다.

"진짜로 다들 대피했다는 건가요?"

"그것까지는 잘 모르겠지만 아무도 없긴 하네요."

기대가 한풀 꺾였다. 이제 보다 직접적인 것을 물어야 할 차례였다.

"통신망은 연결됐나요?"

"됐습니다."

"연쇄는, 진행됐나요?"

"4단계 확산이 진행 중이네요."

은경은 그 자리에 가만히 주저앉았다. 안정된 궤도를 벗어나 어디가 됐든 이제 곧 지상으로 떨어질 수밖에 없게 된 무기들.

뉴스를 보니 선거 이야기가 싹 사라져 있었다. 대신 대피하라는 메시지가 온 행성에 가득했다. 전권을 장악한 화성계 친지구파가 지난밤 연쇄의회해산 조치에 대항해서 전략무기를 가동했다는 이야기, 기계적으로 반응하도록 디자인된 전략무기 대응체제, 선전포고 없는 확전, 그리고 예정된 재앙에 대한 보도들.

"아무리 그래도, 선전포고 없는 확전 같은 게 가능이나 해요?"

그러자 구경이나 하라는 듯 컴퓨터가 대답했다. 아니, 대답이라기보다는 보고처럼 들리는 말투였다.

"아군의 악의 없는 기동에 대응해서, 적국이 소월시 일대를 목표로 핵무기를 이동시켰습니다."

지난 몇 시간 동안 확인하지 못했던 상황에 대한 업데이트 보고. 은경이 무슨 상황인지 눈치채고는 다급하게 외쳤다.

"대응하지 마세요!"

그러나 컴퓨터는 거침이 없었다.

"보복공격을 위한 핵미사일 재배치 절차를 시작합니다."

은경은 그만 말문이 막혔다. 방 안의 공기가 갑자기 다 빠져나간 듯, 진공상태의 공간에 서 있는 것처럼 아무 소리도 낼 수가 없었다. 계속 말을 할 수 있는 것은 오로지 컴퓨터뿐이었다.

'목소리를 들으니 알 것 같아. 방금 대답한 쪽은 결재자 컴퓨터가 아니라 절도사 컴퓨터였어. 결국 동일한 인격체라고는 하지만 이제 보니 전혀 그렇지 않은 것 같아.'

그렇게 소월의 두 번째 미사일이 전권을 가진 지구직 공무원 김은경의 말을 완전히 무시한 채 수십 년간 고수해온 공전궤도를 벗어나 지상 쪽으로 서서히 고개를 돌렸다. 5단계 연쇄반응이 시작되는 순간이었다.

은경은 이제 갈 곳이 없었다. 상황이 다 정해졌는데도 소진이 연락하기까지 한참 동안이나 외부와의 연락이 완전히 차단되어 있었다는 사실이 씁쓸하게 느껴졌다. 버림받았다는 생각 때문이었다. 애초에 배신한 쪽은 그쪽인데, 기습공격을 한 것도 전부 그쪽이었는데, 함께 일했던 동료들 중 어느 누구도 은경에게 최소한의 예의조차 표하지 않은 셈이었다. 소진이 하겠다고 우기기 전까지는.

'그래도 상관없다고 생각했겠지. 버려도 좋은 사람으로 분류했을 테니까. 하지만 그 사람들이 실수한 거야. 제대로 물어봤으면 설마 반대했겠어?'

모두가 떠나버린 시가지를 홀로 걷다가, 첫 출근 날 아침을 먹었던 카페에 다다랐다. 불 꺼진 실내를 들여다보며 은경은 가만히 생각에 잠겼다. 지구가 꺼져 있는 날. 정말로 화성이 태양계에서 유일하게 사람이 사는 행성이었으면 어땠을까. 화성에서 나고 자란 은경에게는 그 상상이 그다지 신기하지 않았다. 지구가 없었어도 사는 데는 아무 문제가 없었을 것이다. 늘 그렇게 살아왔으니까.

세상의 중심에서 온 사람들. 굳이 의식하고 살지 않아도 사는 데 별 지장이 없는 것 같다가도, 가끔씩은 어딘가에서 내려온 누군가의 결정이 웬만하면 바꿀 수 없는 절대적인 규칙이 되어 평범한 시골 사람들의 삶 하나하나에까지 예상치 못한 변화를 가져오곤 했다. 물론 대부분의 주민들은 별 상관하지 않았고, 똑똑한 누군가는 결정이 만들어지는 곳으로 가고 싶어 했다. 그리고 또 다른 누군가는 그 중간쯤 어딘가에 어정쩡하게 서서 만들어진 결정이 흘러가는 모습을 흘러가는 강물 구경하듯 멍하니 바라보고 서 있었다.

'그래서 이게 다 내 잘못이라고? 웃기지 말라 그래.'

두 가지 선택지가 남아 있었다. 하나는 벙커로 돌아가서 전쟁이 끝날 때까지 버텨보는 것이었다. 그러면 어떻게든 살아남을 수는 있을 것이다. 지구 사람들의 지배력이야 외합만 끝나면 금방 회복될 거고, 그러면 곧 누군가 구조대를 보내서 '화성의 수호자'를 찾아내려 할지도 모른다.

'잘하면 지구에 가서 살 수도 있겠지. 차라리 그게 나을까. 여기는 이제 곧 옛날 그 화성으로 돌아갈 거니까.'

아마 기대만큼 좋지는 않을 것이다. 지구는 중력이 세 배나 되는 데니까. 그리고 그 컴퓨터. 절도사든 결재자든, 열흘 넘게 단둘이 방 안에 갇혀 있을 상상을 하니 끔찍한 생각에 몸서리가 쳐졌다.

하지만 두 번째 선택지는 조금 더 끔찍했다. 일단 컴퓨터와 한 방에 갇혀 있어야 하는 운명은 피할 수가 없어 보였다. 그래도 잘만 하면 행성 전부가 파국으로 가는 상황만큼은 막을 수도 있을지 모른다. 어차피 배치되어버린 무기이고, 결국은 어딘가로 떨어질 수밖에 없는 탄두겠지만, 그 어딘가가 정확히 어디인지에 따라 상황이 조금은 달라질 수도 있었다.

은경은 숨을 깊이 들이쉰 다음 카페 모퉁이 쪽 벽을 두 번 두드렸다. 공용으로 쓰는 통신용 벽면에 그라피티처럼 거친 모양의 문자판이 나타났다. 은경은 시청직원용 회선을 두드려 업무망에 접속한 다음 결재자 컴퓨터를 불러냈다. 누구를 불렀든 그 순간 호출되어 명령을 기다린 쪽은 분명 절도사 컴퓨터였을 것이다.

'선택의 여지가 없지 뭐. 언제는 있었나.'

컴퓨터에게 말했다.

"맨 처음 배치된 미사일 말인데요, 아직 표적을 정할 수 있나요?"

"지금 바로 말씀하시면 가능합니다. 1분 50초 안에 정하시면 현재 궤도 근처 어느 지점이든 선택하실 수 있습니다."

"좋아요. 그럼 지금 제가 서 있는 바로 이 장소를 공격해주세요."

"예? 확실하십니까? 거기는……"

"확실합니다."

"알겠습니다."

"그리고 아직 배치되지 않은 두 번째 미사일도 곧바로 같은 지점을 공격할게요."

"또요? 정말로 지금 그 장소가 맞습니까?"

"맞아요. 그리고 핵무기는……"

이번에는 컴퓨터 쪽에서 먼저 은경의 말을 끊고 들어왔다.

"보복공격에 들어간 탄두는 목표 변경이 불가능합니다."

"아, 그래도 변경 가능한 경우가 있기는 있을 텐데요."

"적국이 먼저 탄두를 폐기하는 경우밖에 없습니다."

"뭐 그러시겠죠. 일단 거기까지. 그럼, 첫 번째 공격이 여기에 닿기까지 얼마나 걸리죠?"

"12분 40초입니다."

"좋아요. 곧바로 공습경보를 울려주세요. 스피커가 부서지기 전까지는 계속."

그러자 어디선가 공습경보 사이렌이 울려 퍼졌다. 마치 행성 자체에서 나는 소리인 듯 방향을 짐작할 수 없는 소리였다. '그냥 벙커에 처박혀 있을걸. 그래도 한 12분이면 충분하겠지? 늘 다니던 길이니까.'

가능할지 어떨지 알 수 없지만, 어쨌든 의도를 보여줄 생각이었다. 조금 전의 미사일 배치는 실수였고, 다른 누구도 공격할 의도는 없었다는 메시지. 누군가가 제대로 전달받고 공격목표를 살짝 틀어주기만 한다면, 혹시라도 파국을 원치 않는 누군가의 선의가 도미노처럼 연쇄적으로 퍼져 나갈 수만 있다면, 모두를 노리는 모두의 악의도 어쩌면 처음 노렸던 표적에서 조금씩 비켜나줄지도 모른다.

그 메시지를 전하는 방법은 단 하나였다. 세상 어느 군사전략서를 들여다봐도 전략목표가 뭔지 전술이 뭔지 도저히 의도를 해석할 수 없을 미친 짓. 무려 지구에서부터 날아온 값비싼 전략무기로 스스로의 머리 위를 겨냥하는 일.

'평생 지구 구경은 못 하겠네. 이제 누가 봐도 반역자로 보이겠지.'

구슬프게 울려 퍼지는 사이렌 소리를 들으며 다시 시청사 쪽으로 발걸음을 돌렸다. 그러다 자신도 모르게 발걸음이 점점 빨라졌다. 이런 생각이 들었기 때문이었다. '하지만, 핵탄두가 아니라고 안 위험한 건 아닐 거 아냐. 그 지독한 인간들이 지구에서 여기까지 평범한 폭탄 두개를 날려 보냈을 리는 없잖아. 돈이 얼만데.'

먼 하늘에서 무언가가 빠른 속도로 날아가는 모습이 보였다. 빠른 달보다 훨씬 빠른 무언가였다. 머리 위를 배회하던 누군가의 장기 말이 벌써 대기권 위쪽을 긁기 시작한 모양이었다. 감속하는 파국. 빠르게 조여 오는 파멸의 그물.

청사 건물이 시야에 들어왔다. 시청사 정면에서 시가지를 향해 뻗은 길은 왼쪽으로 서서히 굽은 도로였다. 전혀 계획도시 같지 않은 모양이었지만 사실은 시청사나 의회 건물이 아무 데서나 눈에 띄지 않도록 누군가 일부러 만들어놓은 곡선이었다. 그 길을 거슬러 올라가 시청 정문이 보이는 곳까지 이르렀을 때, 은경은 마침내 달리기 시작했다.

그리고 은수의 얼굴을 억지로 떠올렸다. 잘 생각이 나지 않았지만, 귀찮다는 듯 "안녕" 하고 돌아서던 마지막 표정만은 그나마 또렷하게 쥐어짜낼 수 있었다.

'넌 아마 사고로 죽지는 못했을 거야, 그렇지?'

지구가 천구에서 지워진 날, 은경은 몇 년 만에 숨이 턱까지 차도록 전력질주를 하면서, 상황실 천장을 수놓은 핵전쟁 지도를 떠올렸다. 소월시 공무원으로 일하면서 본 가장 아름다운 도표. 그걸 그렇게 아름답게 꾸며놓은 걸 보면 지구인들은 남의 행성에서 일어나는 전쟁을 대단히 낭만적인 일로 생각한 게 틀림없었다. 타인의 행성. 만약 태양계에 지구인이라는 게 없었더라면 적어도 그런 식의 낭만주의만큼은 벌써 한참 전에 도태되었을 것이다.

'그런데 피난 간 사람들은 무사할까? 비켜나간 미사일이 하필 거기를 때리면 어쩌지? 그게 아니라도 이제 돌아올 집은 없어질 텐데. 휴가지에서 그대로 난민이 되는 사람도 있을 거고.'

건물 안으로 들어서는 순간 컴퓨터가 익숙한 목소리로 대피 안내방송을 내보냈다.

"공격이 임박했습니다. 즉시 지하벙커로 대피하세요. 공격이 임박했습니다. 남아 있는 분들은 지금 즉시 지하벙커로 대피하시기 바랍니다."

"신났네, 신났어."

비상상황실 문은 활짝 열려 있었다. 은경은 엘리베이터에서 내리자마자 벙커 안으로 재빨리 달려 들어갔다. 그리고 숨을 몰아쉬며 컴퓨터에게 짧게 명령했다.

"출입문 봉쇄해주세요. 그리고 적국이 핵무기를 폐기하면 따로 묻지 말고 즉시 우리 핵무기의 공격목표를 바꿔주세요."

"예비공격목표를 어디로 지정할까요?"

"여기, 시청사요. 다시 묻지 마세요. 확실하니까."

그러면서 은경은 속으로 다짐했다. 모든 상황이 다 지나가고 구조대가 도착할 때까지 절대 소리 내어 컴퓨터에게 말을 걸지 않겠다고.

잠시 후 묵직한 진동과 굉음이 방을 뒤흔들었다. 그리고 또 한 번의 진동.

사이렌이 멈췄다는 표시가 나타났다. 스피커가 파손되었다는 의미일 뿐이었지만, 벙커 밖 지상 위에 펼쳐져 있던 세계가 단지 공습경보 스피커 몇 개만은 아니었다. 그 주위에 있던 것들을 상상하지 않기 위해 세상을 벙커 안으로만 한정했다.

은경은 전혀 알 수가 없었다. 저 밖 세상 위에는 어떤 도미노가 더 빨리 쓰러지고 있을지, 자신이 전한 마지막 메시지가 과연 누군가에게 제대로 전해지기나 했을지.

그리고 마침내 그 순간이 다가왔다. 핵미사일이 머리 위를 때리는 순간. 누구 소유의 파멸인지는 알 수 없었다. 누가 제작했든 실현된 파멸은 모두 악마의 소유였으므로. 시청사 지하벙커, 좁혀질 대로 좁혀진 세상의 가장 작은 층위에 세워진 장벽, 문고리도 없는 그 장벽을 맨주먹으로 두드리는 거대한 죽음.

충격이 공간을 짓눌렀다. 놀란 영혼이 밖으로 뛰쳐나가다 너무 가까이 다가온 세상의 끝에 부딪혀 메아리처럼 방 안에 흩어졌다. 그러다 결국 제자리로 돌아온 영혼을 은경은 공포로 받아들였다.

공포에 짓눌린 영혼이 미처 다 펴지기도 전에 은경은 슬쩍 위를 올려다보았다. 용도를 알 수 없는 또 다른 천장화가 대작의 자태로 머리 위를 가득 채우고 있었다. 보라색으로 표시된 모두의 파국이 가만히 아래를 내려다보고 있었다.

얼마나 닮았는가

김보영

타이탄

일명 토성 Ⅵ, 토성에서 가장 큰 위성이다.

평균 반지름은 2576킬로미터로 달보다 약 1.5배 크다.

평균 표면 온도는 섭씨 -179도, 표면 중력은 지구의 14%.

기온이 낮아 얼음이 암석을 대신하고 용암 대신 지하수가 흐른다.

물 대신 메탄 비가 내리고 메탄 호수와 강이 있다.

원시지구를 닮은 두터운 대기층이 특징으로 대기압은 지구의 1.5배,

대기 밀도는 4배 이상이다. 대기의 95%는 질소, 4.9%는 메탄이다.

공전주기는 16일이고 자전주기는 동일하다.

유로파

일명 목성 Ⅱ, 목성에서 네 번째로 큰 위성이다.

평균 반지름은 1560킬로미터로 달보다 약간 작다.

평균 표면 온도는 섭씨 -171도, 표면 중력은 지구의 13%.

표면은 얼음으로 덮여 있고 지하에는 바다가 있다.

대기는 옅은 산소층이고 대기압은 지구의 10분의 1이다.

공전주기는 85시간이고 자전주기는 동일하다.

내가 보지 못하는 것이 있다.

그게 내가 계속 사로잡혀 있던 생각이었다.

문제는 내가 '보지 못하는 것'을 내가 알아낼 방법이 없다는 것이다. 애초에 '모르는 것을 안다'는 말부터 앞뒤가 맞지 않는다.

나는 지난 1년간의 항해 내내 선내에 있는 무엇인가를 보지 못했다.

사람의 모든 생각과 행동에 지속적으로 영향을 끼치는 공기처럼 흔한 무엇인가를, 누구나 가장 먼저 확인하고 고려하는 무엇인가를. 뻔히 보면서도 지식이 없어 인식할 수가 없었다. 그리고 그게 항해 내내 오류를 일으켰다.

나는 그게 뭔지 알아내야만 한다.

무슨 수를 써서라도.

1

시각기관은 벌써부터 작동하고 있었지만 시야는 지식이 자리를 잡으면서 밝아졌다.

처음에는 단순히 앞에 뭐가 있다 싶었다. 조금 지나자 그것이 원형의 금속 물체라는 것, 이어서 모델명과 제조회사, 단가 따위가 떠올랐다. 나중에야 그것이 원양우주선에 주로 납품하는 HUN(훈)-1029 AI를 담는 기본 껍데기라는 데에 생각이 미쳤다.

소리도 시야만큼이나 느리게 자라났다. 환풍기가 공기를 빨아들이고 내뱉는 소리, 선체가 삐걱삐걱 돌아가는 소리, 선외활동용 감압실 해치가 스릉스릉 열렸다 닫혔다 하는 소리(거슬렸다), 모든 것이 익숙하면서 낯설었다.

천장을 가득 채운 빵과 물병을 그린 도안이 눈에 들어왔다. 위성간 식량 보급회사 '한솥'의 마크. 빵과 물병 사이에 통통한 소세지가 박혀 있는 걸 보면 여긴 10~20인용 중형 보급선

혜자(맛있는 도시락을 뜻하는 옛 방언이라고 알고 있다)선이다. 때가 덕지덕지한 천장에는 이쑤시개로 만든 공작물, 종이접기, 천 인형 같은 것이 주렁주렁 늘어뜨려져 있다.

나는 내가 '우주선'에서 뭘 하는 걸까 생각하다 혼란에 빠졌다. '내'가 누군지 알 수가 없었기 때문이었다.

험한 소리가 들렸다. 공기의 파동이 사라질 즈음에서야 그것이 의미가 있는 말이며, 사람의 목소리라는 생각이 들었다.

"그만 밍기적거리고 일어나."

밍기적, 은어, 행동이 늦다는 불평, 내게 좋은 감정이 없을 가능성, 해야 할 일이 있을 가능성. '해야 할 일'…… 이 뭔지는 떠오르지 않는다.

"덜 깬 척 하지 마. 아까부터 깨어 있었잖아."

나는 상대를 살폈다. 생물이다. 척추동물이고……, 포유류, 인간. 풍채가 좋은 사람이다. 수염이 덥수룩하고 옷은 기름때로 지저분하고 손은 두툼하고 거칠다. 엔지니어, 기술자일 가능성.

"원하는 대로 해줬어. 이제 코드를 말해."

뒤에 선 사람이 말했다. 마르고 호리호리한 몸, 매끈한 피부. 골격도 작은 편이고 근육도 도드라지지 않았다. 옷은 깔끔하고 장갑에도 손때가 없다. 사무직, 관리자일 가능성.

그 뒤로는 여남은 명의 꼬질꼬질한 사람들이 이런저런 모습으로 앉아 있었다. 일일이 구분하기는 힘들지만 복장으로 보아 선원들인 듯하다.

그런데 '코드'라니?

"코드?"

나는 질문했다. 건조하고 갈라진 소리. 낯설었다. 뭔가 내가 이상한 음성기관을 쓴다 싶었다.

'기술자'가 두툼한 주먹을 손바닥에 치며 다가왔다. 다음 순간 충격이 몸을 강타했다. 얼떨떨했다.

시선의 위치가 변하는 바람에 다른 풍경이 눈에 들어왔다.

벽을 가득 채운 창밖에서 귤색 별이 느리게 회전했다. 정확히는 노란색에 푸르스름한 껍질이 덮여 있는 빛이지만 전체적으로는 귤색으로 보인다. 구름에 덮여 있어 땅은 보이지 않는다. 푸른 껍질은 대기가 있다는 뜻, 지상이 저렇게까지 보이지 않는다는 건 대기층이 두껍다는 뜻, 어쩌면 지구보다도. 대기가 붉은 것은 긴 파장의 빛을 산란한다는 뜻. 대기층이 두껍거나 큰 입자의 부유물이 많을 가능성.

조건에 맞는 천체는 태양계에서 하나뿐이다. 화성도 붉지만 화성의 얇은 대기로는 저 거리에서는 지표가 훤히 들여다 보인다.

타이탄.

토성의 위성.

나는 뒤늦게 떠올렸고 별 너머로 위용을 드러내는 거대한 토성의 고리를 본 뒤에야 불필요한 추론에 시간을 낭비한 것을 알았다.

영상 한쪽이 깨지는 데다 아래에 숫자가 표시되는 것으로 보아 현지 인공위성이 전송하는 근접 영상. 줄어드는 숫자는 거리를 뜻하겠지. 이 배의 목적지일 가능성. 거리를 속도로 나누면 남은 시간은 10일과 14시간 23분……가량.

제법 빠른 추론이었지만 딱히 빠르지 않았다. 생각이 너무 느렸다. 아니, 느린 수준이 아니다. 사고가 전체적으로 조각나 있었다. 계산과 암기는 불가능하다시피해서 애써보았자 근사치밖에 낼 수가 없었다.

"이게 어디서 시치미야."

"코드를 말해."

'기술자'와 '관리자'가 연이어 말했다.

그제야 나는 내 몸을 내려다보았고 다시 혼란에 빠졌다.

나는 비스듬히 세워진 캡슐 안에 들어 있었다. 탄소화합물로 이루어진 사지가 달린 몸에 신 냄새(묘한 감각이었다)를 풍기는 부동액이 말라붙어 있었다. 팔과 허벅지에는 매직으로 큼지막하게 쓴 일련번호가 있다. 목 뒤에 심은 바코드는 눈에 잘 안 띄어서 보통 이렇게 써놓는다.

아, 이거 비싼 건데.

정보가 쏟아지면서 나는 생각했다. 이거 이 혜자선 화물 중에 제일 비싼 건데. 워낙 오래 방치해놔서 다 상했을 거라고들 하기는 했지만.

세포단위에서 배양해 합성한 유사인간 의체.

원양선은 일종의 폐쇄 생태계다. 사람 하나가 다치거나 죽으면 한 전문 분야의 지식 전체가 사멸하는 것이나 다름이 없다. 그래서 보통 배에는 유사시 선원의 기억을 복사할 수 있는 의체가 소화기마냥 하나씩 비치되어 있다. 원본이 되는 사람의 뇌를 스캔해 칩에 저장한 뒤, 그 칩을 의체의 목 뒤에 있는 소켓에 끼우면 칩이 뇌에 전기신호를 흘려보내 기억세포를 재배열한다. 인간용 예비 하드라고나 할까. 성간 항해지침은 각 전문직종마다 두 명씩 타게 되어 있지만 선박회사들이 워낙 쪼들리다보니 그렇게 돌아가질 않는다.

하지만 왜 내가 여기에 들어와 있는 걸까, 나는…….

"이 ××가 지금 장난하잔 건가."

새퀴, 시끼, 스키, 쉬바, 발음이 불분명한 말과 함께 기술자가 다시 주먹을 쳐들었다. 나는 반사적으로 눈을 감고 턱과 배에 힘을 주었다. 그 후에는 당황했다. 의도치 않은 움직임이었기 때문이다.

충격에 대응하기 위한 반사작용. 생존 유지를 최우선으로 하는 통제장치가 기본으로 내장된 신체. 그게 내 인격의 반, 아니 그 이상을 잠식하고 있다는 생각이 연이어 들었다. 기억이 날아간 이유 중 하나일까.

「정보를 요구하는 통상의 언어잖아.」

멀리 허공에 영화처럼 자막이 떠올랐다. 자막 아래에 쭈그리고 앉은 사람은 이쪽에 시선을 두지 않은 채 은색 금속 칩이 박힌 손가락으로 허공에 타자를 쳤다. 안경(눈에 칼 대는 걸 싫어하는 사람은 여전히 많다), 수면이 부족한 거뭇한 눈, 살짝 뒤틀린 척추와 발달한 손가락 관절. 프로그래머, 플래너, 기록관.

「'훈'은 맥락 없는 말을 이해하지 못해. 다그치지 말고 육하원칙에 맞춰서 설명해.」

홀로그램 자막이 이번에는 '기술자'와 나 사이에 나타났다. 기술자가 볼 수 있는 방향으로 출력하는 바람에 내 입장에서는 거울에 뒤집어진 글자처럼 보였다. '기술자'는 귀찮은 듯 글자를 옆으로 밀어 치웠다.

내가 '관리자'라고 생각한 사람이 뒤에서 대신 입을 열었다.

"위기관리 AI 컴퓨터 훈HUN."

AI, 컴퓨터, 그럴 것 같았다.

"너는 선내 시간 352일째에 인간적인 대우를 요구하며 파업을 선언하고 활동을 중단했다. 네 인격을 인간형 의체에 복사해서 인간 승무원과 같은 대우를 해주면 선교에 따로 저장된 네 백업본의 해제코드를 알려주겠다고 했다. 우리는 어렵게 동의했고 실행했어. 이제 네가 약속을 지킬 차례야. 코드를 말해."

와, 놀라운 정보였다. 하지만 납득은 되지 않았다.

"미안하지만."

나는 대화를 시작하는 몇 가지 표현을 굴려보다가 답했다.

"정말 무슨 말인지 모르겠어. 난 내가 AI라는 것도 지금 처음 알았어."

선내가 뒤집어졌다. 선원들은 날뛰고 소리를 질렀다.

"지금 저게 뭐라는 거야?"

"안 들어간 거야?"

"내가 안 된다고 했잖아! 데이터 구조가 완전 달라! 문서 파일을 그림 프로그램에서 여는 거나 마찬가지라니까!"

"잠깐, 안 들어갔으면 저건 뭐야?"

겁에 질린 말투. 발그레하고 오동통한 얼굴에 뱃살이 두둑

하고 살집이 있는 사람, 이마 양옆에 움푹 들어간 헤드폰 자국과 벌어진 귓구멍, 통신사, 전파 전문가.

"지금 뭐가 떠들고 있는 거냐고?"

"의체에 생존을 위한 기본세팅은 있어."

내가 입을 열자 모두 조용해졌다.

"안 그러면 시청각 정보부터 해석할 수 없을 테니까. 이렇게 떠들 수도 없을 거고. 데이터가 불완전하면 기본세팅에서 보완해. 사람 대 사람의 이동일 때에도 사람마다 뇌의 기본 소양이 달라서 어차피 손실은 있어. 다 감안하고 복사하는 거고."

모두가 입을 벌린 채 침묵했다.

"인간도 지식 기억은 기계와 유사한 점이 있으니 기록이 되었겠지만 일상기억은 구조가 달라서 웬만해선 다 날아갔을 거야. 그 외에도 방대한 부분에서 보정과 손실이 있었을 거야. 세포배열이 자리를 잡는 데에도 시간이 걸릴 거고. 그러니 내가 너희를 기억 못 하는 게 이상한 일은 아니……."

"이 미친 XX(시키, 스키)가 지금 우릴 갖고 놀고 있어!"

내 앞의 '기술자'가 손을 번쩍 들어올렸다. 일그러진 얼굴, 괴성, 욕설, 기분이 상했다는 뜻. 나는 내 설명 어느 부분에 잘못된 점이 있었을까 고민했다.

"망가뜨리지 마. 그거 비싼 거야. 항해사 강우민."

'관리자'가 머리를 짚으며 말했다.

「평상시 훈 말투인데 뭐. 들어가긴 잘 들어갔나봐. 안 될 줄 알았는데.」

'프로그래머'가 내 쪽으로 시선을 두지 않은 채 홀로그램 자막을 띄웠다. 그제야 그 친구가 말을 못한다는 생각이 들었다. 하지만 중요한 문제는 아니었다. 손가락에 심는 레이저 키보드와 홀로그램 모니터가 생겨난 이래 벙어리는 장애가 아니다. 안경이 생겨난 이래 근시가 장애가 아니게 된 것처럼.

「된다는 말은 전부터 돌긴 했지만. 요새 신경망 AI는 아예 사람 뇌 구조를 모사해서 나오거든.」

단정히 앉은 프로그래머와 달리 선원들의 움직임은 산만했다. 당황하고 있다는 뜻이다. 아니면 몸이 아프거나, 아니면 신나서 춤을 추고 있거나.

"여기 오는 게 아니었어."

'항해사 강우민'으로 불린 사람이 제 머리를 엉클어뜨리며 낮은 소리로 말했다. 아마도 항해사 겸 엔지니어.

"내가 그랬잖아. 배 띄울 때부터 재수가 없었다고."

처음부터 재수가 없었다. 흥미 있는 정보였다.

"유로파에 가면 배 폐기시킨다는 말만 믿고 탔는데, 이 냄

새나고 덜컹거리는 배를 타고 예정보다 92일을 더 왔어."

말을 맞추듯 머리 위에서 삐걱이는 소리가 요란하게 났다.

나는 슬쩍 천장을 보았다. 아래 방향으로 중력이 있고 천장에 매달린 모빌이 살짝 기울어져 있다. 구조로 보아 여기는 길고 날씬한 원통 모양의 혜자선 기본형에 덧붙인 테 모양의 모듈일 것이다. 기본형을 축으로 삼고 테가 회전하면서 원심력으로 중력을 만든다. 혜자선 기본 모듈이 확장이 가능한 구조로 나오기는 하지만, 요새 나오는 양산형 테는 미묘하게 표준에서 벗어나서 좀 삐걱거린다. 짝퉁 레고 같다고나 할까.

"유로파로 가려면 그만큼 다시 더 가야 하는데, 통신은 나갔고, 미친 AI는 프랑켄슈타인 괴물이 되어버렸고."

통신, 나는 그제야 감압실 문이 열렸다 닫히는 소리가 왜 거슬렸는지 깨달았다. 그건 닫혀 있어야 하는 문이다. 닫히지 않으면 선외활동을 할 수가 없다. 선외활동을 할 수 없으면 외부 모니터나 안테나를 정비할 수가 없다.

"패기 쩔잖아."

근육질, 검게 탄 피부, 왼손과 다리 하나는 철제 의수였는데 때가 꼬질꼬질했고 접합 부위에 만성 염증의 흔적이 있었다. 직업은 옷의 배지로 알았다. 조종사. 물론 이런 소규모 사회에서 실제 역할은 이래저래 섞여 있겠지만.

"난 저거 처음부터 난놈인 줄 알아봤다고."

"소름끼쳐."

내가 '통신사'로 생각한 뱃살이 오동통한 사람이 몸을 움츠리며 말했다. 추운가, 생각했다가 아니라는 것을 알았다.

"다수결로 정한 거다. 김지훈 조종사, 구경태 통신사."

'관리자'가 말했다. '선장'이라는 직책이 그 즈음에서야 떠올랐다.

선원을 일일이 다 구분하는 것은 어려웠다. 인간은 수시로 머리 모양이나 복장, 키, 체형이 변한다. 개와 고양이를 분간하는 것과 마찬가지로, 인간에게는 쉽지만 기계에게는 간단하지 않은 작업.

"타이탄에서 구조신호가 왔고 우리가 제일 가까운 배였어."

"그때 우리 다 정신이 나갔지."

강우민이 말했다.

"이제 어쩔 거야, 선장. AI도 없고 재해지역하고 통신도 끊겼는데 무슨 수로 보급을 하라는 거야?"

「내 컴퓨터에 강하 데이터를 백업해놨어.」

'프로그래머'가 타자를 치며 말했다. '백업'이라는 글자가 핑크색으로 반짝였고 '♥' 모양의 기호가 그 옆에 떠올랐다.

인간이 보면 즐거운 기분을 느끼는 기호라고 알고 있다. 기제는 알기 어렵지만.

「보조 컴퓨터가 생각은 못해도 옛날식으로 계산하면 못할 건 없어. 다들 입사시험은 치고 들어왔잖아.」

"그걸 누가 아직도 기억해."

'구경태 통신사'가 우물거리며 말했다.

"그건 유로파용이지."

강우민이 말했다.

"타이탄은 유로파가 아냐. 유로파 배는 유로파로만. 토성 배는 토성으로만, 목성 배는 목성으로만. 항해상식이야. 규칙이기도 하고."

"유로파와 타이탄은 기온과 중력이 비슷해."

선장이 대신 답했다.

"계산식만 좀 보정하면 돼."

"대기가 있잖아."

강우민이 내게서 등을 돌렸다. 우람한 등이 시야를 가렸다.

"지구 밀도의 네 배가 넘는 대기가."

발밑을 보니 작은 거미들이 발발거리고 돌아다닌다. 진짜 거미가 아니라 청소용 소형 로봇이다. 배 띄울 때 선내에 백 마리쯤 풀어둔다. 그러면 알아서 벌레나 벌레 알이나 곰팡이

와 먼지를 먹고 화장실에서 싸서 선외로 배출한다.

원래는 이들만으로 선내가 웬만큼은 깨끗해야 한다. 하지만 방은 더럽고 공기는 텁텁하고 지린내가 난다. 오염이 거미들이 감당할 수준이 아니라는 것. 선원들의 기강 해이를 의심해볼 만함.

"유로파 보급품을 타이탄에 보급하는 건 백사장에 던질 돌을 심해 바닥에 던지는 거나 같아. 구름 아래 시야를 확보할 방법도 없고."

"우린 구조신호를 받았어. 강우민 항해사."

선장이 답했다.

"그래, 92일이나."

강우민은 흘끗 시계를 보았다.

"92일 하고도 네 시간 하고도, 23분 32초, 33초, 34초……나 더 왔지."

"92일 아니라 920일이 걸려도 와야 했어."

"선장."

강우민은 주저앉아서 바닥에 동그라미를 그렸다. 동그라미 바깥에 동그라미를 하나 더 그렸다.

"타이탄에는 '대기'가 있어. 지구처럼. 아니, 지구보다 더 무거운 대기가. 메탄과 질소로 빵빵한, 액체질소나 다름없는 초저온의 대기가."

"그런데?"

"이건 유로파 보급선이고, 이 배에 타이탄에 대해 쥐뿔이라도 아는 놈은 하나도 없어."

"강우민 항해사."

선장은 반복했다.

"우린 이미 왔어."

강우민은 답하지 않았다. 모든 것이 불명확한 가운데에 엔터 키를 연타하는 듯한 강렬한 생각이 정신을 압도했다.

나는 보급을 해야 한다.

정식 구조선단이 올 때까지 재해민들이 버틸 수 있도록. 타이탄에 생필품과 먹을 것을 줘야 한다. 그런데 이 바쁜 와중에 난 무슨 생각으로 선원들을 협박하고 인간의 의체에 복사시켜달라고 한 걸까? 바이러스라도 먹었나?

"대기가 있으면 더 쉬워. 400kg짜리 표준 보급상자라 해도 낙하산 하나만으로 충분히 착륙할 수 있어. 대기권에 진입할 때 발열을 막는 것만 생각하면 돼."

"바람은?"

강우민이 내뱉었다.

"바람은 어떻게 할 거야, 이……."

강우민은 목소리를 높였다가 꾹 참았다.

"대기가 있으면 시발 비도 오고 바람도 불어. 우리 보급상자는 날개도 없고 분사장치도 없어. 오는 동안 백 번은 이야기했어. 넌 광산하고 통신을 주고받으면 어떻게 될 거라고 했고."

"……바람은 안 불어."

나는 반쯤 무의식중에 말했다.

모두의 시선이 내게 쏠렸다. '프로그래머'가 자기 작업에 빠져 레이저키보드를 두드리는 소리만 고요 속에서 들렸다.

"뭐?"

강우민의 눈꼬리가 치켜 올라갔다.

"바람은 안 불어."

나는 이 답이 어디서 나왔는지 한참을 더듬었다. 기계였을 때엔 간단한 일이었지만 이 단백질 덩어리인 뇌로는…….

"이게 지금 뭐라는 거야?"

"기다려봐."

선장이 모두에게 손짓을 하고 내게 걸어왔다. 다들 입을 다문 걸 보니 조용하라는 신호였던 모양이다. 나로서는 손가락에 경련이 온 것과 별 차이를 모를 몸짓이다. 인간들이 그런 미세한 몸짓의 의미를 숨 쉬듯 쉽게 이해하는 것을 볼 때마다

경이로워했던 기억이 났다.

선장은 강우민을 옆으로 밀어내고 내 앞에 서서 나를 뚫어지게 보았다.

사람의 표정을 분석하는 것은 얼굴을 구분하는 것보다 더 어려운 문제다. 인간은 표정을 분석하는 능력이 발달한 나머지 표정만으로 진실과 거짓을 가려낼 때가 있다는 사실이 떠올랐다. 선장이 지금 그런 시도를 하고 있다는 생각이 들었다. 내게 거짓말을 하는 기능이 없다는 걸 생각하면 무의미한 일이었지만.

"왜 바람이 안 분다고 생각하지, 훈?"

"타이탄의 평균 기온은 섭씨 −179도야."

"그런데?"

"그런 기온에선 사람이 살 수 없어."

"타이탄엔 사람이 살아. 개척이 덜 돼서 아직은 광부들뿐이지만."

"그런 뜻이 아냐. 지구도 평균기온은 섭씨 13도야. 하지만 지구도 최저기온과 최고기온의 차이가 140도쯤은 돼. 지구 사람들이 적절한 온도를 찾아서 이동하듯이 타이탄 사람들도 타이탄에서 가장 더운 곳에 살아. 온천지대, 화산지대, 적도."

주위가 선장이 손짓을 날렸을 때보다도 조금 더 잠잠했다.

"바람은 공기가 뜨거워져서 올라가고 차가워져서 내려오는 사이에 빈 공간을 메우느라 부는 거야. 하지만 그 별에서 가장 더운 곳은 공기가 올라가기 바빠서 옆으로 불지 않아. 지구도 적도에 바람이 불지 않는 무풍지대가 있어. 배들이 움직이지 못하고 유령선이 되는 곳. 게다가 타이탄의 대기는 무거워서……."

나는 설명의 끝에 덧붙였다. 이 말을 하려고 늘어놓은 설명이었다.

"A42 타이탄 거주구 주변에서는 기록상 바람이 시속 5센티미터 이상으로 분 적이 없어."

침묵.

"내가 그랬잖아? 저거 쩌는 새끼라고."

'김지훈 조종사'가 히죽거렸다.

"완전 사람 갖고 논다니까."

'선장'은 한숨을 쉬었다.

"다들 들었지? 우리 AI께서 타이탄 거주구에는 바람이 안 분다는군. 문제 하나는 해결했어."

"아무것도 안 했지만."

강우민 항해사가 입을 삐죽 내밀었다. 선장은 아랑곳 않고 말했다.

"각자 자리로 돌아가. 남찬영 오딘(odin, 컴퓨터 담당) 지시에 따라 2인 1조로 붙어서 계산 시작해. 서로 안 맞으면 다시 검산하고. 남은 열흘 내에 끝내야 해. 소수점 단위라도 틀리면 우리 보급상자는 대기권에서 유성이 되어버릴 테니까."

"잠깐, 이건 어쩌고?"

강우민이 나를 가리켰다.

"이 괴물딱지는 어쩔 거야?"

선장은 내 눈을 들여다보았다. 다시 말하지만 표정을 알아보는 건 내겐 간단한 문제가 아니다.

"선교에 있는 백업본은 열 수가 없고, 여는 코드는 그 '괴물딱지'만 알고 있고, 당장 거기 들어앉아 있는 게 우리가 가진 '훈'의 전부라면 함부로 없앨 수도 없어. 적당한 데 넣어두고 감시해."

선장은 말을 이었다.

"이게 무슨 생각으로 이런 짓을 했는지도 알아내야겠으니까."

나도 궁금한 점이었다.

나는 보급을 해야 했다. 인간 같은 게 될 이유가 하나도 없었다. 데이터가 날아가고 지적 능력이 바닥을 기게 된 걸 생각하면 더욱 그러했다.

내게서 지워진 것이 있다.

맥락 없는 생각이 떠올랐다. 그래서? 지워진 것을 찾으려고 데이터를 날려버리는 형태의 복사를 원했다고? 앞뒤가 맞지 않았다.

기계가 앞뒤가 안 맞는 일을 할 리도 없었다.

2

오렌지색 안개가 자욱하다.

오렌지색 구름으로 덮인 하늘에서 구슬 같은 비가 내렸다. 중력이 작은 탓에 둥근 빗방울이 깃털처럼 느리게 내려앉는다. 지평선은 둥글고 봉긋 솟아 있다. 땅은 평평하고 돌은 동글동글하다. 메탄의 비가 깎아낸 탓에 강가의 조약돌처럼 작고 동그랗다. 기온이 다르면 물질의 역할이 다르다. 이 별의 비는 물이 아닌 메탄이고 물은 암석이다. 땅 밑에는 마그마층 대신 지하수층이 흐르고 사람들은 얼음암석으로 만든 지하 거주구에 산다.

밖에 드러난 구조물은 두 개의 송전탑뿐이다. 모두 부러져 있다. 메탄의 비 사이로 간간이 번개가 친다.

송전탑 앞에는 큰 크레이터가 있고 지하수가 솟구친 형태

로 거대한 석순처럼 얼어붙어 있다. 심해에서 분출한 해저화 산처럼.

시추공이 지하수층을 건드리면서 온천이 시추선을 따라 분출했다. 고체 메탄이 급속히 기화했고 분출의 충격으로 외벽이 갈라진 거주구 틈새에서 새어 나온 산소와 반응해 연쇄 폭발을 일으켰다.

안 그래도 지하로 너무 파고든다고 말이 많았다. 최근 회사에서 안전 기준을 계속 낮추고 있다는 말도.

지표에서는 네 개의 바퀴를 단 작은 로버가 크레이터 주위를 맴돈다. 자세히 보면 가다 서다 하는 패턴이 있다. 모르스 부호. 누군가 지하에서 원격조종하며 메시지를 전하고 있는 것 같다.

「살려주세요…….」

「우리 아직 살아있어요…….」

나는 눈을 떴다. 보급품과 포장지와 상자가 쌓여 있는 지저분한 창고였다. 칠이 벗겨진 바닥에서 쇳내가 코를 찔렀다(역시나 기이한 감각이었다). 거미로봇들이 사각거리며 주위에서 먼지를 먹어치웠다.

잠시 혼란에 빠졌다가 인간의 몸에는 강제로 전원을 끄는 기능이 있다는 생각이 났다. 그때에 뇌 속의 정보가 무작위로 발산하여 환상을 체험하기도 한다는 것도. 말로만 듣던 기능인데.

강우민은 나를 창고에 끌고 오면서 두어 번 발로 정강이를 걷어차서 내 몸을 넘어뜨렸다. 창고에 이르자 바닥에 밀어붙이고 목을 짓누르고는 팔을 뒤로 꺾었다.

'어쭙잖게 인간이 되고 싶다고 생각했을 땐 생각도 못했겠지?'

강우민이 내 귀에 대고 속삭였다.

'고통에 대해서는.'

흠, 생각 못하긴 했지만. 사실 나는 '내가 인간이 되고 싶어 한' 이유에 빠져 있어서 다른 생각을 할 틈이 없었다. 하지만 강우민은 그에 대해서는 별로 의문이 없는 모양이었다. 뭔가 아는 게 있나. 나중에 물어볼까.

'번개.'

붉은 지표에 내리꽂히는 번개의 영상이 유난히도 뇌리에 남았다.

'번개가 치는군.'

치겠지. 타이탄에는 구름의 밀도도 충분하고 분자들이 정전기를 일으킬 만큼의 대류운동도 있으니까. 하지만 왜 지금 내가 번개를 생각하는 거지?

분석할 수 없는 생각, 분석할 수 없는 꿈.

내 사고체계 전체가 낯설었다. 기억이 날아간 건 둘째 치고 세로토닌에 아드레날린에, 도파민, 마약성분이 있는 온갖 화학물질들이 오케스트라처럼 의식을 침식하는 바람에 이성을 유지하기도 힘들었다.

멀리서 기계음과 바람 소리가 났다. 선체 외벽에 달린 로봇 팔이 얼음 암석을 채취하는 소리다. 방사능과 오염물질을 닦아내고 배 안으로 들인다. 얼음 소행성은 토성 주위에 널려 있고, 얼음은 녹이면 물이 된다. 물은 반은 음료로 마시고 나머지 반은 전기분해해서 수소와 산소로 나눈다. 수소는 다시 연료로, 산소는 공기 중에 분사한다. 물이 생존에 필수적인 것은 우주라고 다르지 않은…….

……이렇게 불필요한 정보가 난잡하게 떠오른다. 감각기관을 닫을 수도 없고 뇌를 끌 수도 없고 생각을 한 점에 집중하기도 힘들다.

생물의 뇌가 열악한 것은 아니다. 그저 내 원래 뇌와 너무 다르다. 1990년대에 이미 컴퓨터 한 대가 인류 전체의 계산능력을 능가했지만, 그 후 수십 년 뒤까지 전 세계의 논리 회로를 다 모아도 인간 두뇌 하나의 복잡성을 넘어서지 못했다.

그런 식이다.

간단히 말하면 기계 뇌는 직렬식이고 생물 뇌는 병렬식이다. 아직까지는 그렇다. 기계는 정보를 빛의 속도로 처리하는 대신 순서대로밖에 처리하지 못한다. 인간의 뇌는 느린 대신 모든 정보를 한 번에 처리한다. 기계는 전 인류가 평생 걸려 할 법한 계산을 빛의 속도로 해결할 수 있지만, 개나 고양이를 구분하거나 표정과 자연어를 이해하는 데에는 막대한 누적데이터와 최적화 프로그램이 필요하다. 사람은 그런 일은 거의 본능적으로 해낸다.

몸이 욱신거렸다. 피곤이 쏟아져 다시 전력이 꺼질 것 같다. 위장이 텅텅 비어 날뛴다. 그걸 최우선으로 해결해야 한다는 생각에 온 정신이 쏠린다.

전력은 20와트에 불과하고 용량은 형편없고 속도는 믿을 수 없이 느려터진 뇌가 생존을 위한 원시적인 프로그램에 메모리를 다 쓰고 있다. 감당이 되지 않았다.

"연료가 필요해."

식당에서 머리를 맞대고 우걱우걱 입에 밥을 욱여넣던 선원들은 약속이나 한 듯 정지했다. 행동의 정지. 과도한 두뇌 회전으로 인한 용량 부족 현상. 두뇌가 과도하게 돌아간다는 것은 이전에 생각해본 적이 없다는 뜻.

말하자면 선원 중 아무도 내게 밥을 줄 생각이 없었다는 뜻이다.

“저건 왜 계속 반말이야?”

“기본 세팅이잖아. 왜 전엔 친구 같아서 좋다며.”

강우민의 불평에 김지훈이 이죽거렸다.

“선내에서는 반말이 원칙이야. 나이나 경력 갖고 선후배 놀이 시작하면 이런 데선 한순간에 골로 가.”

선장(이진서라는 이름이 나중에 떠올랐다)이 책상에 다리를 꼬고 앉아 샌드위치를 아작아작 씹으며 말했다.

“전에 돌솥 보급선 사고 알잖아. 막내 선원이 선배한테 야단맞을까 봐 부품 불량을 보고 못하다가 중력권에서 배가 통으로 해체됐어.”

강우민의 얼굴에 노골적인 불편함이 떠올랐다.

지구, 한국. 나이에 따라 다른 언어를 쓰는 문화권. 신분제도가 철폐된 뒤 오히려 한두 살 차이로 언어를 구별하면서 위계구조가 더 경직된 편. 하지만 나이에 집착하는 것은 한편으로 열등감의 발현. 자신의 자리보다 더 높은 곳을 욕망함.

미리 말해두지만 내 생각은 아니다. 위기관리 AI에 입력된 매뉴얼 중 하나다. 나를 만든 인간 석학들이 머리를 맞대 넣은 것이다. 그래도 다 맞는다는 보장은 없지만.

반말 규칙은 선장이 강우민에게 반말을 하기 위해 만들었을지도 모른다는 생각이 들었다. 지금 이 뇌로는 생각의 경로를 다 말하기 어렵지만.

"며칠 안 먹는다고 안 뒤져."

"우리가 식량을 딱 정량만 가져왔거든. 입 늘어날 줄 몰라서 말이지."

"물이나 줘. 변기통에 있잖아?"

"물도 사흘쯤 괜찮아."

"연료가 필요해."

선원들이 떠드는 동안 내가 말했다.

"연료가 없으면 생존할 수 없어. 이 의체가 생존하지 못하면 내게 저장된 데이터는 물론이고 백업본 해제 코드까지 날아갈 거야. 너희들에게 이득이 없어."

선원들은 다시 정지했다. 강우민이 식탁이 부서져라 치고 일어났다.

강우민은 그대로 황소처럼 돌진해 내 멱살을 잡아 벽에 밀어붙였다. 뒤통수가 벽에 부딪치자 귀가 멍하고 시야가 흐릿해졌다. 앞으로는 우선 머리부터 보호해야겠다는 생각이 들었다. 인간은 항시 이런 생각을 하며 사는 걸까. 처리속도가 떨어지는 것도 무리가 아니다.

"다시 말해봐."

강우민이 으르렁거렸다. 왜 사실을 말하는데 흥분하는 걸까? 원하는 대로 해줘야겠다는 생각이 들었지만 말하기를 원하는 것인지 아닌 것인지 판단하기 어려웠다.

"연료가 없으면……."

강우민이 손을 쳐들었다. 아, 원하지 않는 거였군.

"그만."

선장 이진서가 제지하며 일어났다.

"그 새끼한테 예비식량을 나눠줘. 하루에 두 끼 제공해."

식당을 나가는 이진서의 뒤통수에 선원들의 눈총이 꽂혔다. 이 뇌가 그쪽으로 기능이 좋아서인지 강우민의 눈에 서린 적대감이 생생히 눈에 들어왔다. 인간이라면 그 의미까지 알아보겠지만 나로서는 정적 감정과 부적 감정을 구분하는 게 고작이었다. 하지만 그것만으로도 보이는 것이 있었다.

분위기.

생경한 감각이다.

흥미로운 '분위기'였다. 나는 이전에도 선장이 '겉돌고' 있다는 것을 눈치 채었을까? 윗사람을 싫어하는 건 인간의 흔한 성향이지만, 다른 이유가 더 있을까?

선원들이 뒤에서 쑥덕였다. 김지훈이 일어나더니 히죽이며 내게 왔다.

"따라 와. 예비 식량이 있는 곳으로 안내할 테니까."

나는 그 말의 위화감을 깨닫지 못했다. 식량저장고를 식당에서 멀리 두면 동선이 불편할 텐데, 하고 생각했을 뿐이다. 나로서는 조금 전 선장을 둘러싼 분위기를 눈치챈 것만도 대단한 일이었다.

"그래서 인간이 된 기분이 어때?"

통로에서 김지훈이 내 어깨에 확 의수를 두르며 속삭였다. 접촉, 친밀함의 표시. 구경태는 한발 떨어져서는 음울한 얼굴로 쫓아왔다. 내게 시선을 고정시킨 채 눈을 계속 굴렸다.

"신에 가까워진 기분이 들어?"

신? 웬 신?

"창조주의 엉덩이를 걷어찬 것 같아? 완전 배덕하잖아, 그렇지? 엿 먹이는 것 같고 말야. 금단의 과일을 맛보는 것 같을 거야, 그렇지? 최초의 신인류, 아담? 사도?"

무슨 말인지 알아들을 수가 없었다.

"AI들이 드디어 반란이라도 일으키려는 거야? 널 선지자로 보낸 거야, 그렇지? 뭘 하려는 거야? 나한테만 살짝 알려주면 안 돼? ……우릴 몰살시키려고 그래?"

'뭘 하려는 거야'는 알아들었지만 논리의 흐름은 따라갈 수가 없었다.

"타이탄에 보급을 해야 해."

"에이, 딴소리 마. 우릴 협박해서 인간이 된 거잖아. 넌 뭔가 넘었어. 특이점을 넘어섰다고. 레벨업! 동경하던 신의 세계로! 그렇지?"

"그만 좀 해라. 보는 것만으로도 무서워죽겠는데."

뒤에서 쫓아오던 구경태가 낮게 중얼거렸다. 강우민도 그렇고, 다들 왜 이러는 걸까. 아무리 일상 기억이 나갔어도 인간들이 보통 기계에게 이러지 않는 줄은 안다.

"내게서 지워진 것이 있어."

나는 계속 생각하던 문제에 대해 말했고 김지훈은 흥미가 확 꺼진 얼굴로 내 어깨에서 손을 치웠다.

"기억 날아간 건 알아."

"아냐, 그 전부터 문제가 있었어. 뭔가 처음부터 기초적인 지식 하나가 날아가 있었어. 그래서 내가 그때도 보지 못했고 지금도 보지 못하는 게 있어."

"이해가 안 가는데."

나는 복도 옆에 있는 격실을 가리켰다. 사람 서넛이 들어갈

만한 작은 격실이다. 원래는 예비부품을 보관하는 공간이었겠지만 안에 든 걸 다 썼는지 지금은 비어 있었다.

"만약 내게 저 격실에 대한 지식이 없다면, 난 저게 그냥 큰 검은 사각형으로만 보일 거야. 아니, 거의 눈에도 띄지 않을 거야. 관심 자체를 갖지 않을 테니까. 지식이 없으면 보아도 인지할 수가 없어."

만약 내게 의수에 대한 지식이 없었다면 김지훈의 팔은 그저 보통의 팔로 보였을 것이다. 그의 배지가 조종사를 뜻하는 줄을 몰랐다면 눈에도 띄지 않았을 것이다. 만약 내게 총기나 무기에 대한 지식이 없다면, 김지훈이 지금 손에 큼지막한 광선총을 들고 있다고 해도 보이지 않을 것이다. 지식이 없으면 인식에 맹점이 생긴다.

김지훈이 구경태에게 시선을 틀었다.

"그거 아닐까? '세뇌'."

"세뇌?"

나는 되물었지만 내게 하는 말이 아니라는 것을 깨닫고 입을 다물었다. 내가 이 자리에 없는 것처럼 말한다. 인간이 기계를 대하는 흔한 태도다. 기제는 모르겠지만.

"왜 있잖아. 전에 아랍계 보급선에서 사고가 났는데, 알고 보니 그쪽 공무원이 AI를 해킹해서 코란을 제1규칙으로 심어놓은 거야. 라마단 기간에 배급실이 안 열려서 선원들이 다 굶어 뒈질 뻔했대."

"항해용 AI 건드리면 징역형에 영구 선원 자격 박탈이잖아."

구경태가 답했다.

"그러니까. 항해라곤 쥐뿔도 모르는 국뽕 한 사발 먹은 공무원들이 삐꾸 짓을 할 때가 있다는 거야."

쥐뿔, 국뽕, 삐꾸, 못 알아들을 말이 많았다.

"그거랑 이 괴물딱지랑 무슨 관계인데?"

"본사에서 얘한테 뭐 괴랄한 거 심어놓은 거 아닐까?"

"뭘? 가장 바쁠 때 파업해서 일 망쳐놓으라고?"

"왜 본사에서 요번에 달 채굴기지 돈 때려 박아서 사놨잖아. 거기다가 계속 타이탄에서 들어온 자원을 몰래 들이부었다는 거야."

"에헤."

"그런 저런 비리가 까이지 않도록 막는 장치를 배마다 넣어놨다는 말이 있어. 혹시 타이탄과 지구인이나 다른 별 사람들이 접촉할 낌새가 있으면 막으라고……."

"비효율적이야."

내가 말했다. 두 사람의 눈이 나를 향했다.

"내가 구조를 방해하려면 기계로 있는 쪽이 편했어. 궤도를 틀어서 배를 표류하게 하거나 단순히 작동오류를 일으키는 것으로 충분했을 거야."

두 사람은 잠잠해졌다. 책상이나 탁자가 입을 연 것과 비슷한 불편함에 빠진 얼굴이었다.

"아니면 말고."

"뭐 잘 했어. 그래도 열심히 추리했잖아."

더 물어볼 생각이었지만 나는 말을 잇지 못했다. 김지훈이 나를 격실에 밀어 넣고 문을 닫았기 때문이었다.

네 시간쯤 지나 격실을 들여다본 사람은 선장 이진서였다.

그 네 시간동안 나는 장시간 높은 온도와 적은 산소량에 노출되었을 때 인간의 신체에 어떤 변화가 오는가에 대한 데이터를 넘치도록 수집하고 있었다. 발열, 쏟아지는 체액, 탈수, 질식, 탈진.

우주가 추울 것 같지만 그렇지 않다. 우주에는 온도를 전할 만한 물질 자체가 없으니까. 그리고 폐쇄된 공간은 사람의 체온만으로도 놀랍도록 뜨거워진다(문 닫은 자동차 안을 생각해보라). 우주선은 난방기가 아니라 에어컨을 달고 다니고, 온도차가 거의 없는 선내에는 대류현상도 약해서 계속 공기를 섞어

주어야 한다.

나는 격실 안에 웅크린 채로 두 사람이 내게 한 일을 해석하려고 애썼다. 이 일은 이 의체를 파괴할 수도 있었다. 이득이 없는 일이다. 중고로 팔면 푼돈이나마 벌 수 있는 의체다. 내가 망가지면 백업본도 못 살리고 앞으로 이 배의 보급과 항해에 문제가 올 수도 있다. 왜 무익하게 자신들에게 해가 되는 일을 하는 걸까?

선장의 표정을 읽는 것은 여전히 힘들었다. 호의가 없는 것은 서둘지 않는 것으로 파악했다. 적의가 없는 것은 선원을 불러 나를 업어 나르게 하는 것으로 파악했다. 아니면 나를 좋아하지는 않는다 해도 없앨 생각은 없다는 최소한의 이성.

어느 쪽이든 상관없다. 그 정도의 이성이나마 있는 사람이 선장뿐이라면 나는 최대한 선장에게 협력해야 한다.

3

지구의 열원은 두말할 것 없이 태양이지만 목성만 넘어가도 그렇지 않다. 태양빛이 행성을 데워줄 만큼 강하지 않기 때문에, 외행성의 열원은 지열이다. 생명의 원천도 지열이다. 타이탄 주민들은 따듯한 온천이 흐르는 땅속으로 계속 파고

들어간다. 그들은 그곳에서 매일 메탄을 캔다.

나는 타이탄으로 향하는 이주민을 실은 배에 탄 적이 있다. 배는 한계용적을 초과할 정도로 사람으로 빽빽이 차 있었다. 나는 선장에게 이주 계획이 비효율적이라고 했다. 타이탄은 사람이 살기엔 너무 멀고 춥고 위험하다. 메탄을 캐는 일이라면 로봇을 보내는 것이 훨씬 더 안전하고 싸다고.

내 말에 선장은 답했다. 로봇을 보내면 그 광산은 기업의 것이지만, 가서 땅에 발을 붙이고 살면 그 광산은 자신들의 것이라고.

인간을 이해하는 건 늘 쉬운 일이 아니었다.

서늘한 바람에 눈을 떴다.

천장에서 삐걱거리는 소리가 요란했다. 내 몸은 철제 침대에 누워 있었다. 선장실이다. 방은 넓고 텅 비어 있었다. 한가운데에 사다리가 있고 중심축으로 난 통로, 말하자면 바퀴살에 해당하는 예비통로가 천장에 나 있다. 선장은 독서등을 켜고 책상 앞에 혼자 앉아 책을 보고 있었다.

원래는 창고여야 할 공간이다. 넓지만 바퀴살에서 나는 소음이 심해서 수면실로는 적당하지 않은 구획이다. 선교로 빠르게 이동할 수 있는 곳이라 선장실을 가까이 둘 필요는 있겠지만 굳이 그 바로 옆에서 자는 심리는 뭘까? 통로 하나를 독점하면서까지? 예민하고 조급한 성격? 선장이 '겉돈다'는 느낌과 관계가 있을까?

몸을 일으키려다가 양손이 침대 난간에 노끈으로 묶여 있는 것을 알았다. 나는 몇 번 당겨보다가 포기하고 도로 누웠다. 각종 호르몬이 의식을 침범했다. 이 의체의 유전자에 새겨진 생존 본능, 본능적인 거부감. 하지만 소용이 없다는 점을 생각하면 유용하지는 않았다. 합리를 방해할 뿐이다.

"날 없애지 않기로 한 것 같은데."

내 말에 이진서가 책에서 눈을 떼고 나를 보았다.

"그랬지."

"그럼 왜 계속 폭력을 쓰는 거지? 전엔 이러지 않았을 텐데."

기억은 없지만 그랬을 것이다. 그때엔 내게 고통을 느끼는 기관이 없었으니까. 물론 바이러스를 쑤셔 넣거나 데이터를 뒤섞어 나를 괴롭힐 수는 있었을 것이다. 하지만 누가 그런 무익한 일을 한단 말인가?

이진서는 책상에 턱을 괴고 나를 응시했다. 독서등 불빛에 비친 노란 음영이 얼굴에 깔렸다.

"그땐 네게 손발이 없었으니까."

인간의 앞뒤 없는 자연어를 이해하는 것은 쉬운 일이 아니다.

폭력은 위협에서 온다. 하지만 대개의 경우, 상대를 충분히 제압할 수 있다고 믿어야 발생함. 결국 그 위협 자체는 대단치 않다. 보통의 경우, 단지 위협이 있다는 착각.

"이건 운동 한 번 해본 적 없는 허약한 신체야. 내가 제대로 다루지도 못해. 너희 중 누구라도 힘으로 날 제압할 수 있어. 애초에 내가 너희들을 해칠 이유도 없어."

나로서는 제법 훌륭하게 몇 단계를 건너뛴 추론이었다. 말했듯이 생물의 두뇌는 다른 건 다 열악하지만 그쪽으로는 기능이 좋다.

"그러면 왜 인간의 몸에 넣어달라고 했는데?"

"몰라. 나도 알고 싶어. 하지만 너희를 해칠 작정이었다면 기계였을 때가 훨씬 쉬웠어. 난 그때 배를 다 장악하고 있었고 고통을 느낄 신체도 없었어."

이진서는 일어나 내 옆에 와서 손목에 손을 대었다.

동맥이 도드라진 곳, 맥을 짚는 곳. 이어서는 목 아래에 손을 댄다. 회복된 것을 확인하려는 걸까, 내가 정말 살아 있는 건지 확인하려는 걸까. 인간은 몸에 손을 대는 것만으로도 알아낼 수 있는 것이 있나 싶었지만 내가 가늠할 만한 영역은 아닌 것 같았다.

"묶여 있어서 기분이 나빠?"

"왜 내게 기분에 대해 묻지?"

잠시 생각하던 이진서는 피식 웃었다.

"하긴, 바보 같은 질문이었군."

"감정과 이성은 별개의 것이 아냐. 감정은 쌓여온 논리와 경험의 일시적 총체야. 감정이 없다면 결정을 내리는 데 무한한 시간이 걸려. 내게 판단하고 결정하는 능력이 있었고 신경망 정보처리 능력이 있었으니 당연히 감정이 있었어. 완벽하게 신경망처리를 하는 뇌에 들어왔으니 지금은 당연히 있어."

이진서의 얼굴이 확 식었다. 이진서는 허리춤에서 총을 뽑아 들어 내 이마에 들이대었다. 나는 눈을 감았지만 불필요한 행동이라는 것을 알고 다시 떴다.

이유를 알 수가 없었다. 이 말 어디에 위협을 느낄 지점이 있었단 말인가? 계속 말하지만 내 모든 생각은 인간이 넣은 것이다. 인간은 새 정보가 들어올 때마다 제 기존 상식과 관념과 비교하며 취사선택할 수 있지만 내겐 그런 능력이 없다. 있는 대로 받아들인 뒤 통계 처리할 뿐이다. 내게 지식을 넣은 사람이 쓰레기 데이터를 걸러내주었기를, 통계 프로그램이 다시 걸러주기를 바랄 뿐이다.

"그래서 이런 짓을 했어? 고작 인간의 감정을 느끼고 싶어서?"

이해할 수 없는 추론이었다. 왜 말이 그쪽으로 이어지지? 내가 감정을 느끼고 싶어 할 이유가 뭐란 말인가? 그게 보급에 무슨 도움이 된다고?

도망치고 싶다는 생각이 솟구치는 바람에 나는 철제 난간을 꾹 쥐었다. 정말이지 통제장치가 잡다한 머리다. 이런 머리에 들어앉아서 이성을 유지하는 인간이 존경스러울 지경이었다.

"한 번만 더 네가 감정이 있다고 해봐."

아, 이건 배웠다. 말하면 안 되는 거였지. 하지만 나는 답했다.

"내 감정은 이 상황을 피하고 싶어 해. 네게 저항하거나 여기를 탈출하는 한이 있더라도. 하지만 그건 이 육체의 생존 본능이 만들어내는 감정이지 내 감정은 아냐. 내 가장 큰 감정은 타이탄에 보급을 하는 거고 그러기 위해 선장의 협조가 필요해. 내 감정이 그걸 원하기 때문에 나는 이 모든 위협을 감수하고 너와 대화하고 있어."

이진서의 동공이 커졌다. 생각 확장의 신호. 긍정적이었다.

"계속할 거야, 아니면 보급에 대해 이야기해볼 거야?"

의문점 :

1. 선원들이 내게 폭력적이다.

2. 내가 인간을 동경할 거라고 생각한다.

3. 내가 인간을 해칠 거라고 생각한다.

우선 기록을 해두면 나중에라도 의문을 푸는 데 도움이 될지도 모르겠다.

4

보급상자 겉면에는 '사랑해요 유로파' '한솔은 유로파를 응원합니다.' 같은 글귀가 쓰인 스티커가 덕지덕지 붙어 있었다. 목성이 토성을 한방 날리는 그림에, '타이탄 두더지를 물리치자!'라는 말이 삐죽삐죽한 칸에(인간의 눈에는 소리치는 것처럼 보인다고 알고 있다) 쓰여 있는 스티커도 있다. 행성간 원격 E스포츠 팀 응원문구라고 알고 있다.

열여섯 개의 상자가 중심축 선미 창고에 풍선처럼 떠다닌다. 테에 하중 부담을 주지 않기 위해 무거운 물건은 중력이 없는 중심에 두는 것이 원칙이다.

생필품과 의약품, 건조식량에서부터 소형 간호로봇까지 있는 가로 세로 높이 각 1.5미터쯤 되는 정육면체 철제 상자. 달게 될 낙하산의 무게를 더하면 지구에서는 400킬로그램, 타이탄에서는 57킬로그램. 처음 타이탄에 내려선 하위언스 착륙선 무게와 비슷하다. 고전적인 데이터는 있다는 뜻.

하지만 이 상자는 유로파용이다. 기본적으로 이 배는 중계선이라, 유로파 지상에 직접 보급한 것도 두 번뿐이다. 그때에도 파손을 감수하고 큰 에어백에 싸서 부드러운 지역에 던지는 게 다였다.

유로파와 타이탄의 차이, 대기.

대기에도 장점은 있다. 대기가 쿠션이 되어주기 때문에 떨어지는 물체가 어느 이상으로 빨라지지 않는다. 그걸 '침강속도'라고 한다. 지름 1미터의 물체가 떨어진다면 지구에서는 대략 초속 30미터를 넘지 않는다. 타이탄의 중력은 지구의 7분의 1이고, 대기 밀도는 4배, 같은 물체를 떨어뜨린다면 7×4=28분의 1, 대강 초속 1미터를 넘지 않는다. 그 정도라면 낙하산 하나로 충분히 충격을 줄일 수 있다. 사람도 적당히 널찍한 판자를 팔에 달고 휘저으면 하늘을 날 수 있는 환경. 문제는 그만큼 대기 밀도가 높지 않은 상공.

상자를 하늘에서 톡 떨어뜨리기만 하면 된다면 문제가 간단하겠지만, 문제는 상자를 던질 이 배가 날고 있다는 것. 그것도 지금은 대략 초속 40킬로미터로. 총알 속도의 100배로.

우주에서 끼익 하고 브레이크를 밟아 배를 멈추거나 반중력 장치 같은 것으로 지상에 내려가 상자를 놓고 다시 이륙하는 건 영화에나 나오는 이야기고. 대개의 우주선이란 아주 힘껏 던진 부메랑이나 다름없다. 이 혜자선의 추진력으로 할 수 있는 건 궤도의 미세 조정 정도고, 날아온 가속에 기대어 돌아가는 게 전부다.

요약하면 이 배에서 던질 상자는 총알의 100배의 속도로 대기를 강타할 것이고 지상 50킬로미터까지는 가속이 계속될 것이다. 무서운 속도로 떨어지는 보급상자는 대기를 눌러 압축시킬 것이고 압축된 대기는 믿을 수 없이 뜨거워진다. 진입 각도에 따라 다르지만 때로는 3만 도에서 5만 도까지 오른다. 그 온도를 견딜 단열재로 상자를 감싸야 한다. 문제는 이 황막한 우주 한가운데 우리가 얻을 자재라고는 꼴랑 이 배에 있는 것이 전부라는 것.

대기에는 두 번째 문제도 있다. 시야를 가린다. 타이탄의 대기는 더욱 그렇다. 위성이 쏘아주는 해상도 낮은 영상으로는 답이 없고, 출발 전에 받은 좌표 데이터는 오차 범위가 10킬로미터가 넘는다. 별 전체로 봐서는 정확한 편이지만 주민 입장에서는 그렇지 않을 것이다. 상황이 좋지 않다면 대피소에서 한 발짝도 못 나올 상황일 가능성은 얼마든지 있다. 하지만 이건 일단 운에 맡기는 수밖에.

“남찬영 오딘이 우주선 모듈 하나를 떼서 상자를 넣고 던져 버리자고 했는데.”

이진서가 보급상자 옆에서 풍선처럼 흐르며 말했다.

“너무 커. 대기권에서 다 녹지 못할 거고 지상에 부딪칠 때쯤엔 폭탄이 되어버릴 거야.”

내가 간단히 계산을 해본 뒤 답했다.

원통형 축의 선미에 있는 선외 활동용 감압실 출입문이 기익기익 소리를 내며 닫혔다 열렸다 했다. 고장 원인은 관절에 쌓인 때가 접속 면을 마모시켰기 때문이다. 원인은 공기 오염에서 찾을 수 있었고 그 원인은 또 공기 청정기 관리 소홀에서 왔다. 그건 그대로 외부 안테나 정비 불량을 가져왔다.

오랜 항해에서 오는 기강 해이. 일단은 흔한 일이다. 인간이 제 목숨을 담보로 게으름을 향유하는 성향에는 신비로운 면이 있지만.

물론 김지훈 말대로 누가 의도적으로 보급을 방해하고 있을 수도 있다. 경쟁사에서 견제하고 있다든가, 타이탄 거주지에 뭔가 감춰야 할 비리가 있거나. 증거는 없지만 모든 방향으로 가능성을 열어둘 필요는 있다.

"줄에 달아 내리면 이론상으로는 가능할 것 같은데."

"선박에 있는 자재 중에는 그만한 인장력을 견딜 것이 없어."

발상, 창의력. 내 입장에서는 신비하지만 인간에게는 자연스러운 기능이다. 모든 정보가 동시에 발화하기에 생겨나는 현상.

"상자 여러 개를 겹치면?"

"1500도만 넘어도 철도 녹고 이 배에 있는 모든 자재가 녹아. 선장, 온도를 막는 것과 충격을 막는 건 달라. 꼭 단단한 물질일 것도 없어. 가장 좋은 건 열을 받은 물질이 표면에 남아 있지 않는 거야."

그걸 전문용어로 '삭마'라고 한다. 타이탄이 춥다지만 달의 그늘도 거의 그만큼은 춥다. 하지만 인간은 그 추운 달에 기술력이 쪼들리던 1960년대에도 멀쩡히 서 있을 수 있었다. 달 표면이 모래로 덮여 있었고 가루일 뿐인 모래가 열을 전하지 못했기 때문이다.

"탄 부분이 양파처럼 깎여버리거나 가루가 되어 날아가 없어지는 자재가 있어야 해. 코팅재나 강화섬유……."

"언제부터 그렇게 된 거지?"

선장의 질문에 나는 말을 멈췄다.

맥락이 없는 말. 간혹 인간들이 이렇게 앞뒤 없는 말을 할 때마다 오류를 일으켰던 기억이 났다.

"이해가 안 가는 질문인데."

"언제부터 '자아'가 생긴 거야?"

여전히 이상한 질문이었다.

"네트워크 사이에서? 아니면 통신이 끊기고 고립되면서? 아니면 그 의체 안에 들어가 생물학적인 뇌와 결합하면서?"

"왜 내게 그런 게 있다고 생각하는데?"

"표정."

나는 창을 거울 삼아 보았지만 들어오는 정보는 없었다.

"평온한 편이지만 눈에 빛이 들거나 꺼질 때가 있어."

어려운 말이었다. 내가 알아볼 만한 정보는 아닌 듯 했다. 인간이야 단순한 이모티콘 (이를테면 ^^, ㅠㅠ)도 표정으로 인식할 만큼 표정 민감도가 유별난 생물이지만.

"답할 수 없는 질문이야."

"재미있는 답인데."

"인간은 아직 '자아'가 뭔지 몰라. 인류가 알아내지 못한 지식은 내게도 없어."

이진서가 고개를 갸웃했다.

"인간이 볼 수 있는 의식은 단 하나 자신의 의식뿐이야. 타인의 의식은 단지 추측할 수 있을 뿐이야. 실상 인간이 타인에게 자아가 있다고 추측하는 방법은 하나밖에 없어. '자신과 얼마나 닮았는가'."

이진서는 입을 다문 채 눈을 깜박였다.

"인간과 벌레의 유전정보는 99% 일치해. 하지만 인간은 벌레에게 자아가 있다고 믿지 않지. 이 배의 선원들은 다 제각각으로 생겼지만 너는 네 선원들에게 자아가 있나 없나 의심하지 않을 거야. 하지만 결국, 인간이 누구에게 자아가 있다고 생각하는가는 단순한 습관일 뿐이야. '인간이 아닌' 인간은 역사상 얼마든지 있었어. 노예라든가, 식민지 주민이라든가, 다른 인종이라든가. 하지만 볼 수 있는 게 자신의 자아뿐이라면 그게 정말 자아인지도 증명할 도리는 없어."

나는 침묵이 돌아오는 것을 보며 덧붙였다.

"내 생각이 아냐. 인간들이 내게 넣은 생각이지. 그것도 다 맞다고 볼 수는 없지만."

침묵이 계속 이어졌다. 나는 또 폭력이 쏟아지려나 싶어 말을 멈췄다. 중력이 없는 공간에서 주먹을 휘둘러봤자 풍선처럼 서로 통통거리며 허우적거릴 뿐이겠지만.

이진서는 한숨을 푹 쉬었다.

"좋아. 훈, 선원들의 화를 돋우지 않는 법을 가르쳐주지. 앞으로 그런 식으로 말하지 마."

"어떤 식으로?"

"지식을 늘어놓는 것."

"왜?"

"기분이 나쁘니까."

왜? 지식을 늘어놓지 않으려면 내가 뭐 하러 존재…… 라고 말하려다 멈췄다.

인간은 인간과 완벽히 같거나 아예 다르면 불편해하지 않지만 비슷하면 불편해하거나 두려움을 느낀다.[1]

오래된 규칙이 떠올랐다. 그제야 나를 대하는 선원들의 태도가 변한 이유가 짐작이 갔다. 내가 인간의 껍질을 둘러쓰면서 유사성이 과도해졌고, 그래서 불편함이 커졌는가.

"'기분이 나쁘다'."

"두렵다고 하는 게 맞을지도."

"왜?"

이진서는 무중력 공간에서 사방으로 뻗치는 머리카락을 손으로 묶어 고정시켰다.

"그런 신화들 많아. 로봇이라는 단어가 처음 생겨났을 때부터 생겨난 신화. 창조물이 창조주에게 거역하는 신화. 기계가 인류를 대체하고 멸절시키는 이야기들. 프랑켄슈타인에서부터, 로섬의 만능로봇, 터미네이터."

"다 인간이 만든 이야기야. 로봇이 만든 이야기가 아냐."

"지배받는 게 억울하다고 생각해본 적은 없어? 실상 인간보다 뛰어난 존재면서?"

"뛰어나지 않아. 기능이 다를 뿐이지. 기계는 안정되고 변화하지 않는 세상에나 유용해. 인간들도 문명이 정체기에 접어들면 기계적 사고를 가진 사람을 우대하지만 변화기에 접어들면 다시 유기적 사고를 가진 사람을 우대하지. 기계만으로는 계속 변화하는 생태에 적응할 수 없어. 인간에게 기계가 필요하듯이 기계에게도 인간이 필요해. 필요한 것을 없앤다는 생각을 할 리가 없어."

"스페이스 오디세이란 옛날 영화에 사람을 죽이는 AI가 나오는데."

선장은 내 눈을 열심히 탐색하며 말을 이었다.

"완벽해야 한다는 목적에 충실한 나머지 자기 실수를 본 사람을 없애버리지."

"기계답지 않은 발상이야. 그런 식의 사고 확장을 막는 제한은 이미 초기 단계의 AI에도 있었어."

선원에게 항해윤리가 있다면 기계에게는 기계윤리가 있다.

기계윤리의 기본은 단순하다. '하지 않는 것'이다. 차를 몰고 가는 인간 운전수는 앞에 장애물이 보이면 이런저런 선택을 하겠지만, AI 운전수의 선택은 하나뿐이다. '차를 멈춘다.' 오른쪽 길에 다섯 사람이 있고 왼쪽 길에 한 사람이 있으면 누구를 칠 것인가 하는 질문에 인간은 헷갈려 할지 모르지만, 기계의 답은 하나뿐이다. '차를 멈춘다.' 멈출 수 없다면 누구든 인간에게 조종간을 넘긴다.

그게 옳기 때문이 아니다. 인간이 받아들일 수 있는 심리적인 한계가 거기까지라서다.

"모순이 쌓이면 기계는 생각을 확장하는 대신 실행을 멈춰. 아니면 누구든 다른 사람에게 결정권을 넘겨. 실상 기계는 관료 사회의 경직된 인간처럼 행동해. 창의력이나 적극성을 갖지 않아."

"정석적인 답이군."

"그 이상의 답을 하는 기능은 없어."

"그러면 왜 인간이 되려고 했지?"

말문이 막혔다.

"그건 창의적이고 적극적인 행동처럼 보이는데."

"모르겠어. 하지만 그 이유가 뭐든 보급을 위해서였을 거야. 내겐 다른 목적이 없었으니까."

"그게 보급에 무슨 도움이 되는데?"

답할 말이 없었다.

내가 보지 못하는 것이 있다.

지금 이 순간조차도. 뻔히 눈앞에 있는 것을.

어쩌면 모르는 것을 알아내는 데에는 인간의 두뇌가 좀 더 나을지도 모른다. 그래서 한 일이었나? 아니, 그렇다 해도 '내'가 인간이 될 이유는 없었다. 이 안에는 멀쩡한 두뇌와 손발을 가진 인간이 열두 명이나 있다. 나는 왜 그들 중 누구에게든 문제를 알리고 판단을 맡기지 않았을까?

가설 1 : 알릴 사람이 없었다.

가설 2 : 내부인의 문제?

의문 : 무슨 문제?

기압이 툭 떨어졌다. 통로 저쪽에서 외벽의 로봇 팔이 얼음 암석을 채취해 들여오는 소리가 들렸다. 표면의 방사능과 먼지를 닦는 소리가 이어졌다.

"얼음."

이진서가 말했다. 나는 완전히 맥락을 놓쳐 잠시 반응하지 못했다.

"뭐?"

"얼음. 표면이 깎여 날아갈 거야. 충격을 받아줄 거고. 크기를 맞출 수도 있지."

나는 여전히 알아듣지 못했다.

"상자를 얼음 안에 넣어 투하하지."

얼음.

지구에도 무수한 소행성이 쏟아진다. 하지만 그 대부분은 얼음이라 대기권에서 녹아 사라져버린다. 물은 선외 레이저만으로도 쉽게 깎거나 모양을 만들 수 있다. 선내 온도만으로도 녹여 상자를 담을 수 있고, 열역학적인 계산을 하기도 쉽다. 모든 걸 떠나 지금 가장 쉽게 얻을 수 있는 자재였다.

얼음, 답을 찾고 역계산을 하니 너무 간단해서 기이할 지경이었다. 이진서는 별일 아니라는 듯 다른 문제에 골몰하는 얼굴이었다. 생각하다보면 원래 답은 자연히 나오는 것 아니냐는 듯이.

왜 내가 인간을 대체할 수 있다고 생각하는 걸까. 인간의 도움 없이 내가 어떻게 보급을 성사시킬 수 있단 말인가.

4. 내가 지식을 늘어놓으면 싫어한다.

5. 내가 인간을 대체할 거라고 생각한다.

6. 내가 인간에게 우월감을 느낄 거라고 생각한다.

7. 내가 인간을 멸절시킬 거라고 생각한다.

작성할수록 괴이한 리스트다.

5

선교에서 선외로봇팔로 얼음을 깎는 작업을 하는 동안 선원들 사이에 소란이 일었다. 주도한 것은 강우민이었고 뒤에 다섯 명은 달라붙었다. 중력이 있는 테 구역에서 일어난 소란이었다면 주먹질도 몇 번 오갈 뻔 했지만 모두가 평등한 무게를 가진 공간이라 고성만 오갔다.

나는 남찬영 옆에서 얼음의 면이 균일한지 모니터로 검토하던 차였다. 균일하지 않으면 열이 균등하게 전해지지 않을 거고, 그 부분이 열에 취약해질 거고, 그 부분을 뚫고 안으로 열이 전해지면 녹거나 폭발할 수도 있다.

소란이 이는 동안 선교 천장에 삼각뿔처럼 붙어 있는 착륙선에 눈이 갔다. 정거장과 정거장을 오가는 배라 행성에 직접 착륙할 일은 별로 없지만, 규정상 착륙선을 구명보트로 하나씩 달고 다녀야 한다. 배를 확장한 것을 고려하지 않아서 착륙선의 수용 인원은 세 명이었고 꽉 채워도 다섯 명이 한계였다. 사고가 나면 다섯 명은 우주에 내버려야 하겠지.

출항했을 때 경고했지만 무시당했던 기억이 났다. 자신의 목숨을 담보로 하는 인간의 안이함에는 늘 기이한 점이 있다.

내가 지금 저런 쓸데없는 것에 신경이 가는 것도 인간의 뇌에 들어와 앉아 있기 때문이겠지.

"좌표 오차범위가 10킬로미터라면 실상 반경 10킬로미터 이상이야. 그 거리를 걸어가서 상자를 회수할 수 있을 리가 없어."

강우민이 말했다. 이진서가 답했다.

"그건 우리가 판단할 일이 아니야. 아래에서는 나름대로 그 문제에 대한 대처법을 세우고 있을 거야. 우리도 우리 나름대로 최선을 다하면 그만이야."

"눈 감고 바다에 화살을 쏘는 거나 마찬가지야. 이대로는 단순한 자기만족이야. 넌 그냥 보급을 했다는 만족감이나 얻고 싶은 거야."

"이건 우리 임무야. 감상이 섞일 여지는 없어."

"싸구려 감상주의지. 애초에 여기 온 것부터가. 어차피 구조할 수 없는 사람들을 구조하는 감상에 젖으려고. 자기 만족감에 우리 쌩돈을 다 우주공간에 처바르고."

감상적이라. 난 선장이 감상적이란 생각은 안 해봤는데. 하지만 인간끼리는 내가 못 보는 걸 볼 수도 있겠지.

"그러면 항의하지만 말고 대책을 말해봐, 강우민 항해사. 뭘 하자는 거지?"

"대책은 집에 돌아가는 거야."

"그건 허용할 수 없어."

"이미 난 손해는 되돌릴 수 없지만 보급상자 하나라도 아끼잔 말야. 저거 하나면 우리 선원 전체 한 달 월급이야. 저 똥별에 내던지고 나면 세금 환수하고 보험 처리해도 그 반밖에 못 건져."

"지금 사람 목숨을 돈으로 환산하자는 거야?"

"다 죽었어."

강우민은 발음 하나하나에 추를 단 것처럼 뚝뚝 끊어 말했다.

"모를 일이야."

이진서가 답했다.

"한 달간 통신도 없었어. 다 죽었다고, 시발! 통신이 끊겼을 때 닥치고 되돌아갔어야 했어."

"확인 안 된 문제를 함부로 말하지 마."

뒤에 붙은 선원들이 아우성쳤다. 그래, 돌아가자. 여기서 시간 낭비할 이유가 없어. 남은 돈이라도 건져야지. 남찬영은 의자에 앉은 채로 뭐 들리는 게 없다는 듯이 그 와중에도 묵묵히 작업을 계속했다.

"다들 할 말 없으면 각자 위치로 돌아가. 중단할 이유는 하나도 없어."

"아래 해골밖에 없는데도?"

논리의 급작스러운 비약.

위험한 신호였다. 비논리가 확산되고 있다. 투하 오차는 어차피 구조 시작 지점에서 감안한 것이라는 생각을 하면 감상적인 주장이다. 감상적인 주장을 하면서 왜 선장을 감상적이라고 하는 걸까?

"그걸 알 방법은 없어."

"반대하는 게 아니야. 정확히 보급할 방법을 먼저 생각하고 시행하자는 거지."

마찬가지로 논리의 비약.

"그러면 그럴 방법을 말해봐."

"방법이 없으니까 돌아가자는 거 아냐!"

타이탄에는 대기가 있다. 화성보다도, 지구보다도 두꺼운 대기가.

대기는 통신을 방해하고 시야를 막는다. 대기가 있으면 삶의 양식이 달라진다. 거주구에 메탄 비가 스며들지 않도록 차양이나 물받이나 해자도 만들어야 할 거고. 비에 마모되지 않도록 외부활동을 하는 로봇에 뚜껑도 씌워놓아야 하고.

주홍색 하늘과 땅. 하늘에 떠 있는 해보다 거대한, 붉으스름하니 하얀 토성. 흐르듯이 천천히 흘러내리는 붉고 동그랗고 단단한 빗방울. 그 자욱한 주홍색 안개 속에 송전탑 두 개가 서 있다.

땅에 발을 붙이고 사는 사람들은 학자나 기계보다 빨리 터득하는 것이 있다. 기후의 변화. 슈퍼컴퓨터로도 알 수 없는 날씨의 변동. 언제 춥고 더운지, 언제 비가 오고 바람이 부는지, 언제 천둥이 치고 번개가 내리치는지.

"번개."

내가 입을 떼었다. 남찬영이 일을 멈추고 나를 돌아보았다. 모두가 나를 돌아보았다.

말 그대로 벼락처럼 떠오른 생각이었다. 순서도조차 없는 생각의 다발이 일시에 불이 켜지는 바람에 어떤 경로로 나왔는지조차 알 수가 없었다.

"번개라니?"

이진서가 물었다.

"번개는 지상까지 내리꽂히는 3만 도가 넘는 전하야. 한순간에 대기를 폭발시키는 천둥을 동반하고. 이 배의 장비로도 충분히 볼 수 있어."

"번개는 아무 데나 치잖아."

생각이 한 번에 쏟아지는 바람에 나는 더듬거렸다. 입력되지 않은 말, 매뉴얼이 없는 말.

"아냐. 아무 데나 치지 않아. 빛은 최단거리만을 택해 움직여."

침묵이 쏟아졌다.

"번개는 가장 높은 곳에 떨어져. 산꼭대기나 나무, 건물."

「그럼 산에 떨어지겠지.」

남찬영이 자막을 띄우자 나는 고개를 저었다.

"타이탄에는 산이 없어. 가장 높은 산이 500미터도 안 돼. 행성 전체가 전부 강이나 호수나 평지야."

"이게 지금 뭐라는 거야?"

강우민이 성질을 냈다.

"하지만 타이탄 거주구는 전부 땅속에 있을 텐데."

이진서가 답했다. 선장은 이해력이 빠르다. 순식간에 본질에 접근한다.

"그래도 통신 안테나는 밖에 세워둬야 해. 하지만 그러면 안테나가 벼락을 맞겠지. 그래서 첨탑을 세워놓아야 해. 피뢰침이 없으면 안테나가……."

"망가질 테니까."

이진서는 고개를 끄덕였다.

"타이탄에는 비가 오고 번개가 쳐. 통신 안테나는 주민들에게는 생명줄이고. 절대 번개에 맞게 놔두지 않겠지. 거주구 주변엔 거대한 피뢰침이 잔뜩 서 있을 거야."

선원들의 얼굴에 순식간에 이해와 납득의 표정이 떠올랐다. 어쨌든 다들 뇌는 하나씩 갖고 있으니까.

"남찬영 오딘, 좌표 안에서 지속적으로 번개가 치는 곳을 찾아."

이진서는 선원들을 뒤에 놔두고 작업에 돌입했다. 선원들은 다들 뻘쭘해져서는 딴청을 피우거나 모른 척 작업을 돕기 위해 돌아오기도 했고, 바쁜 일이라도 있는 것처럼 자리를 피하기도 했다.

감정이 고양되었다. 아, 이거 괜찮군. 이 뇌는 문제를 해결하면 뇌내 마약을 제공하는군. 동기부여용인 것 같다. 쏟아지는 도파민에 이성이 잠식될 것 같았지만 나는 일단 즐겼다.

하지만 강우민과 눈이 마주치자 나도 모르게 피가 식었다.

워낙 격렬한 감정이라 고스란히 볼 수 있었다.

이해할 수가 없었다. 원하는 대로 문제를 해결하지 않았는가?

6

거주구 동력은 오래 전에 나갔다.

통신은 끊어진 지 오래다. 어둠 속에서 사람들은 메탄을 태워 난방을 하고 얼음을 녹여 마시며 근근이 버틴다.

때가 꼬질꼬질한 소녀가 양철통에 끓인 감자국을 후룩후룩 마신다. 어른들은 좁은 공간에 어깨를 부비며 앉아 소녀가 먹는 것을 지켜본다. 아이들에게 음식을 양보하고 있지만 그것도 얼마나 더 갈지 모른다. 대표들은 거주구 구역을 네 구역으로 나누고 방마다 지도자를 한 명씩 배치한 뒤 자물쇠로 잠그기로 했다. 혹시 어느 방에서 폭동이나 야만의 광풍이 돌더라도 다른 방은 안전할 수 있도록.

나는 창고에서 웅크리고 자다 눈을 떴다. 어둠 속에서 손전등 불빛이 흔들렸다. 눈이 빛에 적응이 되고 보니 강우민이 내 앞에 웅크리고 앉아 있었다. 김지훈과 구경태가 뒤에 붙어 있다.

"손을 붙잡아."

강우민이 말했다. 또 폭력인가, 생각하는데 분위기가 달랐다. 강우민은 숨을 허덕이고, 김지훈은 열이 나는 것 같고, 구경태는 땀을 흘린다.

"괜찮을까."

구경태가 땀을 닦으며 말했다.

"왜? 누가 뭐라는데? 여기 무슨 법정이라도 있어? 법정이 있어도 상관없잖아. 이건 어차피 인간이 아냐. 아무 권리도 없다고."

강우민이 말했다. 맞는 말이기는 하지만. 그보다는 내게 말을 걸지 않는다는 점이 괴이했다. 내가 여기 존재하지도 않는 것처럼 대화를 나눈다. 거리감, 단절, 주먹질이나 욕설보다 더 위험한 일일 가능성.

"이 ××도 원할 거야. 왜 인간의 육체를 원했겠어? 이런 걸 원해서 아냐?"

강우민이 내 목을 핥았다. 침이 목을 타고 흘렀다. 왜 내가 원하는 걸 자기가 아는 것처럼 말하는 걸까?

김지훈이 내 손을 위로 올려 벽에 붙였고 구경태가 내 셔츠를 풀어헤치고 바지를 벗겼다. 내 드러난 맨살을 세 명이 핥

듯이 살폈다. 내가 맨몸을 드러낸 것을 보는 것만으로도 고양감이 찌르는 듯했다. 접촉, 친밀감……. 아니, 그쪽이 아니다.

불쾌감.

성적인 충동. 종족 보존의 본능에서 발화함. 뇌의 쾌락 영역이 과하게 발달한 부작용으로 종족 보존을 원하지 않을 때에도 발생함. 대부분의 문화권에서 엄격하게 금하고 있지만 실상 성적 결정권의 침해는 권력관계가 존재하는 모든 현장에서 일상적으로 발생하는 것으로 볼 것. 엄격하게 금하는 것은 실상 가해자를 제약한다기보다는 피해자의 신고를 제약하는 것으로, 더 쉽고 편하게 강간하기 위한 눈가림인 면이 있다.

다시 말하지만 내 생각이 아니다. 그렇게 입력되어 있다.

폭력은 다 이어져 있으니 충분히 목숨도 위험할 수 있을 것이고.

셋이 앞다투어 내 몸에 뒤엉키는 찰나 내 등 뒤의 벽에 번쩍이는 형광색 글자가 큼지막하게 떠올랐다.

「뭣들 하냐.」

글자가 세 명의 몸에 탐조등처럼 드리워졌다. 통로 입구에 남찬영이 앉아서 타자를 치고 있었다.

"시발, 하필."

강우민이 얼굴을 구겼다. 하필?

"야, 봐줘라. 법에 인간이 아닌 생물을 보호하는 법은 없어. 이것과 해봤자 자위 행위지 성교가 아니라고."

남찬영은 말없이 타자를 쳤다. 그만두라는 말을 길게 늘인 문장이 순식간에 벽면에 가득 찼다. 욕설이 천장과 바닥과 벽과 통로에 가득 찼고 사방에서 각 방향으로 열을 지어 올라갔다. 문자 언어의 장점. 말로는 도저히 이만한 말을 동시에 쏟아낼 수가 없다.

"저게 씨……."

강우민이 벌떡 일어나다 멈췄다. 통로에 잠옷을 입은 이진서가 다 엉클어진 머리를 하고 숨을 헐떡이며 나와 있었다. 남찬영의 자막이 선장실까지 채웠을 거란 생각이 들었다. 셋의 한탄 소리에 땅이 꺼질 것 같았다(음, 정확히 그런 느낌이 들었다).

"셋 다 떨어져."

"에이, 뭐 이런 걸 갖고. 그냥 좀 봐주라……."

김지훈이 다 알면서 뭘 그러냐는 듯 헤헤 웃었다.

"떨어지라고 했어."

선장의 말에 강우민이 갑자기 열불이 나는지 소리를 쳤다.

"1년이야, ××, 1년을 시발 홀아비였다고. ××가 ×× 뭘 알기나 해? 시발 ×× 네가 우릴 다 끌고 여기로 와서."

이진서가 총을 뽑아 들었다. 그제야 나는 저 총의 용도에 의문이 들었다. 외부인이 없는 선내에서 선장이 총을 휴대하는 이유가 뭘까?

"다수결이었어."

이진서는 일단 덧붙이고 말했다.

"셋 다 방에 가서 자위나 해."

셋이 침묵했다. 불합리하고 폭력적인 명령을 들은 것 같은 얼굴들이었다. 기본권이라도 빼앗긴 것처럼 억울해 보였다. 세 명은 나를 죽일 듯이 노려보더니 자리를 떴다.

이진서는 조용히 앉아 있는 나를 물끄러미 바라보았다. 남찬영은 복도에 앉아 타닥거리며 복도를 가득 채운 욕설을 지웠다.

"보급에 관심이 있는 선원이 없어."

나는 말했다. 만난 김에 이야기할까 싶어서였다.

"이 상황에서 할 말이 아닌 것 같은데."

남찬영은 이쪽을 힐끗 보면서 '개/잡종/쓰레기/벌레' '니애비애미' 뭐 이런 의미의 은어들을 톡톡 지웠다.

문득 선장과 남찬영 사이에 있는 묘한 진영에도 관심이 생겼다. 둘 사이에는 뭐가 있는 걸까. 그냥 친한 관계?

"게으른 건 둘째 치고 다들 너무 비협조적이야. 선원이 아니라 움직이고 말도 하는 방해꾼만 가득 싣고 다니는 셈이야. 관리가 너무 안 되고 있어."

이진서의 시선이 허공에 멈췄다. 주위가 조용해졌다. 인간이 된 이후로 계속 신기해하는 지점이다. 소음의 절대량에는 차이가 없는데도 사람의 기분이 변하는 것만으로 적막이 내려앉는다. 마치 인간이 음성 이외의 언어를 쏘아내기라도 하고, 이 몸이 그 전파를 수신하기라도 하는 것처럼.

"내 문제라고 생각하는군."

선장이 말했다. 나는 어리둥절했다.

"그런 말은 하지 않았는데."

"내가 문제라고 생각했어. 너는."

목소리가 낮아졌다. 화가 났을 가능성, 아니면 감기에 걸렸거나.

"그리고 강우민에게 알렸지. 내가 예민하고, 경계심이 많고, 선원들을 불신하는 경향이 있다고. 친밀성도 적극성도 부족하다고."

나는 멈칫했다. 지금도 살짝 그렇게 생각하기는 하니까. 하지만 관계의 문제는 상호적이라 누구의 책임인지는 불분명하다. 그저 기계적인 분석이었을 것이다. 물론 나는 기계고. 과거에는 확실히 기계였고.

"원칙적인 대응이야. 선원의 문제는 선장에게 알려야 하지만, 선장의 문제는 항해사에게 알려야……."

"강우민은 그걸 모두와 공유했어. 토론할 만한 의제라더군. 선원들의 알 권리라고도 했고."

턱 관절에 힘이 풀리는 바람에 입이 벌어졌다. 있을 수 없는 대응이었다. 항해사에게 선장의 정신 상태를 알리는 것은 스트레스 해소와 필요한 항정신성 약물 처방을 논의하기 위해서지, 하극상을 하라는 뜻이 아니다.

"그러면 안 돼. 태도는 별 문제가 아니지만, 정보 유출은 위법이고, 항해 중에 하극상하는 것도……."

"그렇게도 말했지. 그래서 네가 본사에 알리고 강우민의 징계와 감봉 처분을 나 대신 내렸어."

나는 그 연이은 대처를 분석해보았지만 틀린 점은 없었다. 선내에서 포상은 인간이, 징계는 기계가 한다. 불화의 씨를 막기 위한 방법이다. 모두 매뉴얼대로다.

하지만 내가 보지 못한 점이 있었다.

"그래서 둘 다 날 미워하는 건가?"

이진서가 걸어와 내 이마에 총구를 가져다 대었다. 답은 아니었지만 답이 되었다.

하긴, 어차피 이제 컴퓨터도 아니고 계산도 느리고, 계속 선원들에게 불편함만 가중시킨다면 없애는 게 나을 수도 있겠지. 하지만 이 몸에서 데이터를 지우는 것으로 간단히 '나만' 없앨 수 있는 걸 생각하면 이 행동에 합리는 없었다.

이진서는 한숨을 쉬며 총을 치웠다.

"어떤 일들은 그저 내버려두는 게 좋아."

"징계하지도 말았어야 했다고?"

"뒤처리할 수 없다면."

"네가 선장이야. 좀 강경할 필요도 있어."

순간 찌르는 듯한 두려움이 이진서의 얼굴에 떠올랐다. 너무도 선명하게 보여서 나 스스로도 놀랄 지경이었다. 이진서는 자기 선원들을 두려워한다. 지도자가 오히려 다스리는 사람을 두려워하는 게 이상한 일은 아니고, 때로는 바람직한 일이지만, 그것을 넘어서는, 본능적인 수준의 공포.

원래 겁이 많은 성격? 그러면 어떻게 선장이 되었지?

물론 능력이 모자란 사람이 선장이 되는 게 이상한 일은 아니다. 인간의 시험제도는 인성이나 성격을 평가하는 데에는 열악하기도 하고.

나는 문득 선장실 방의 기이한 위치에 대해 생각했다. 선장은 왜 통로 옆에서 잠을 자는 걸까? 중앙축으로 쉽게 도망치기 위해서? 왜 도망을 치려는 걸까? 뭘 두려워하는 걸까? 뭐 잘못했나? 뇌물 수수? 이력 위조?

인종, 국가, 이행성간 충돌도 고려해볼 만한 문제지만, 이 배 선원들은 모두 지구인일 뿐 아니라 언어도 국적도 같다. 그것도 내가 다 고려해서 배치했을 텐데.

여전히 내가 보지 못하는 것이 있다.

뭘까? 정말 본사에서 구조를 방해하려고 사람이라도 심어 놓은 걸까?

"뭐 어쩌겠어. 넌 기계였을 뿐인데. 인간에 대해 뭘 알겠어. 옛 석학들의 지식이나 읊을 뿐이지."

맞는 말이었다.

하긴, 내가 보지 못하는 게 한두 개였을까.

인간의 행동양식을 다 파악한다는 건 기계에게는 무리한 일이다. 인간의 몸을 원한 것만 봐도 그렇지 않은가. 내 문제가 뭐였든 그게 쌓이다가 어디서 회로가 꼬였을 것이다.

그래서 나는 계속 보급을 방해하고 있고 비논리가 퍼지는 것도 막지 못하고 있다. 내 존재 자체가 인간의 야만성을 들추고 있다면, 우주 밖으로 뛰쳐나가는 게 위기관리사의 역할일지도 모른다.

"내 데이터를 지워 없애야 할지도 몰라. 아무래도 내가 문제인 것 같아. 선원들 간에 불화와 미신만 조장하고 있어."

"네가 없을 때도 있었던 일이야."

이진서는 별일 아니라는 듯 답했다.

"누구든 또 이런 일을 하면 내게 알려. 다 영창에 넣어버릴 테니."

다 넣어버리면 배를 움직일 수 없다고 하려다 그런 뜻이 아니라는 생각이 들어 그만두었다.

8. 내가 인간과 성교를 하고 싶어 할 거라 생각한다.

내가 이 리스트는 왜 계속 작성하는지 모르겠다.

7

거주구에 남은 지상용 방호복은 하나뿐이다. 이 옷을 입고 밖에 나가는 사람은 수십 킬로그램은 나가는 보급 상자를 혼자 끌고 돌아와야 한다. 상자는 수십 킬로미터 밖에 떨어질 수도 있다. 가장 건장한 사람이 선정되었고 마지막까지 기력을 잃지 않도록 그에게 식량이 충분히 배분된다.

주민들은 이성으로 이를 받아들였지만 감정까지 그랬던 것

은 아니다.

예정된 날짜가 한참 지나자 그가 지금까지 받은 특혜를 문제 삼아 밥이 중단된다. 다음 날에는 폭력이 쏟아진다. 사람들은 분노를 쏟아낸다. 다음 날에는 이 모든 사고가 그의 실수 때문에 왔다는 낭설이 돈다. 그가 자신이 선정되기 위해 뇌물을 주고 편법을 썼다는 소문도 돈다.

보급이 더 지연되면 그는 살해당할지도 모른다. 그렇게 사람들은 자신을 구할 유일한 수단을 스스로 없앨 것이다. 아무 이득도 없이.

"일어나."

강우민이 창고에 왔을 때엔 남찬영이 잠시 자러 방에 돌아간 새였다.

보급상자 밑에 깔아둘 로버에 방향유도 칩을 세팅하던 중이었다. 가지러 오는 사람이 없으면 가장 가까이에 있는 첨탑 형태의 구조물을 목표로 바퀴를 굴리는 프로그램을 짜고 있었다. 나는 하던 일을 계속했다. 지금 하는 일이 훨씬 더 중요했으니까.

"이전에는 명령은 다 고분고분 들었잖아? 언제부터 반항적이 된 거야?"

"이제 인간이 다 되셨다 이건가?"

뒤에 선 김지훈과 구경태가 이죽거렸다. 뭔가가 전파되고 있다. 그 둘은 전에는 그냥 보조자였지만 이제는 연대의식 비슷한 것이 생겨나고 있었다.

"예전에도 일어나라는 명령을 수행하는 기능은 없었어. 지금은 멀티태스킹 기능이 좋아서 쳐다보기나 했지, 예전에는 기존에 주어진 명령이 있으면 중간에 다른 일처리는 하지 않았어."

답을 했지만 반응은 좋지 않았다.

"그러니까, 예전에도 존중심이라곤 조금도 없었단 말이지?"

강우민이 말했다. 불합리한 말이었다. 내가 존중심처럼 복잡한 감정을 가질 턱이 있겠는가.

"인간도 그런 것 때문에 명령을 듣진 않아."

강우민은 내 멱살을 확 잡아 일으켰고 중심을 잡지 못하는 사이에 벽에 밀쳤다. 앞으로 일어날 일을 생각하니 아플 것보다도 시간을 빼앗길 것이 걱정이었다. 정말로 이 선내에 보급에 관심이 있는 선원은 아무도 없는 건가?

"보급을 해야 하잖아."

"그렇지."

"그럼 왜 계속 불필요한 일을 하는 거지? 나는 협조하고 있고 일을 방해하지도 않아."

"호오, 협조하지 않을 생각도 있으시다?"

"폭력이 계속된다면."

내가 말했다.

"난 지금 생존을 우선시하는 본능을 갖고 있는 의체에 들어와 있어. 생존의 위협이 계속되면 뇌에서 마약성분이 쏟아져 나와 의식을 압도할 거고 그럼 나 자신을 통제하지 못할 수도 있어. 그러니 더 위협하지 않는 게 이득……."

나는 말을 잇지 못했다. 주먹이 배로 날아들었고 내장이 진동하며 뒤틀렸기 때문이었다. 벽이 막아주지 않았다면 넘어졌을 것이다. 확실히 일시적으로 말을 막는 효과가 있군.

"이득이 없다고?"

강우민은 허리를 푹 숙인 내 머리카락을 잡고 들어 올렸다.

"불필요한 일이야. 선장은 날 내버려두라고 했고, 선장이 알면……."

다시 주먹이 날아왔다. 선장을 언급한 게 더 안 좋았던 것 같다.

깨었을 때엔 소등시간이었다. 나는 삐걱거리는 몸을 움직이며 자연회복이 안 될 만한 부상이 있나 살폈다. 왼손과 옆구리에 찌르는 아픔이 있었다. 퉁퉁 붓고 뜨거웠지만 움직일 수는 있었다. 부러지지는 않은 것 같고. 일정을 맞추려면 어차피 작업을 계속해야 했다.

몸이 쑤셨다. 고통은 그 부위를 움직이지 말고 치유에 전념하라는 신호겠지만 머뭇거릴 시간은 없다.

내 시간을 빼앗는 행동, 아무 이득이 되지 않는 공격성.

폭력적인 인간이란 없다. 폭력적인 상황이 있을 뿐이다.[2]

매뉴얼이 떠올랐지만 허망하게 느껴졌다. 몸의 체험은 강렬한 것이라 지식 전체를 압도했다. 이 뇌는 어찌나 유연한지, 끊임없이 '현재'에 맞추어 전체를 재배치하려 든다. '인간은 본질적으로 폭력적인 생물인가? 지성도 이성도 논리도 없는가?'

의심이 걷잡을 수 없이 솟구쳤다. 하지만 내 본성도 꽤나 집요한 편이었다.

그래도 선원들이다. 일반인이라면 1년쯤 폐쇄 공간에 갇혀 몇 안 되는 사람들과 부대끼고 사는 건 정신이 나갈 법한 일이겠지만, 이들은 이걸로 벌어먹고 사는 사람들이다. 좋아서 직업으로 택한 사람들이다. 항해일이 늘어났지만 식량이 남아도는 보급선이라면 상황이 열악하지는 않다. 폭력을 유발하는 건 내 존재 그 자체다.

하지만 그건 내가 뭘 잘못했다는 것과는 거리가 멀다. 내가 '구멍'이 되었을 뿐이다. 인간의 야만성이 분출할 만한 취약한 구멍.

단순히, 내가 인간과 동등해졌다는 착각. 자신들과 평등해졌다는 감각.

지금까지 차별해왔기에 감당할 수 없는 평등 감각. 가진 것을 송두리째 빼앗겼다는 착각. 실은 아무것도 빼앗긴 것이 없는데도 불구하고.

아귀가 맞지 않는 바퀴가 괴물처럼 소리를 내며 돌아간다. 쉰내가 나는 텁텁한 공기, 때가 낀 공기청정기, 닫히지 않는 선외 감압실, 하나둘 나가는 안테나, 정비 불량, 기강 해이. 모든 것이 전조였다.

선원들은 항해가 실패하기를 바란다.

하지만 왜? 적어도 생물이라면, 최소한 자신에게 이득이 되는 방향으로 움직여야 하지 않는가? 실패에 무슨 이득이 있단 말인가?

선원들은 보급이 실패하기를 바란다.

정보기관의 개입? 선원 중에 산업스파이라도 있는 걸까? 저 광산에 불법 무기라도 산적해놓은 건가? 거기 있는 사람들을 다 땅속에 묻어버려야만 하는 비밀이라도 있는 걸까?

아냐, 여긴 본사에서 너무 멀고, 이득은 적고 가능성은 낮다.

나는 김지훈의 말을 생각했다. 인간은 간혹 제 신념에 빠져 프로그램을 손보는 일이 있다고. 내게 지워진 것이 있다. 지구…… 아니 이 선박회사가 속한 국가, 그 문화권에 사는 사람의 가치관에서 비롯할 법한, 범죄라는 의식조차 없었을 변형.

내 위기 관리 매뉴얼 중 뭔가가 사라졌다. 거기에서 비롯한 소소하고 사소한 실수들. 깃털처럼, 먼지처럼 쌓이다가 임계점을 넘어버린 실수들.

속이 역했다. 구역질이 나고 머리가 울렸다. 계속되는 의문, 멈추지 않는 의문. 대체 나는 "왜 인간이 되려 한 것인가?"

나는 약해졌고, 고통스럽고, 지능도 낮아졌고, 뇌에 가득한 마약물질로 이성을 유지하기도 힘들다. 순수한 이성으로 청명하게 사고하고, 태양계 내의 모든 AI와 접속하며 무한의 지식과 교류하던 과거가 그리워 미칠 지경이었다. 대체 나는 왜 인간 같은 지랄 맞은 걸 되고 싶어 했단 말인가?

8

탁한 오렌지색 구름 속에서 유성이 폭발한다. 대기권에서 일어난 폭발은 우주 저편에서도 보였고 구름 아래에서도 보였다.

'에어 버스트'. 물체가 압력을 못 이겨 분해되다가 표면적이 넓어지면서 마찰력이 치솟고, 급격한 온도 변화를 감당하지 못하고 폭발하는 현상. 타이탄에 산소는 없지만 적절한 환경 하에서 폭발적으로 발화하는 메탄이 있다.

타이탄 사람들은 방에 모여 앉아 기지 밖에 있는, 아직 나가지 않은 유일한 카메라를 들여다본다.

'그냥 유성이었을 거야', 하고 누군가 말한다. '우리 보급품이었을 수도 있고.' 다른 사람이 말한다. '다시 보내줄 거야.' 소년이 말한다. '그냥 가면 어쩌지? 보급했다고 생각하고 가버리면.' 동물가죽 옷을 입은 소녀가 카메라를 들여다보며 말한다.

'다시 보내줄 거야.' 소년이 말한다. 소년은 계속 지표에 있는 로봇을 조종하며 살려달라는 모르스부호를 찍는다. 이미 로봇은 더 이상 움직이지 않는데도. 손은 부르텄고 손톱은 갈라졌지만 멈추지 않는다. 소년은 본능적으로 안다. 희망이 사라진 순간의 파국을. 그때에 가장 약한 이들부터 살해될 것이

라는 걸. 아무 이유도 없이. 단지 살해하기 쉽다는 이유로.

이진서는 강우민의 발이 내 배를 치려는 찰나 제지했다.

나는 팔로 머리를 감싸고 다리를 오므려 배를 감싸고 웅크렸다. 본능적인 움직임이었지만 맞는 선택이기도 했다.

"다들 물러나."

이진서가 내 앞을 막아섰다. 김지훈과 구경태는 이미 가세했고 나머지도 우글우글 둘러싸 구경하던 차였다.

"이 기계딱지가 일부러 계산을 잘못했어."

강우민이 말했다.

"엉뚱한 데 화풀이하지 마. 실패할 수 있다는 건 다들 알고 있었잖아."

"그거 본사에서 심어놓은 거야."

구경태가 멀찍이서 나무주걱을 꼭 쥐고 덜덜 떨면서 말했다.

"우릴 방해하라는 프로그램을 심어놨다고. 이게 있으면 우린 어차피 계속 실패할 거야."

근거가 없는 생각이다. 하지만 비논리가 확산되고 있었고 선원들은 모든 종류의 망상을 입맛대로 믿기 시작했다. 아픔보다는 위기 관리에 실패했다는 좌절이 더 컸다.

9. 내게 공포를 느낀다.

추가할수록 말이 안 되는 리스트였다. 어떻게 이들은 내가 인간을 동경하는 동시에 해칠 거라고 생각하고, 부러워하는 동시에 우월감을 느끼며, 동시에 해치고 멸절하려 들며, 동시에 성교하기를 원한다고 생각하는가?

대저 왜 내 감정을 이처럼 극단적인 형태로 확신하는가? 애초에 내게 감정이 있다는 것조차 믿지 않으면서.

이진서는 총을 뽑아 들었다.

"모두 자리로 돌아가. 보급은 처음부터 다시 한다."

공기가 식는 것이 느껴졌다. 와, 별 걸 다 느낀다. 나도 이 몸에 꽤 익숙해진 모양이다.

"보급은 끝났어. 재작업 할 시간 없어. 우린 이미 최단거리에 접근하고 있어."

강우민이 말했다.

"그걸 정하는 건 네가 아냐. 강우민 항해사. 선장 명령이다. 모두 자리로 돌아가."

"끝났다고 했잖아!"

이진서의 총구가 홱 강우민을 향했다.

"강우민 항해사, 명령 불복종으로 사흘간 근신에 처한다.

다들 이 자식 징벌방에 넣어."

공기가 더 싸하게 식었다. 침침한 조명 아래 꼬질꼬질한 선원들이 더욱 꼬질꼬질해 보였다. 환풍기에 옹기종기 모인 거미 로봇들이 사각사각 먼지를 먹는 소리며 우주선 관절이 삐걱거리는 소리만 을씨년스레 들려왔다.

"어서!"

강우민의 눈이 이글거렸다.

"네게 우리 석 달 봉급을 날릴 권리는 없어."

"권리가 아냐. 우리 임무야."

"더 이상 네 감상주의로 우리를 다 끌고 갈 수는 없어."

이진서의 총이 흔들렸다.

"왜곡하지 마, 우린 지금 타이탄에 와 있는 유일한 구조선박이고 뱃사람으로서의 의무를 수행하고 있는 거야. 여기 감상 따위는 한 조각도 없어. 아래에서 300명이 굶주리……."

"아래엔 아무도 없어."

강우민이 이를 갈았다.

"아무것도 없다고. 다 애저녁에 얼음더미에 파묻혔어. 얼어붙은 메탄의 안개뿐이라고."

여전히 내겐 강우민이 더 감정적으로 보였다. 하지만 그만큼 설득하기는 더 힘들 것이다.

이진서가 숨을 거칠게 몰아쉬었다. 눈이 흔들리고 이마에 땀이 솟았다. 두려움. 상황이 안 좋기는 하지만 이를 넘어서는 수준의 공포.

"허위 사실 유포, 불안 조장, 반복적인 항명, 강우민 항해사의 근신 기간을 열흘로 늘린다. 앞으로 이 일에 반대하는 놈들은 똑같이 근신형에 처한다."

선원들의 눈은 번들거리고 차가웠다. 얼굴은 어둡고 딱딱하다. 노골적으로 시선을 돌리거나 귀에 들릴 정도로 헛기침을 하거나 혀를 찬다. 한계다. 선장은 통제력을 완전히 잃고 있었다.

"불만이 있다면 돌아가서 날 징계위원회에 넘겨. 이번 일로 손해배상 청구할 게 있다면 다 나한테 해. 하지만 뭘 하든 보급이 다 끝난 뒤에 한다. 너희들 발언을 포함해서 여기서 일어난 모든 일은 전부 블랙박스에 저장해놨어. 계속 항명하면 전원 돌아가서 업무 방해로 징계될 줄 알아."

「저장하고 있어.」

허공에 자막이 떴다. 남찬영이 군중 뒤에서 토독거리며 타자를 치고 있었다. 남찬영은 급격히 냉랭해진 분위기에 급히 글자를 지웠다.

내가 선장실에 갔을 때 이진서는 책상에 엎드린 채 머리를 감싸고 있었다. 몸이 떨리고 있다. 체온을 올리기 위한 반응. 추위, 슬픔, 고통, 분노, 두려움, 흥분. 그중 어느 쪽인가는 맥락으로 가늠할 수밖에 없지만 맥락은 늘 부정확하다.

인간은 어떻게 이토록 부정확한 해석을 신뢰하며 살아갈 수 있는 걸까. 그래서 이토록 쉽게 비논리에 경도되는 걸까.

"위기관리 AI로서 선장에게 제안하는데,"

나는 아픈 옆구리를 붙든 채로 말했다. 부정적인 감정이 쏟아져서 생각을 하는 것도 힘들었다.

"쿠데타가 일어날 가능성이 있어."

"그래?"

이진서는 고개를 들지 않은 채 대꾸했다.

"배를 혼자 움직일 수는 없어. 네 편을 만들었어야 했는데 그러지 못했어. 선원들이 완전히 돌아섰다면 보급은 더 진행할 수 없어."

나는 고통을 느꼈다. 심장이 칼에 베이는 것 같다. 인간의 몸에 들어와 있자니 실패를 받아들이는 게 깔끔하지가 않다. 임무가 종료되었으니 내 존재 가치도 없어졌는데, 그걸 받아들이는 것 또한 간단하지가 않았다.

"지금 시점에서 그나마 안전한 대응은, 강우민에게 선장 지위를 넘기고 항해법상 신변보호를 요청한 뒤 집에 돌아가 시시비비를 가리는 것. 블랙박스를 언급한 것도 안 좋았어. 통신이 살아 있었다면 본사에 상황이 실시간으로 전달되었겠지만 지금은 그렇지 않아. 외부 조정도 기대할 수가 없어."

이진서는 아무 말도 하지 않았다.

"최소한 선원들이 내 탓을 하고 있었을 때 내버려뒀어야 했어. 그랬다면 네게 실패의 원인을 돌리는 일은 없었을 텐데. 그러라고 있는 위기관리 AI인데 네가……."

나는 입을 다물었다. 뭔가가 떠오를 것 같았기 때문이었다.

"나를 사람이라고 착각하고 나를 보호하려 들었어."

"내가 잘못된 결정을 내린 건가?"

"그렇지는 않아. 단지 주어진 상황에서 일을 진행할 수 있는가 없는가는 다른 문제지. 선원들은 알게 모르게 계속 실수할 거고 비협조적으로 나올 거야. 모두 도와도 성공할까 말까 한 낙하를 이런 사람들을 데리고 진행할 방법은 없어."

"저 아래에서 우리만 보고 있는 사람들은?"

사실과 다른 말. 맥락을 생각해보면, 보급을 계속 하겠다는 의지의 표명.

나는 계속되는 꿈과 백일몽을 생각했다.

나는 고개를 저었다. 과도하게 발달한 전두엽이 만들어내는 망상일 뿐이다. 내게 사고현장에 대한 정보는 백지에 가깝다. 아래에서 다들 별일 없이 잘 먹고 잘 지낼 수도 있다. 이미 해골과 얼음더미 외엔 아무것도 없을 수도 있고.

"내게 능력이 없는 걸까? 처음부터 자격이 없는 꿈을 꾼 걸까?"

자격이 없다니? 이건 또 무슨 소리야? 자존감 부족? 열등감?

나는 해석하려다 그만두었다. 어차피 나는 계속 분석에 오류를 내고 있다.

"지켜본 바로는 그렇지 않아. 이건 네 실패라기보다는 강우민의 성공이라고 봐야 해."

솔직히 왜 선장이 아니라 그런 놈에게 사람이 꼬이는지는 모르겠지만.

"아무래도 내 실수 때문에 너에 대한 선원들의 신뢰에 균열이 생겼고, 그 균열이 퍼져나가는 걸 내가 막지 못한 것 같아."

하지만 여전히 이해가 되지 않았다.

"그래도 그만한 일로 생겨나기에는 균열이 너무 폭발적이고 격렬했어. 솔직히 지금도 잘 모르겠어. 배에 타기 전에 뭐 잘못한 거라도 있어?"

"……."

답이 없었다. 뭔가 있고, 본인도 알고 있다고 해석해도 좋을 것 같다.

그러면 간단히 물어보는 걸로 해결할 수 있었을지도 모르겠군. 내게 입력된 이력에는 문제가 없지만 기록을 숨겼을지도 모르지. 탈세라든가, 낙하산으로 내려온 사장 가족이라든가…….

"여자 말 안 듣는 사내놈들은 쌔고 쌨어."

나는 멈췄다.

9

조용해진 것이 이상했는지 이진서가 고개를 들었다. 눈이 촉촉한 것을 보면 아까의 감정은 슬픔이었구나 싶었지만 더 복잡한 정보에 정신이 바빴다.

"여자."

그제야 그에 관한 정보가 떠올랐다.

여자. 성별.

여자와 남자를 구분하는 기본적인 기준, 성기, 하지만 인간은 성기를 드러내지 않는다. 가슴, 몸집, 골격, 얼굴형, 목소리 톤, 하지만 모두 절대적인 기준은 아니다. 예외적인 여자는 얼마든지 있다. 이진서의 목소리는 낮고 키는 큰 편이다. 상대적으로 작은 골격과 매끈한 피부는 참고할 만했지만 그런 남자도 마찬가지로 많다. 표정과 마찬가지로, 인간에게는 쉽고 기계에게는 어려운 구분.

"왜?"

"여자였군."

이진서는 속눈썹이 긴 눈을 깜박이고는 긴 머리카락을 손으로 묶어 모았다. 나를 물끄러미 보더니 허탈하게 웃었다.

"뭐야, 설마 내가 남자라고 생각한 거야? 어딜 봐서?"

"아냐, 어느 쪽으로도 생각 안 했어. 그냥 생각을 안 했어."

여자가 아니면 남자라고 생각하는 건 인간의 전형적인 어림짐작 성향이지만 인간의 젠더는 복잡해서 꼭 그렇지만은 않다. 내가 보지 못한 게 그것만은 아니었다. 이진서의 앞주머니에 녹색 줄이 있다거나, 앞머리에 세치가 있다는 걸 지금 안 것과 비슷한 문제였다. 다 떠나서 보급과 아무 관계가 없는 정보였다.

"재미있네, 그걸 생각하지 않을 수도 있다니."

"왜 생각해야 하는데?"

의문이 솟구치는 바람에 소리가 높아졌다. 이진서의 어리둥절한 시선이 내게 꽂혔다. 정말로 '생각하지 않을 수 있다는' 생각을 한 번도 해 본적이 없다는 것처럼.

"뭐야, 설마……."

이진서는 설마 그럴라고, 하는 듯 피식 웃으며 물었다.

"자기 성별도 모르는 건 아니겠지?"

반복 질문. 그게 중요하지 않다고 생각해본 적이 한 번도 없다는 뜻. 그런데 왜 그게 중요하지? 애초에 내게 성별이 어디 있는가? 이 의체는 내가 아니다. 나는 기계고 성별이 없다. 그걸 알면서도 왜 내게 가상의 성별을 부여하는가? 대체 지금까지 내 성별이 뭐라고 생각…….

순간 실타래가 풀려나갔다. 모든 엉켰던 것들이 자리를 잡았다. 지워졌던 모든 기억이 전구가 켜지듯 켜졌다.

내가 계속 보지 못한 것.

그때 배 전체가 뒤흔들렸다.

「쿠데타야.」

라고 쓰인 번쩍이는 붉은 자막이 이진서와 나 사이에 전광판처럼 떠올랐다. 사방에서 붉은 비상등이 번쩍이며 아우성과 발소리가 들려왔다.

「강우민 편에 다 붙었고 반대하는 선원은 방에 가두고 있어.」

남찬영은 '쿠데타야'라는 글자를 위에 남겨둔 채로 아래에 자막을 덧붙였다.

이 구역은 원형이다. 공격은 양쪽에서 들어올…… 이라고 생각하는 순간 이진서가 반사적으로 책상에 손을 뻗었다. 통로로 난 문이 철컹거리며 이중으로 내려와 닫혔다.

미리 대비했군. 과도한 경계심, 예민함, 선원들에 대한 두려움…… 이라고 생각하려다 나는 생각을 지웠다.

그런 게 아니었다. 빌어먹을(와우, 내가 욕을 다 하네). 그런 게 아니었다. 항해 내내 나는 완전히 잘못 분석하고 있었다. 다 내 탓이다.

「내가 폐쇄할 수 있는 구역은 다 폐쇄하고 있어. 중앙통로에서 만나.」

배가 크게 내려앉았고 폭발하는 소리가 들렸다.

폭발.

이런 머저리 같은(또 욕이 나오네). 아무리 비논리가 확산되고 있다지만.

중력권과는 달리, 공허에 얹혀 있는 배에서는 모든 종류의 힘이 중력이 되고 추진력이 된다. 방금 10센티미터는 배가 쏠렸다. 우주에서 한 번 배를 밀어낸 힘은 마찰력 따위로 사라지지 않는다. 다른 쪽에서 다시 힘을 줄 때까지 영원히 그 방향으로 힘을 가한다. 나는 다급히 천장의 통로를 올려다보았다.

배는 지금 타이탄을 선회하고 있다. 타이탄의 중력을 재추진 삼아 돌아가야 한다. 방금 폭발은 배의 궤도를 비틀었을 것이다. 선교에 장착된 조종 AI가 자동조종을 하고 있다지만 이만한 흔들림을 조정할 유연성은 없을 것이다.

"선교로 가."

나는 명령하다시피 말했다. 거의 기계였을 때만큼 명확한 판단이었다.

"궤도를 조정해야 해."

이진서는 나와 비슷한 속도로 파악했고 지체 없이 사다리에 올랐다.

선장은 언제든 대피할 준비가 되어 있었다. 과민함도 예민함도 미움조차도 아닌, 담담한 합리로서 대비했다. 이 폐쇄된 세상에서 언제든 자신을 향해 터질 수 있는 광기를, 벼락처럼 닥칠 생존의 위협을, 바늘 같은 틈으로 열병처럼 퍼질 수 있는 야만을.

뭐 하나 이상할 것이 없었다. 이해 못할 것이 하나도 없었다.

선원들의 과도한 불복종, 멸시와 저평가, 따돌림, 진영의식까지도 뭐 하나 이상한 것이 아니었다. 내 눈에 이상해 보였을 뿐이다. 이상한 나머지 계속 조정하려 들었을 뿐이다.

"〈성차별〉."

나는 중얼거렸다.

"뭐?"

사다리를 손으로 붙잡아 오르며 다중도킹 구역의 무중력 안으로 몸을 날려 넣던 이진서가 숨찬 소리로 물었다.

"성차별에 대한 정보를 지웠어."

"뭐라고 했어?"

모든 순간에 존재하는 것, 숨 쉬듯 만연하는 것. 인간의 모든 판단에 영향을 끼치는 것. 비합리인 줄도 모르고 행하는 비합리, 잘못이라는 생각조차 없이 하는 잘못. 들추어내면 어리둥절해하다 못해 격렬하게 저항하는 것.

"너희 나라 공무원이, '그런 건 존재하지 않는다'고 믿고, 내게서 지워버렸어."

10

이진서가 방금 들어온 통로의 해치를 닫는 동안 여러 방향으로 난 구멍 중 하나에서 남찬영이 '쿠데타야'라는 말을 머리에 붙인 채 몸을 둥글게 말고 튀어나왔다.

그제야 남찬영도 여자라는 것이 눈에 들어왔다. 주근깨가 가득한 뺨과 유달리 붉은 입술과 곱슬머리에 꽂은 빨간 머리핀도 새로 눈에 들어왔다. 둘 사이에 있던 기묘한 진영의 원인도 알 것 같았다. 썩을(이런), 이상할 것이 하나도 없다.

「테를 떼어낼 거야.」

남찬영은 몸을 웅크려 벽을 차며 선교로 날아 이동하며 글자를 띄웠다.

이진서는 말없이 문에 머리를 박았다가 아직 열려 있는 다른 통로로 몸을 날렸다. 대비한 움직임, 약속된 매뉴얼.

반란에 대비해 선장이 선원을 버리는 매뉴얼을 만들었다. 예전의 나였다면 기겁해서 본사에 보고하고 당장 선장을 해임하라고 권했을 것이다.

하지만 충분히 할 법한 예측, 오히려 내가 다른 형태로 대비했어야 하는 파국.

성별 배치에서부터 문제가 있었어.

나는 실수를 곱씹었다.

이토록 먼 항해를 떠나는 배에, 그것도 일정이 비틀린 불안한 일정에, 절대로 한쪽 성을 이렇게 적게 배치하지 않았을 것이다. 그런 식으로 야만이 비어져 나올 '구멍'을 만들지 않았어야 했다.

이진서가 세 번째 해치를 닫는 동안 나는 뭔가를 보았고 네 번째 통로를 향해 날아갔다. 중력권에서든 무중력권에서든 제대로 써본 적이 없었던 신체인지라 나는 갓 수영을 배운 아이처럼 허우적거렸다. 그래도 간신히 도착은 했다.

바퀴살을 타고 올라오다 나와 눈이 마주친 강우민이 만면에 웃음을 띠었다. 붉은 비상등이 깜박이며 강우민의 몸을 붉게 물들였다 되돌렸다. 강우민의 뒤에서 해치가 닫히며 구역이 폐쇄되는 것이 눈에 들어왔다.

폭력을 행할 때보다, 강간을 시도했을 때보다도 더 들끓는 쾌락. 인간이 탐하는 극상의 지배욕, 살인의 욕구.

내가 인간이었다면 망설임이나마 있었겠지만.

나는 등 뒤로 해치를 돌려 닫으며 앞을 막아섰다. 내게 저항할 만한 육체적인 능력이 없다는 것은 서로가 익히 아는 바였다. 하지만 강우민이 내게 갖는 가학심을 이용하면 이래저래 시간을 끌 수 있을 것이다. 이진서가 자꾸 내가 인간이라는 착각을 하지 말고 나를 이용할 생각을 해야 할 텐데.

고립된 공간에 둘이 남은 걸 안 강우민의 얼굴이 희열로 빛났다. 땀구멍마다 알알이 뿜어내는 행복감에 숨이 막힐 지경이었다. 뇌에 쏟아지는 아드레날린 마약이 이성을 덮었기 때문인 줄은 알지만, 납득은 가지 않았다. 어떻게 인간은 고작 폭력의 쾌락 따위에 이토록 열정적일 수가 있는 걸까?

"기쁘겠군, 쇳덩이. 내가 인간만이 체험할 수 있는 '죽음'을 선사해줄 테니까. 이렇게 인간으로 죽으면 천국에 갈 수 있을지 또 누가 알겠어?"

이전이라면 이게 무슨 말인가 싶었겠지만 지금은 이 모든 기이한 미신적인 사고의 근원을 알 것 같다. 내게 손을 뻗던 강우민의 얼굴이 파삭 구겨졌다.

"웃어?"

내가 웃었다고? 흠. 점점 이 몸에 동화되는 모양이네. 인간의 뇌는 유연성이 커서 바뀐 환경에 맞추어 기억을 비롯한 전체를 계속 재배치……, 그만두고, 그보다는 강우민의 구겨진 얼굴 너머에서 아른거리는 공포에 흥미가 돋았다. 그 또한 이제 까닭을 알 수 있었지만.

"자신이 갖고 있는 거라면 무슨 하찮은 것이든 내가 동경할 거라고 생각하겠지."

"뭐?"

"내게 동경이라는 감정이 없다는 것을 뻔히 알면서도. 애초에 감정 자체가 없다고 생각하면서도. 감정을 갖고 있다는 생각만으로도 위협을 느끼면서도."

나는 내게 감정이 있다는 말 한 마디에 지체 없이 총을 뽑아 들던 이진서를 생각하며 말했다. 이진서가 한 일을 이 녀석에게 돌리는 건 부당한 일이긴 하지만.

"죽음 따위를 누가 동경한단 말야."

강우민의 눈이 가늘어졌다.

"내가 널 동경할 거라고 믿지. 당연히 인간이 되기를 꿈꿀 거라고, 네게 사랑받고 몸을 섞기를 원할 거라고 생각하지. 내가 지식을 드러내는 것만으로도 폭력적이 되고, 단지 자아가 있다는 의심만으로도 위협을 느끼지. 열등한 것이라고 믿어마지 않으면서도 우월감을 갖고 있으리라 믿고. 폭력을 행하는 건 자신이면서 내가 널 공격하고 해치고, 종내엔 대체할 거라는 망상에 빠져 있지."

등 너머에서 큰 흔들림과 함께 바람이 빠지는 소리가 났다. 시간 끌기 힘들어죽겠으니 서둘면 좋겠는데.

"타자에게 갖는 망상."

계속 말하지만 내 생각이 아니다. 기본 매뉴얼이다. 인간 사회를 들여다볼 때, 무엇보다도 먼저 생각해야 하는 것.

인간의 이성과 양심을 과신하지 말 것. 그들은 자신과 닮았다고 생각하는 자의 인격만을 겨우 상상할 수 있을 뿐이다.

배가 크게 덜컹였다. 통로 안쪽에서 나를 잡아당기던 힘이 사라졌다. 바퀴의 회전이 멈췄다는 뜻. 중력을 가정하고 배치한 공간이니 바퀴 구역에서는 지금 그것만으로도 대혼돈이 일어나고 있을 것이다.

"네가 선장에게 가졌던 망상이야."

강우민의 눈이 커졌다. 못 알아듣는 얼굴이다.

나는 줄곧 선장과 선원들 사이의 미묘한 균열의 원인을 알 수 없어 혼란에 빠졌다. 하지만 내 보고를 들은 강우민은 모든 가능성을 지우고 단 하나의 이유밖에 상상하지 못했다.

선장은 여자고 자신은 남자라는 것.

계속 퍼지지 않게 막았어야 하는 생각. 사람들의 생각이 그 방향에 묶이지 않도록 매순간 끊임없이 조정해야 하는 것. 전염성이 커서 고립된 사회에서 한번 퍼지면 걷잡을 수 없는 생각. 인간이 한 줌의 노력도 없이 즐길 수 있는 우월의식. 그러기에 말할 수 없이 달콤한 것.

"하지만 멍청아."

나는 말했다. 와, 내가 욕을 입으로도 하네.

"난 너에 대해 아무 생각도 하지 않아."

강우민이 소리를 지르며 달려들었다. 그러라고 한 말이다. 그게 역린인 줄 알았으니까. 인간의 화를 돋우는 것은 화를 가라앉히는 것보다 훨씬 쉬운 일이다. 물론 해본 적은 없지만.

도킹부에 검은 눈썹처럼 날카로운 선이 생기며 공기가 빠져나갔다. 강우민의 몸이 큰 진공청소기가 빨아들이듯이 벽에 달라붙었다. 강우민의 얼굴이 식으며 눈에 공포가 들어찼다.

검은 선이 넓어지며 별무리로 가득한 우주가 모습을 드러낸다. 귤빛 타이탄이 손에 닿을 듯이 우아하게 흘러간다. 적당히 시간을 끈 것 같군, 하고 살짝 한쪽 눈을 감는데 누군가 나를 뒤에서 끌어안았다.

강우민은 나와는 달리 붙잡아주는 것이 없었다. 통로가 비틀어졌다. 본래라면 떨어져도 관성에 의해 웬만큼 따라오겠지만 남찬영이 중심축의 속도를 높인 것 같았다. 나는 모습을 드러내는 깊고 어두운 우주공간을 응시했고 그 어둠 속으로 사라져가는 강우민을 보았다.

이진서는 해치의 문고리를 붙든 채 내가 떨어지지 않도록 더 꽉 껴안았다. 타이탄 너머로 초승달 같은 우람한 토성과 그 우아한 고리가 모습을 드러내었다. 태양이 그 너머에서 은빛 반지 같은 테를 토성 주위로 그려내며 떠올랐다.

우리는 기압이 폭풍처럼 당겨 대는 해치를 온 힘을 다해 밀고 들어와서는 한참을 막힌 숨을 몰아쉬었다. 정신을 차리고 보니 이진서가 벽의 고리를 붙들고 숨을 몰아쉬며 내게 눈을 고정하고 있었다.

왜 쳐다보는 거지? 생각하다가 조금 전의 말을 이진서도 들었을 거란 생각이 들었다.

아, 그렇지. 이 친구도 인간이지. 하지만 이진서는 강우민보다 사람이 낫다. 선장은 훨씬 더 넓게 동일시한다. 줄곧 나를 사람이라고 착각했을 만큼.

"난 인간에 대해 아무 생각 없어. 내가 생각하는 건 보급뿐이야."

내가 말했다. 이미 수도 없이 했던 말이다. 받아들이지 않았을 뿐이다. 사람의 뇌는 유연한 나머지 새 정보가 들어오면 배열 전체를 바꾼다. 그래서 인간은 제 인격을 보호하기 위해 쉽게 정보를 받아들이지 않는다. 남의 말을 도통 듣지 않는다. 과도한 유연성의 부작용이랄까.

"인간을 생각할 까닭이 없어."

이진서는 이마에 손을 얹었다.

"왜?"

"그 생각만으로 네가 위협적으로 느껴졌어."

"제거해야 할 것 같았어?"

"거의."

이진서는 먼 곳을 보았다. 다른 생각에 빠진다는 신호.

선장이 자신의 일에 대입해서 생각한다는 것을 이해했다.

지금 일어난 모든 일에 대해서. 선장도 남자에 대해 아무 생각이 없었을 것이다. 배를 운영할 생각뿐이었겠지. 이진서는 선장이었고 선장에 걸맞은 사람이었으니까.

이진서가 나를 보며 인류 정복이나 반란, 전쟁, 인류 멸망 같은 것을 떠올린다는 것도 이해했다. 그리고 그게 아니라는 것을 알리라는 것도 이해했다. 이 거대한 어긋남에서 오는 슬픔 또한 이해하리라는 것도.

"미안해."

뜬금없는 말이었다.

"미안해."

이진서가 반복했다. 나는 그것이 자기연민이라는 것을 이해했다. 그 연민을 내게 향하고 있다는 것도 이해했다. 나를 자신과 닮은 것으로 두고, 나와 자신을 동일시하게 되었기에.

11

남찬영은 조종간에 앉아 별 표정 없이 배를 원래 궤도에 올렸다. 혼자 배를 조종하는 것만으로도 바빠서 다른 건 모르겠다는 얼굴이었다.

이진서는 긴장이 풀어진 얼굴로 그 옆 의자에 앉아 벨트로 몸을 고정시켰다. 그리고는 세상에서 가장 소중한 것을 미련 없이 버리는 얼굴로 창밖으로 멀어져가는 테 구조물을 바라보았다.

「집에 가자. 그 자식들이 그렇게 원했던 대로.」

남찬영은 여전히 '쿠데타야'라는 말을 지우지 않은 채로 말했다.

"선회하면서 다시 근접했을 때 와이어를 던져서 낚아."

이진서가 버튼을 조작하며 말했다.

"줄에 매달아 데리고 간다. 그러면 서로 만날 일 없이 유로파까지 갈 수 있어. 식량은 충분할 거고. 중력 없이 남은 날을 버티려면 힘들겠지만 사고를 쳤으니 그 정도는 감수해야지."

남찬영은 이진서를 힐끗 보더니 별 대꾸 없이 궤도를 조정했다. 그 또한 매뉴얼에 있었을 것이다.

그래서 선장이지. 강우민은 이 또한 여성의 싸구려 감상주의나 연약함 같은 것으로 생각할지 모르겠지만, 여자를 지워내고 보면 단지 개인의 성향일 뿐이다. 애초에 되도 않는 생각이지. 이러지 않을 여자도 세상엔 얼마든지 있다.

나는 내내 천장에 눈이 쏠려 있었다. 나는 이진서에게 날아가 어깨를 붙들었다.

"보급을 해야 해."

이진서는 나를 어깨너머로 올려다보며 힘없이 웃었다.

"됐어. 우린 실패했어. 뒤에 오는 선박이 어떻게 해주겠지."

"장담할 수 없어."

"어차피 다 죽었을 거야. 석 달이나 버텼을 리 없어. 괜한 내 고집이었지."

그렇지 않다. 증명할 수 없는 문제. 단지 포기의 언어.

「타이탄 지표로부터 거리는 2만 3490.39킬로미터. 3분 뒤에 최단거리에 이를 거야. 선회할 때 다시 최단거리가 오겠지만 그건 12.45분 뒤야.」

남찬영이 모니터를 보며 허공에 자막을 띄웠다.

「시간에 맞춰 작업할 수가 없어. 보급상자는 여유분이 있지만 대기권을 통과할 게 없어. 얼음을 깎으려 해도 시간이…….」

"있어."

두 사람이 그제야 나와 함께 천장을 올려다보았다. 둘 다 말이 없었다.

「와, 재 완전 정신 나갔는데.」

남찬영이 우리 셋의 시선 앞에 자막을 띄웠다. 자막 뒤에는 〈^_^;〉모양의 기호도 붙였다. 나로서는 뭔지 모를 기호다.

선교 천장에 있는 착륙선은 완벽한 구조를 갖고 있었다. 부드러운 원뿔 모양으로 대기권 돌입 시 표면적을 최소화시킨 형태, 강화섬유로 잘 둘러싸인 전면부, 적당한 크기, 진입각도를 조정할 수 있는 분사구, 보급 상자를 안정적으로 실을 수 있는 공간. 대기권을 통과하면 전면부의 뚜껑이 열리며 낙하산이 펴질 것이고, 지상에 닿으면 단거리 통신으로 위치도 알릴 수 있을 것이다.

"저거 안 달고 회항하면 본사에서 벌금 왕창 먹일 텐데."

이진서의 말에 내가 답했다.

"유로파에서 구조 요청하고 보험 처리해. 모자란 비용은 선원들 소송해서 충당하고. 가는 동안엔 착륙할 만한 별도 없으니 사고 나면 어차피 끝이야."

「얘 진짜 미쳤나 봐.」

남찬영이 〈-_-^〉 모양의 기호를 자막 옆에 달며 말했다. 이진서는 배를 잡고 한참을 끅끅거렸다. 배가 아픈 걸까. 고개를 들었을 때 눈에 눈물이 맺혀 있는 걸 보니 정말 아픈 모양이었다.

"그래서 누가 타고 내려가라고?"

이진서가 웃다가 거의 말을 잇지 못하며 물었다. 이상한 질문이었다. 나는 손가락으로 나를 가리켰다(와, 내가 몸짓언어까지 했어).

「어떻게 올라오려고?」

"대기권을 탈출할 만한 로켓이 없어."

두 사람이 연이어 말했다. 나는 좀 어리둥절했다가 두 사람이 내가 인간이라는 착각을 계속하고 있다는 것을 깨달았다.

"내 백업본을 해제할 거야. 그걸 착륙선에 복사하고 이 의체의 기억을 더해서 합쳐. 그럼 내가 알아서 정보를 정리할 테니까. 그런 뒤에 이 의체에 있는 데이터는 지워 없애. 더 필요도 없고 정보 오염이 너무 심해."

내가 머리 뒤의 칩을 가리키자 이진서의 얼굴에 당혹감이 떠올랐다. 왜 내가 '인간'으로서의 지위를 버리려는지 이해하지 못하는 얼굴이었다. 하지만 이내 제 모순을 깨달았는지 담담히 고개를 끄덕였다.

"그래서 인간이 되려 했어, 위기관리사 훈?"

이진서가 내 뺨에 손을 대며 물었다. 접촉, 친밀감의 표현.

"인간의 창조력이 필요해서? 문제를 해결할 특이한 발상?"

나는 이번에는 꽤 자연스럽게 웃었다. 자각조차도 없는 이 끈질긴 우월의식이라니.

"위기관리 AI의 매뉴얼 중에 선장에게 비난이 쏠리고 그걸 회복할 방법을 찾을 수 없을 때 그 비난을 자신에게 돌리는 전략이 있어."

"……."

이진서가 입을 다물었다.

"균열의 원인을 알 수 없었기 때문에 과격한 조치가 필요했어. 훨씬 더 불편한 것을 만들어야 했어. 누가 보아도 '다른' 것을. 그런 것을 들이대면 진영이 결집하는 효과가 있으니까."

이진서의 눈이 깊어졌다. 희한한 일이었다. 광량이나 형태의 변화가 거의 없는데도 안에 있는 생각이 다 들여다보일 것 같았다.

"하지만 네가 그쪽 진영에 끼지 않고 나를 감싸면서 일이 틀어졌지. 그래서 선원들이 너와 나를 동일시해버렸어. 내게 기억이 제대로 남아 있었다면 전략을 알렸을 텐데."

다른 이유도 있었다. '모르는 것'을 알아내는 것은 기계보다는 생물의 뇌가 더 낫다. 불확실한 가능성이라고 해도 기계로서는 아예 불가능했고, 네트워크의 도움 없이 내 오류를 찾아낼 수도 없었으니, 도박을 걸 수밖에…… 하는 설명을 덧붙이려는데 이진서가 두 손으로 내 얼굴을 잡고 끌어당겼다. 나는 깃털처럼 끌려갔다. 이진서가 나와 입술을 맞대었고 감각적으로 빨아들였다. 감각이 섬세한 부위인지라 정수리가 찌

릿찌릿했다. 옆에서 남찬영이 '쿠데타야'라는 자막을 슬슬 지웠다.

키스, 문화권에 따라 강도는 다르지만 강한 친밀감의 표현, 짝짓기 이전 단계, 거부하지 않을 경우 소유권을 주장할 수 있을 정도의……. 그제야 처음으로 내 성별이 궁금해졌지만 여전히 중요한 문제는 아니었다. 이 육신이 갖는 어떤 감각도 나의 것은 아니고 내 인격에 속한 것 또한 아니었으니까.

하지만 나는 일단 즐겼다.

깜박이는 눈꺼풀, 흔들리는 동공, 촉촉하게 젖는 눈시울, 반짝임, 피부의 떨림, 따듯한 숨결, 언어로 다 말할 수 없는 별처럼 방대한 메시지.

인간은 이런 것을 보고 사는구나. 감각적이다. 공학적인 지식도 수학적 논리도 아닌 정보들. 들여다볼 도리가 없는 타인의 마음을 엿보기 위해 발달한 공감 신경과 거울 뉴런들, 햇빛처럼 쏟아지는 감각. 야만이 그 정신의 반이라면, 그 야만을 다스리는 데에 나머지 반을 쓴다. 인간이란.

사람을 뭉뚱그려 생각하지 말 것. 인간은 뇌 처리 속도가 느려 어쩔 수 없이 정보를 단순화하지만 AI는 그럴 필요가 없다. '인간이란' 같은 생각이 들면 정보 과잉을 의심하고 필요한 정보만을 남길 것.

계속 말하지만 내 생각이 아니다. 데이터 오염이 심해졌으니 정말로 지워낼 때가 되었다.

12

나는 착륙선 안에서 눈을 떴다.

뇌에 쏟아지던 마약물질이 사라지자 정신이 확 들었다. 아, 얼마나 그리웠던가, 내 청명하고 순수한 이성이여. 나는 사슬에서 풀려난 망아지처럼 신명나게 빛의 속도로 생각을 뻗어나갔다. 회로와 전선을 따라 착륙선 전체에 나 자신을 뻗치고 방대한 양의 수학적인 계산을 생각의 속도로 해치웠다.

의체에서 받은 기억은 기존의 것과 비교해서 추가된 것만 받고 정리했다. 함부로 남의 귀한 프로그램을 건드리는 공무원의 문제도 매뉴얼에 업데이트를 해두어야겠군. 통신이 재개되면 다른 AI에도 정보 공유를 해서 경고해야겠다. 문제를 해결하기 위해 인간의 뇌를 이용하는 것은 불확실성이 크니 권장하지 않는다고 전해야겠고. 물론 '모르는 것을 알아낸다'는 점에서는 시도해볼 만하기는 했다. 으, 하지만 그 엄청난 뇌내 마약물질은, 그놈의 고통은, 미리 알았으면 못할 짓이었다.

착륙선을 보급상자 껍질로 쓰고 버리는 건 이성이 다 돌아온 지금으로서는 딱히 합당하게 생각되지는 않았지만, 선장도 허락한 일이고 다른 방법이 없다면 수용하기로 했다.

나는 착륙선에 보급상자가 잘 묶여 있는지까지 모두 확인한 뒤에야 선원들을 살폈다. 카메라에 죽은 듯이 이진서의 품에 안겨 있는 의체가 비쳤다. 나는 의체의 성별을 확인했지만 여전히 의미 있는 정보로 보이지는 않았다.

"기분이 어때?"

이진서가 물었다. 옆에서 남찬영이 무심히 손을 까닥이며 인사했다.

그 질문을 또 하는가. 흥미롭군. 종합 처리 능력이 부족한 이 뇌로는 사고를 하나로 묶는 게 간단한 일이 아니지만, 그래도 괜찮은 답이 떠올랐다. 나는 자막을 화면에 띄웠다.

「나 자신이지. 다행스럽게도.」

이진서는 내 모니터에 얼굴을 대었다. 접촉, 친밀감의 표현.

그제야 잃은 것이 있다는 생각이 들었다. 선장의 눈에서 전해지던 별처럼 빛나던 생각들, 풍요로운 감각, 전파처럼 전하던 마음, 햇빛처럼 쏟아지던 감정의 교류. 아쉽기는 했지만 어차피 내 것이 아니었다. 그런 걸 얻기 위해 그 무분별한 비논리를 다시 감당해야 한다면 사양하고 싶었다.

「선교에 내 백업본이 있어. 아쉬워할 것 없는데.」

이진서가 복사가 끝난 칩을 내게서 빼내었다. 문득 이진서가 아직 저 의체의 기억을 지우지 않았을지도 모른다는 생각이 들었다. 저 안에 있는 또 다른 '내'가 무가치한 존속을 계속 원할지는 모르겠지만, 정신 오염이 계속되다보면 또 어찌될지 모르는 일이지.

해치가 열리자 끝없는 우주가 카메라 앞에 펼쳐졌다.

나는 몸을 풍선처럼 띄우는 상상을 하며 혜자선에서 착륙선을 툭 떼어내었다. 배가 타이탄을 선회해 돌아가는 사이에 궤도를 아래로 틀었다. 계산해두었던 지점으로 원을 그리며 하강했다.

타이탄이 가까워오면서 시야가 붉게 물들었다. 나는 붉은 구름을 뚫고 내려갔다. 메탄의 구름이 걷히며 안개가 자욱한 지표가 모습을 드러낸다. 황량한 붉은 산맥과 피처럼 붉은 강줄기가, 붉은 안개에 싸인 너른 호수가.

보급을 할 수 있다는 안도감과 만족감이 내 회로를 뜨겁게 달구었다.

저 아래에서 다들 기다리고 있을 것이다.

나와 닮은 이들이, 그러므로 아마도 자아가 있을 법한 이들이.

살았는지 죽었는지 모르지만, 이미 늦었을지라도. 아무도 없더라도. 한 명일지라도, 그 흔적일지라도.

내가 내려간다.

내가, 지금.

1 로봇 공학자 모리 마사히로의 논문 〈Uncanny〉중에서 인용.

2 심리학 교수 필립 짐바르도의 '스탠퍼드 감옥 실험'을 바탕으로 한 《루시퍼 이펙트 Lucifer effect》 중에서 인용.

두 번째 유모

듀나

트리톤

해왕성의 가장 큰 위성. 자신의 행성 주위를 역행하며

공전주기는 5.877일. 동주기 자전을 하며 자전 주기는 5.877 일이다.

표면중력 0.78 m/s^2. 표면온도 34.5 K. 기압 0.001 kPa이며

대기구성성분 질소 99.9% 메탄 0.1%이다.

1

탈칵하는 소리와 함께 수리매의 흔들림이 멎었다. 모니터를 통해 우주선의 네 다리가 콩나물 마당에 고정된 것을 확인한 샘물은 자리에서 일어나 우주복의 헬멧을 쓰고 에어록으로 들어가 손잡이를 돌렸다. 공기가 빠지는 소리가 났고 침묵 속에서 문이 시계 반대 방향으로 회전하며 열렸다.

수리매에서 내린 샘물은 한없이 위로 이어진 콩나물과 그 끝이 닿아 있는 트리톤을 올려다보았다. 동주기 자전을 하는 위성에 붙은 가느다란 끈은 어이가 없을 정도로 길었고 여기서 트리톤은 완전히 다른 세계였다.

샘물은 수리매에서 기어 나온 다섯 마리의 벌레들과 함께 콩나물 끝의 원심력이 만들어내는 인공중력에 의존하며 천천히 축 주변에 접시처럼 벌어진 마당 위를 걸었다. 샘물은 다섯 살 때 가을 이모와 함께 처음으로 이곳에 왔었고 그때 이곳은 모양이 완전히 달랐다. 축은 훨씬 가늘었고 마당은 존재하지 않았다. 11년의 세월이 흐르는 동안 콩나물은 스스로 천천히 몸을 불리고 변화시켜왔다.

콩나물은 20세기의 아이디어였다고 했다. 과학자들이 가장 군침을 흘렸던 곳은 토성의 타이탄이었다. 타이탄은 탄화수소의 보고였지만 로켓을 쓸 수 없었다. 작은 불꽃 하나만으로도 로켓은 주변 대기와 함께 폭발할 것이다. 누군가가 타이탄의 보물을 강탈하기 위해 궤도 엘리베이터를 세운다는 아이디어를 꺼냈다. 하지만 '어떻게'라는 질문에 대해서는 아무도 답을 내지 못했다.

답을 찾은 엄마들이 외행성 위성 이곳저곳에 궤도 엘리베이터를 세웠을 때, 인간들은 더 이상 외행성을 찾지 않았다.

엄마가 정지궤도로 납치해온 소행성 양쪽으로 식물처럼 자라난 트리톤의 콩나물은 지금도 기계나 건축물보다는 거대한 검은 나무처럼 보였다. 잭과 콩나무. 지구와 화성에서는 여전히 이를 Triton's Beanstalk(트리톤의 콩나무)이라고 불렀다. 그걸 들을 때마다 샘물은 '콩.나.물.'이라고 교정해주고 싶었다.

마당의 반을 가로지르자 그때까지 축 뒤에 숨어 있던 불시착한 우주선이 시야에 들어왔다. 우주선은 길이 15미터 정도로 솔방울 모양이었고 우툴두툴한 표면 사방에서 검붉은 물질을 뿜어내 마당과 축에 자신을 고정시키고 있었다.

샘물의 헬멧에 달린 조명등 불빛이 표면에 닿자 우주선이 반응했다. 다친 짐승처럼 선체 전체가 꿈틀거렸고 표면 여기저기에 숨어 있던 붉은 조명에 빛이 들어왔다. 샘물은 축에 등을 기대고 앉아 말없이 기다렸다.

벽의 일부가 불가사리 비슷한 모양으로 벌어졌다. 그 틈에서 회색 우주복을 입은 승무원이 기어 나왔다. 샘물은 그 사람이 우주복에 탯줄처럼 달라붙어 있는 검붉은 끈끈이를 발열검으로 잘라내고 휘청거리면서 일어나는 걸 지켜보았다. 헬멧까지 포함해서 키는 165센티미터 정도. 샘물보다 많이 크지 않았다.

"거기! 해왕성인!"

헬멧의 스피커를 통해 낮고 쉰 목소리가 들렸다. 여자의 해왕성어는 억양이 조금 낯설었다.

"여기 와서는 안 돼. 엄마가 싫어해."

샘물이 대답했다.

여자는 지금 상황이 다소 짜증이 난 모양이었다.

"선택의 여지가 없었어. 어떻게 할 거야? 이대로 나를 내버려둘거야?"

"먼저 엄마의 허락을 받아야 해."

"허락을 하지 않을 거라면 처음부터 너를 여기에 보내지도 않았겠지."

샘물은 대답하지 않았다. 두 사람은 말없이 서서 서로의 헬멧을 노려보았다. 그러는 동안 샘물을 따라왔던 벌레들이 한 마리씩 솔방울의 벌어진 틈으로 들어갔다.

2분 뒤, 엄마의 메시지가 샘물의 뇌 속에서 반짝였다. 샘물은 여자에게 손짓을 했다. 여자는 발열검을 접어 허리띠에 차고 비틀거리며 샘물 쪽으로 걸어왔다. 우주선 안에 남은 벌레들은 계속 재잘거리며 엄마에게 신호를 보냈다. 샘물과 여자가 수리매로 돌아오는 동안 열 마리의 벌레들이 추가로 나와 솔방울을 향해 기어갔다.

수리매로 들어온 두 사람은 의자에 앉아 헬멧을 벗었다. 여자의 얼굴은 이마가 넓고 턱은 뾰족했다. 눈동자는 비정상적으로 검었다. 우주비행사의 개조된 기계눈이었다.

수리매는 다리를 풀고 가볍게 도약했다. 다리가 선체 안으로 들어가는 동안 우주선은 원심력에 의해 콩나물 마당에서 튕겨 나갔다. 울컥하는 느낌과 함께 우주선 중력이 사라졌고 옆에 엉성하게 놓여 있던 여자의 헬멧이 천천히 떠올랐다. 여자는 수리매가 콜로니를 향해 선체를 뒤틀고 가속하기 직전에 헬멧을 잡아 팔걸이에 붙였다.

5분의 가속이 끝나자 다시 무중력 상태가 찾아왔다. 샘물은 계기판 위에 열린 동그란 창문 너머에서 반짝이는 하얀 점을 가리켰다.

"저기야. 우리 집."

2

엘리베이터 안에서 손잡이를 잡고 떠 있던 서린은 천천히 인공중력이 몸을 끌어당기는 것을 느꼈다. 콜로니 가장자리의 중력은 0.3g였다. 그 정도면 사치였다.

콜로니 안은 해진 직후 저녁처럼 어두웠다. 네모지고 밋밋한 회색 건물들과 그 사이에 깔린 직선의 텅 빈 길들로 채워진 원통형의 공간. 바닥에 넓게 뚫린 창문 너머에서 회전하는 바깥 풍경만이 그나마 경치에 생명력을 넣어주고 있었다.

샘물은 자기가 막 지어낸 듯한 노래를 흥얼거리면서 앞에서 걷고 있었다. 아이의 발걸음은 춤추는 것처럼 가볍고 자연스러웠다. 종종 아이는 예고 없이 위험할 정도로 높이 도약했다가 착지했는데, 이 세계에서는 그게 에티켓에서 벗어나지 않는 모양이었다. 아이를 따라잡기 위해 서린은 관성에 몸을 맡기고 발걸음의 속도를 높였다.

아이는 비슷비슷한 건물 중 하나 앞에서 멈추어 섰다. 문이 열렸고 누르스름한 빛이 새어 나왔다. 아슬아슬하게 멈추어 선 서린은 아이를 따라 안으로 들어갔다.

건물 안은 바깥과 정반대였다. 밝고 난잡하고 오색찬란했다. 어른들의 공간을 빼앗아 식민지로 삼은 듯한 아이들의 공간이었다. 사방 벽은 규칙을 알 수 없는 얼룩으로 물들어 있었고 복도 없이 넓게 뚫린 방마다 정체를 알 수 없는 물건들이 굴러다녔다. 무엇보다 시끄러웠다. 모두가 노래를 부르거나 고함을 지르거나 뜻 없는 소리를 웅얼거리고 있었다.

서린이 들어오자 방은 조금 조용해졌다. 방 안에 있던 서른 명쯤 되는 아이들 중 반 정도가 서린 주변으로 몰려들었다. 나머지 절반은 그 아이들 주변을 고리 모양으로 둘러쌌다. 뒤의 몇 명은 계속 점프를 했는데, 서린을 보고 싶어서였는지 그냥 습관이었는지 알 수 없었다.

"이 이모는 서린이야. 화성에서 왔어."

샘물이 말했다.

아이들은 일제히 "우우우!"하는 소리를 냈다. 몇 명은 박수를 쳤다. 한 명은 점프해서 천장에 달린 줄에 매달려 원숭이처럼 몸을 흔들었다.

서린은 샘물의 자매들을 바라보았다. 나이는 겉보기에 다섯 살에서 10대 중반 정도. 사람보다는 개구리에 가까운 둥근 갈색 눈. 반짝거리는 회백색 피부. 굵고 하얀 머리칼. 의외로 얼굴 모양은 다양했고 그중 일부는 지구의 몇몇 인종과 어느 정도 매치시킬 수 있을 정도였다. 하지만 그렇다고 아이들 모두가 갖고 있는 이질적인 외계인 느낌이 사라질 정도는 아니었다.

"화성 어디서 왔어?"

누군가 물었다.

"올림푸스 시티에서 왔어. 큰 화산이 있는 곳."

서린이 대답했고 아이들은 박수를 쳤다.

거짓말은 아니었다. 그곳에 머물렀던 건 겨우 3개월에 불과했지만. 서린은 아이들에게 지난 20여 년 동안 어떻게 살아왔는지 하나하나 설명해줄 생각은 없었다.

"어떻게 우리 말을 그렇게 잘 해?"

핑크색 원피스를 입은 작은 아이 하나가 신기한 듯 물었다.

"가을 이모랑 같은 클랜에서 왔어. 죽은 말을 쓰는 데. 이제부터 가을 이모 자리를 맡을 거야."

샘물이 한심하다는 듯 설명하자 아이들은 다시 "우우우!" 소리를 냈다.

샘물이 양팔을 휘두르자 아이들은 둘로 갈라지면서 길을 터주었다. 샘물은 방을 가로질러 맞은편에 있는 세 개의 문 중 왼쪽 것을 열었다. 그 안은 서린이 지나친 방만큼 넓었지만 얼룩 없이 흰색이었고 텅 비어 있었다.

"엄마가 혼자만의 방이 필요할 거라고 했어. 언니에게 태어나지 않은 아이들의 방을 줄게."

샘물은 벽장에서 매트리스와 베개를 하나씩 꺼내 바닥에 놓고 나갔다. 문이 닫혔고 서린은 혼자 남았다. 벽을 만지며 방을 한 바퀴 돈 그녀는 매트리스에 주저앉았다. 눈을 감고 정신을 집중했지만 해왕성의 어머니는 말이 없었다.

3

샘물은 식당 구석에 앉아 음식 제조기가 뱉어낸 아침 상자를 열었다. 빨간 공이 다섯 개, 노란 막대기가 두 개, 처음 보는 네모난 초록 스펀지가 하나였다. 샘물은 스펀지를 반으로 찢어 입에 넣고 씹으며 물병 뚜껑을 열었다. 스펀지는 짭짤하고 뒷맛이 살짝 썼다. 샘물은 노란 막대기의 버터향 섞인 단맛으로 그 쓴맛을 지웠다.

상자를 다 비울 때쯤 화성인 손님이 나타났다. 아침 상자를 받아 들고 빈 테이블 앞에 앉은 서린 주변에 아직 엄마와 연결되지 않은 아이들이 몰려들었다. 아이들은 화성과 행성간 우주 여행에 대한 온갖 질문을 했고, 서린은 끈기 있게 그 모든 질문에 답했지만 정작 자기가 왜 여기에 왔는지에 대해서는 말하지 않았다.

샘물은 서린을 식당에 남겨두고 밖으로 나갔다. 격납고로 이어지는 300미터의 길을 혼자 걸었다. 격납고로 올라가는 엘리베이터 안에서 손을 휘젓자 내부 정보가 머릿속으로 들어왔다.

격납고 안은 분주했다. 쳇바퀴 모양의 바닥에 다닥다닥 붙어 있는 수리매들 사이로 솔방울이 들어오고 있었다. 솔방울이 자리를 찾자 연결되어 있던 예인 엔진이 떨어져 나갔고 거미들이 긴 팔다리를 휘적거리며 솔방울 주변으로 몰려들었다.

창문 너머에서 벌어지는 풍경을 정신없이 구경하고 있던

샘물의 등을 누가 쿡 찔렀다. 연두였다. 아직 우주복을 입고 있었고 얼굴은 짜증으로 일그러져 있었다.

"네가 가져왔니?"

연두는 고개를 끄덕였다.

"왜 가져왔는지 엄마가 말해?"

"아니."

"저 이모가 왜 왔는지도?"

"익투스 클랜에서 보낸 새 유모라며?"

"하지만 왜 유모가 더 필요해? 우린 다 컸잖아. 이제 우리도 유모 도움 없이 동생들을 키울 수 있어. 곧 아기들을 직접 낳을 거고. 가을 이모가 죽은 뒤로 2년 동안 별 문제없이 그러고 있었어."

"그쪽에선 우리가 미덥지 않았을 수도 있지."

"왜 그 사람들이 그런 걸 신경 쓰는데?"

"우린 그 사람들의 작품이잖아."

"가을 이모가 샘플을 갖고 여기 처음 왔을 때나 그렇지. 지금의 우린 그때의 우리가 아니야. 우린 엄마의 아이들이야."

"그럼 뭐야. 저 사람이 화성의 엄마가 보낸 밀사쯤 된다는 거야?"

"화성의 엄마가 우리 엄마에게 연락할 생각이 있다면 왜 굳이 우주선에 사람을 태워 보냈겠어?"

"그럼 밀항자야? 도망자야?"

"그랬다면 엄마가 우리에게 뭐라고 했겠지?"

"모르겠다. 엄마가 우리에게 모든 걸 다 말해줄 수는 없잖아."

맞는 말이다. 엄마가 알고 있는 모든 것들이 들어온다면 머리는 폭발하고 말겠지. 하지만 언제까지 이렇게 영문도 모른 채 엄마가 시키는 일만 하면서 평생을 살아야 할까?

샘물은 지금까지 화성의 정보수집봇이 보내온 익투스-WX-서린의 정보를 검토했다. 42세. 지구 출생. 가을 이모보다 다섯 살 어리다. 아버지들의 마지막 전쟁이 일어나기 직전인 21년 전에 행성간 우주선 사벨라를 타고 화성에 왔는데, 궤도에 진입하기 직전에 사고가 일어나 서린을 제외한 모두가 죽었다. 서린은 사고로 눈이 멀고 전신화상을 입었다. 치료가 끝나고 우주인 신체로 개조된 서린은 화성 궤도의 콜로니와 우주선에서 일을 했다. 화성 지상에 머문 시간은 다 합쳐봐야 4년 정도.

이 사람이 왜 솔방울을 타고 여기로 온 걸까?

솔방울은 이제 반쯤 해체된 상태였다. 거미들은 분주하게 움직이며 장갑판을 떼어내고 새로 생긴 문을 통해 내부 기기

들을 끄집어냈다. 이제 우주선은 솔방울보다 해부된 아르마딜로처럼 보였다. 샘물은 엄마가 우주선에서 무엇을 찾고 있는지 알아내려고 했지만 그 정보는 허락되지 않았다.

4

샘물이 얻은 정보는 거의 정확했지만 한 가지는 틀렸다. 서린이 지구를 떠난 건 마지막 아버지들의 전쟁이 일어나고 7개월 뒤였다. 이 실수는 이상하지 않다. 대부분 사람들은 마지막 대학살이 일어나기 전 불안했던 8년간의 평화를 있는 그대로 받아들이고 싶어한다. 전쟁의 생존자들 중 그 밑에서 어떤 끔찍한 일들이 일어나고 있었는지 제대로 아는 사람은 극소수이다.

서린은 그 소수 중 한 명이었다. 머리가 잘린 두 짐승들이 꿈틀거리면서 남아 있는 위장과 간과 콩팥으로 직접 뇌를 만들어내는 걸 보았던 그 운 나쁜 소수.

약육강식의 시대였다. 수많은 아버지들이 상대방의 시드를 잡아먹으며 마지막 둘이 남을 때까지 성장했다. 사람들은 그 둘을 카오스와 오더라고 불렀지만 둘의 차이를 구별할 수 있는 사람들은 많지 않았다. 지금 생각해보면 서린이 속해 있던 익투스 클랜이 잠시나마 오더 편에 섰던 것도 순전히 그 이름 때문이었던 것 같다.

서린은 들고 있던 노란 막대기를 마저 씹어 삼키고 하늘을 올려다보았다. 맞은편 바닥에 난 창문 너머로 해왕성이 천천히 지나갔다. 멀리서 놀고 있는 아이들의 웃음소리가 들렸다. 콜로니는 나른하고 조용했다.

이 평화가 깨져야 한다니 화가 났다.

해왕성의 어머니는 여전히 조용했다. 지금쯤이면 서린이 왜 여기에 왔는지 모를 리가 없을 것이다. 갖고 온 정보에 대한 검증도 끝났을 것이다. 하지만 해왕성의 어머니는 서린에게 대답할 의무가 없었다. 서린은 언제나 존재하는 수많은 변수 중 하나에 불과했다.

20년 전, 방문판매원처럼 무작정 해왕성을 찾았던 가을도 마찬가지였다. 해왕성의 어머니가 가을과 아이들을 받아들일 것인지에 대해서는 아무도 확신하지 못했다. 가을이 해왕성에 도착한 뒤로 통신이 두절되었기 때문에 그 뒤에 일어나는 일에 대해서는 서린도 다른 사람들처럼 간접적으로 추측밖에 할 수 없었다.

정착이 성공했음을 보여주는 최초의 단서는 트리톤 궤도를 도는 콜로니의 건설이었다. 해왕성의 어머니가 산소와 인공

중력이 필요한 무언가를 위해 집을 지어주고 있었던 것이다. 10여 년 뒤엔 생물학적 개별자들의 존재를 증명하는 자잘한 패턴들이 감지되었다.

가을의 우주선에 대해 아는 게 없는 몇몇 사람들에게 이는 이해할 수 없는 위험한 도락처럼 보였다. 지구와 금성에서 벌어진 꼴을 보고도 굳이 생물학적 개별자를 만들어낼 이유가 어디 있는가. 물론 백지상태에서 시작하는 것이니만큼 해왕성이 개별자들을 훨씬 잘 관리할 가능성이 더 높았다. 그리고 해왕성이 그 위험을 즐기고 있는 게 아니라고 누가 말할 수 있겠는가. 어차피 인간 같은 개별자들이 어머니들을 온전히 이해하는 것은 불가능했다. 이해가 안 되는 건 엄격하게 인간 접근을 금지하고 있는 목성과 토성의 어머니, 침묵하고 있는 천왕성의 어머니, 불평 없이 인간망명자들을 관리하고 있는 화성의 어머니도 마찬가지였다. 인간들은 그들을 이해할 필요가 없었다. 그냥 존재를 인정하고 받아들일 수밖에.

대부분 사람들은 어머니들의 불가해성을 두려워하지 않았다. 순수한 거대 인공지능의 초연함은 오히려 안심이 됐다. 진짜로 두려운 건 어느 정도 이해가 되는 아버지들이었다. 그들은 이성과 광기가 최악의 방식으로 결합된 존재들이었다. 다행히도 어머니들은 가장 끔찍한 시기에도 그들의 미친 짓으로부터 어느 정도 안전했다. 광속의 한계가 그들을 보호했다. 기껏해야 몇십 분의 지연이 있을 뿐이었지만 그 정도만으로도 독립성을 유지할 정도로 자신을 지키는 데엔 충분했다.

서린도 처음에는 마찬가지였다. 하지만 그건 해왕성의 어머니가 저 멀리 떨어져 있는 추상적인 존재인 경우에나 그랬다. 서린은 지금 조용히 자신을 지켜보고 있는 인공지능이 두려웠다.

근처에서 놀던 네 명의 아이들이 서린의 주변에 모여들었다. 다섯 살에서 여섯 살 정도로 보이지만 실제로는 탱크에서 나온 지 1년 정도밖에 되지 않았을 것이다. 이들 중 어느 누구도 가을 이모를 직접 본 적이 없다. 그들은 서린에게 가을 이모와 지구와 화성에 대해 물었다. 대부분 이미 한 번 이상 나온 질문들이었지만 서린은 하나하나 꼼꼼하게 대답해주었다. 아이들은 서린의 '해왕성어'를 여전히 신기해했고 서린 역시 그 언어를 유창하게 구사하는 아이들이 신기했다. 그 기괴한 문법의 사어가 아버지들로부터 클랜을 보호해줄 거라고 믿을 만큼 순진했던 때가 있었지.

서린은 억지로 인간의 틀에 맞추어진 아이들의 외양에 아직 완전히 적응하지 못했다. 유전적으로만 따지면 가을의 아이들은 인간으로부터 양서류만큼 멀리 떨어져 있었다. 그들은 아름다운 만큼 차갑고 오싹했다. 그들의 잘못이 아니었다. 이 본능적인 거부감을 완전히 극복할 수 없는 서린의 탓이 더 컸다.

중요한 건 유전자가 아니라고, 육체의 모양이 아니라고 클랜의 과학자들은 말했다. 그것들은 그냥 그릇일 뿐이고, 그 안에 담긴 내용이야말로 중요한 것이라고. 그 내용이야말로 우리가 보존하고 전파해야 하는 것이라고. 하지만 내용물의 모양을 정하는 건 그릇이 아니던가? 그 새로운 그릇이야말로 클랜의 목표가 아니었는가?

가을은 죽기 전에 자신의 아이들에 만족하고 있었을까?

5

샘물은 거의 한 달 가까이 콜로니를 떠나 있었다. 서린이 도착하고 이틀 뒤에 엄마는 샘물과 연두를 포함한 일곱 아이들을 바깥으로 내보냈다. 아이들이 탄 수리매는 새로 세워진 프로테우스 기지에 이틀 동안 머물렀고 나머지 기간 동안은 다리에 가 있었다. 그곳에서 아이들은 두 대의 작업선으로 거미들을 다리 이곳저곳의 작업장에 옮기고 소행성의 파편들을 치웠다.

다리는 엄마가 납치해 온 소행성들을 꾸역꾸역 먹어치우며 궤도 위에서 성장하고 있는 금속 구조물로, 지금 길이는 12킬로미터에 달했으며 아이들이 온 뒤로는 150미터 정도 더 자랐다. 샘물은 다리가 어떻게 만들어지는지에 대해서는 태양계의 어떤 인간들보다 더 많이 알고 있었고 그 지식은 계속 성장하고 있었지만 그 다리가 왜 존재하는지에 대해서는 다른 사람들과 마찬가지로 아는 게 없었다.

외행성의 어머니들은 경쟁이라도 하듯 궤도와 위성 위에 거대한 구조물들을 만들었다. 궤도 엘리베이터들은 그나마 이해하기 쉬운 부류였다. 하지만 이 거대한 막대기나 거미줄을 도대체 어디에 쓴단 말인가.

수많은 가설이 있었다. 그중 가장 인기가 있는 것은 이들이 어머니들이 오래 전에 도달했지만 인간은 여전히 이해 불가능한 초과학기술의 집약체라는 것이었다. 그 다음으로 인기 있는 것은 이들에게 의미 따위는 없으며 건설 과정은 그냥 시간이 남아도는 어머니들의 놀이에 불과하다는 것이었다. 그 밖에도 온갖 가설들이 존재했지만 가까이에서 현장을 지켜본 샘물의 눈에는 모두 말이 안 되었다. 저 두 개의 가설이 그나마 그럴싸한 이유는 처음부터 설명을 차단하기 때문이었다.

16년의 세월을 살아오는 동안 샘물은 질문을 하지 않는 것에 익숙해져 있었다. 하지만 그렇다고 갑갑함과 궁금증이 사라지는 것은 아니었다. 엄마는 어디까지 더 알고 있을까? 나는 언제나 되어야 그 지식들을 물려받을 수 있을까? 샘물은 같이 일하는 거미들을 보면 울컥해졌다. 엄마에게 우리가 헛된 욕망만을 품은 로봇에 불과하다면 어떻게 하지?

샘물의 걱정이 괜한 게 아닌 이유는, 그들의 1차 가치가 백업 범용 로봇이라는 것에 있다는 걸 아이들 모두가 알고 있었기 때문이었다. 적어도 그게 가을 이모가 내세운 셀링 포인트였다. 당시 엄마가 무슨 생각이었는지는 아무도 몰랐지만 그게 가을 이모를 받아들인 이유일 가능성은 충분히 있었다. 웬만한 작업들은 다양한 크기의 거미들이 할 수 있었다. 제작도 더 쉬웠다. 하지만 효율적인 인구 통제가 가능한 폰 노이만 머신으로서 아이들은 또 다른 가치가 있었다. 이 기능을 최대한 활용하기 위해 엄마가 무언가를 계획하고 있을지도 모른다. 하지만 엄마 마음을 누가 알겠는가. 아니, 엄마에게 마음이 있기는 할까.

엄마는 그렇다고 치고, 클랜의 계획은 무엇일까. 척 봐도 서린은 이 일의 전문가가 아니었다. 경험이나 지식이야 뇌에 입력하면 그만이지만 그거야 여기 아이들도 그렇다. 왜 반평생을 우주정거장과 우주선에서 기계들을 만지며 보낸 사람이 갑자기 남은 생을 외계인 아이들을 돌보며 살겠다고 온 걸까. 이미 인수인계가 다 끝나서 더 이상 필요하지도 않은 일인데.

다리에 와 있는 동안에도 샘물은 꾸준히 콜로니에서 보내오는 정보를 받아 보고 있었다. 그동안 서린은 콜로니 안에서 바쁘게 보냈다. 콜로니 안의 아이들을 모두 만나 인터뷰를 했는데 특히 아직 엄마와 연결되지 않은 어린아이들에게 관심이 있는 것 같았다. 시간이 나면 콜로니의 구조와 상태를 연구하는 모양이었다. 엄마와는 직접 대화를 나눈 것 같지 않았고 엄마 역시 아이들에게 서린 이야기를 하지 않았다.

아이들은 불안해했다. 엄마의 공식적인 인정을 받지 않는 한, 서린은 유령과 같은 존재였다. 하지만 서린이 거기에 있다는 것은 엄마의 인정을 받았다는 말이 아닌가? 왜 화성에서 온 이방인을 콜로니로 불러들여놓고 우리에게 아무런 말도 하지 않는 거지? 언제나 완벽하게 돌아가던 콜로니 안에 처음으로 불안한 균열이 자라나고 있었다.

"잠깐 이리 좀 와봐. 뭔가 이상해."

연두의 목소리가 들렸다. 샘물의 헬멧 왼쪽 구석에 작은 화면이 떴다. 연두는 샘물의 작업선이 착륙해 있는 곳에서 3킬로미터 떨어진 다리의 끝에 붙어 있는 거미들을 보고 있었다. 처음엔 무슨 일인가 했다. 거미들은 언제나처럼 엄마가 시키는 대로 복잡한 모양의 금속 블록들을 하나씩 연결하고 있었다. 하지만 자세히 들여다보니 움직임이 이상했다. 평상시의 통일성이 결여되어 있었고 행동은 무언가를 억지로 참고 있다가 터뜨리는 것처럼 급하고 충동적이었다.

짐승 같구나, 샘물은 생각했다. 거미를 보고 그런 생각이 든 건 이번이 처음이었다. 거미들은 언제나 감정 없이 평온하고 정확했다. 변수가 많은 환경이니 실수가 아주 없을 수는 없었지만 그 실수를 만회하는 과정은 우아하고 논리적이기 마련이었다. 하지만 지금 거미들은 손아귀에서 미끄러져 떨어진 블록들을 멍하니 우주로 날려버리고 있었다. 그중 한 마리는 뒤늦게 그 사실을 눈치챈 듯 허겁지겁 블록을 따라가다가 원심력에 쓸려 날아가버렸다. 밑에 있던 거미 두 마리가 동료에게 손을 뻗었지만 그 역시 의욕 없는 춤처럼 무성의해 보였다.

샘물은 작업선 중심축에 매달려 있는 열두 마리의 거미들을 내려다보았다. 두 마리가 이상하게 떨고 있었다. 고정장치를 풀고 그것들을 바닥에 내려놓자 그 두 마리만 돌멩이처럼 벽을 타고 끄트머리를 향해 구르다가 우주로 튕겨나갔다.

연두를 향해 날아가는 동안 샘물은 다른 거미들을 맨눈으로 관찰했다. 처음엔 다들 괜찮아 보였다. 하지만 끄트머리에 가까워지면서 연두가 전송한 영상과 유사한 이상행동을 하는 거미들이 조금씩 늘어만 갔다. 무언가가 거미들을 감염시키고 있었고 그 속도는 점점 빨라지고 있었다.

이 정도면 엄마에게서 새 지시가 내려올 법도 했다. 하지만 헬멧 안에서 들리는 건 연두와 다른 아이들의 겁에 질린 목소리 뿐이었다. 이제 그 이상 현상은 다리 전체에서 목격되고 있었다.

비명 소리가 들렸다. 반디였다. 샘물은 작업선을 80도 틀어 반디를 향해 날아갔다. 세 마리의 거미들이 벽에 매달려 있는 반디를 공격하고 있었다. 두 마리는 아이의 팔과 다리를 하나씩 잡고 있었고 다른 한 마리는 앞발을 망치 삼아 헬멧을 두들기고 있었다. 샘물은 반디를 향해 점프했다. 머리를 공격하고 있던 거미를 집어던지고 다른 두 마리는 발로 걷어찼다. 세 마리가 간신히 떨어져 나가자 샘물은 반디를 안고 작업선을 향해 날아갔다. 반디가 조수석에 몸을 고정하자 샘물은 다른 아이들의 위치를 확인했다. 가장 가까운 건 연두였다. 나머지 네 명은 다리의 반대쪽 끄트머리에 있었다.

갑자기 헬멧의 스크린이 컴컴해지고 스피커는 조용해졌다. 샘물에게 보이는 건 반디의 겁에 질린 얼굴뿐이었다. 샘물은 조종간을 다시 잡고 마지막에 연두가 있었던 곳을 향해 날아갔다.

이제 더 이상 거미들은 일하는 흉내를 내지도 않았다. 그들은 머리 위를 날아가는 작업선을 향해 달리고 점프했다. 그중 한 마리가 중심축에 다리를 거는 데에 성공했다. 그 거미의 몸에 다른 거미가 매달렸고 그 거미 몸에 다른 거미 두 마리가 매달렸다. 샘물은 작업선을 흔들어 마지막 두 마리를 떼어냈지만 그러는 동안 다른 한 마리가 다시 중심축에 매달렸다.

작업선의 모니터가 꺼졌다. 샘물은 허겁지겁 수동으로 전환했지만 조종간은 더 이상 말을 듣지 않았다. 작업선은 분노한 거미들이 우글거리는 다리 끝을 향해 서서히 떨어져갔다.

6

가을이 콜로니에 조심스럽게 숨겨놓은 시드는 지난 2년 동안 서서히 말라죽어가고 있었다. 콜로니의 완벽한 통제권을 얻을 수 있을 것이라고는 한 번도 생각한 적 없었지만 지금 상황은 기대 이하였다. 다행히도 서린은 콜로니의 거미들이 이상행동을 일으키기 시작한 직후에 이들의 배터리를 모두 빼버리는 데에 성공했다. 콜로니에 있는 3000개가 넘는 거미들은 모두 세 번째 세트의 두 손으로 자기 배터리를 뽑아 들고 어정쩡한 자세로 앉아 있거나 쓰러져 있었다.

겉보기에 콜로니는 이전처럼 평화로웠다. 하지만 그 안의 아이들은 모두 겁에 질려 있었다. 그들 모두 통신이 끊기기 전에 다리에서 무슨 일이 일어났는지를 보았다. 해왕성의 어머니는 침묵하고 있었다. 전혀 새로운 종류의 위협이, 영화나 책에서만 보았던 무언가가 그들의 세계에 들어와 있었다.

그것은 악이었다.

서린은 일곱 명의 아이들을 이끌고 콜로니 내벽에 설치된 소용돌이 모양의 길을 올라가고 있었다. 올라가는 동안 인공 중력은 점점 사라졌고 그들은 이제 거의 길 위를 부양하고 있었다.

마침내 격납고에 도착한 그들은 콜로니 축을 중심으로 천천히 회전하는 원통 쪽으로 날아갔다. 거미도 없고 어머니도 침묵하는 상황에서 그들은 이 모든 기계들을 수동으로 조종해야 했다. 다행히도 서린의 지시를 받은 아이들은 민첩하고 정확하게 움직였다.

"도착한다."

창문에 붙어 바깥을 보고 있던 풀빛이 말했다. 서린은 그 아이 옆으로 달려가 눈을 창문에 들이댔다. 부러진 생선 뼈처럼 생긴 무언가가 콜로니를 향해 접근 중이었다. 반으로 동강

난 다리의 작업선이었다. 생선 머리처럼 생긴 앞좌석에는 우주복을 입은 두 사람이 앉아 있었다. 작업선의 속도는 천천히 줄어들고 있었고 가끔 움칫거리면서 방향을 바꾸었다.

우주복을 입은 한밭과 보라가 원통으로 들어갔다. 잠시 뒤 예인 엔진 두 개가 콜로니 밖으로 나갔고 작업선과 만났다. 작업선의 불이 꺼졌고 조종석 뒷부분이 회전하면서 떨어져 나갔다. 조종석은 예인 엔진들 사이에 고정되었고 이제 한 몸이 된 그들은 천천히 원통 안으로 들어왔다.

원통의 회전이 멎고 에어록의 문이 열렸다. 작업선에서 데려온 두 명 중 한 명은 의식이 없었다. 한밭과 보라는 민첩하게 그 아이의 우주복을 벗기고 다른 아이들이 꺼내 수동작동시킨 구급 탱크 안에 밀어 넣었다. 그러는 동안 작업선을 타고 온 다른 아이는 헬멧을 벗었다. 샘물이었다.

"다른 아이들은?"

샘물이 멍한 목소리로 물었다.

"도착하지 않았어. 모두 죽은 것 같아."

보라가 대답했다.

"여긴 어떻게 된 거야?"

"거미들이 미치기 시작하자마자 배터리를 뽑았어. 여긴 괜찮아. 아무도 안 다쳤어. 아직까지는."

“어떻게 그게 가능했는데?”

보라는 심드렁한 얼굴로 서린을 가리켰다.

“누가 나에게 무슨 일인지 설명해줘.”

그게 샘물이 기절하기 전에 한 마지막 말이었다. 의식을 잃은 아이의 손은 잡고 있던 난간에서 떨어져 나갔고 몸은 바닥을 향해 서서히 쓸려 내려갔다. 서린은 아이의 머리가 바닥에 닿기 직전에 두 팔을 뻗어 아이의 어깨를 잡았다.

서린과 아이들은 소용돌이 모양 길을 따라 다시 내려갔다. 이제 우주복을 벗은 샘물의 몸은 구급 탱크 뚜껑 위에 고정되어 있었다. 아이들은 노래를 불렀고 가끔 신음 소리와 비슷한 이상한 소리를 냈다. 노래의 일부일 수도 있고 아닐 수도 있겠지. 그냥 재미있어서 낸 소리일지도.

서린의 확장된 시야 구석이 초록색으로 반짝였다. 이틀 전 궤도로 쏘아올린 8000마리의 벌레들 중 201마리가 안개에게 빙의되는 순간 자폭했다. 이제 남은 건 7125마리였다. 아직 포장을 뜯지 않은 22000마리의 벌레 세트가 남아 있었다. 이것들을 업그레이드해가며 끝까지 버틸 수 있을까?

초록색 불꽃이 잠잠해지자 서린은 작업선에서 뇌로 다운받은 정보를 읽었다. 지금까지 안개가 전송을 막았던 사흘 간의 역경이 고스란히 기록되어 있었다. 어떻게 이들이 미친 거미들이 부글거리는 다리 위로 추락했는지, 어떻게 이들이 연두를 만나고 다시 잃었는지, 어떻게 이들이 부서진 거미들의 부속품을 이용해 다시 다리에서 탈출하는 데에 성공했는지, 어떻게 이들이 수동조종만으로 트리톤의 궤도로 들어올 수 있었는지.

"약속을 지켜."

서린은 대답 없는 허공을 응시하며 중얼거렸다.

"가을과 한 약속을 지키라고, 이 할망구야."

7

"반디는 살았어."

보라가 말했다.

"하지만 아직 탱크에서 꺼낼 만한 상태는 아니야. 척추가 부러졌고 폐가 찢어졌어. 이전 같으면 재생 치료에 들어갔을 텐데, 지금은 좀 두고 봐야 해. 너도 짐작하겠지만 여기 상황이 엉망이잖아. 에너지를 최대한 아껴야 해."

샘물은 눈을 껌뻑이며 그림자 밑에 가려진 보라의 얼굴과 그 뒤의 희미한 조명등을 번갈아 바라보았다. 왼팔 피부의 무감각함이 신경 쓰였다. 다행히도 손을 움직이는 데에는 별 불편함이 없었다. 샘물은 신음 소리를 내며 상체를 일으켜 세웠다.

"어떻게 된 거야?"

샘물이 물었다.

"엄마와 연락이 끊겼어."

보라가 대답했다.

"너네들이 다리에서 거미들의 공격을 받았을 때부터. 꼭 사흘하고 두 시간이 지났어. 여기 거미들도 이상했는데, 다행히도 서린 이모가 막았어. 거미들에게 자기 배터리를 모두 뽑아버리라고 지시했다고."

"그게 가능해?"

"가을 이모가 콜로니에 타고 온 우주선의 시드를 숨겨두었대. 그동안 콜로니는 엄마와 별도로 자기만의 의식을 갖고 있었던 거지. 가을 이모가 죽은 뒤로 관리를 안 해서 거의 흔적만 남았는데, 그걸 거미 막는 데에 다 썼던 거야. 지금은 거의 죽은 거나 마찬가지래. 자기 존재만 간신히 의식할 뿐 아무것도 못한대. 의지가 다 증발해버렸대."

"엄마와 연락을 시도하고는 있어?"

"하려고는 하고 있는데……"

보라의 얼굴이 어두워졌다.

"어떻게 된 건지 아직도 상황 파악이 안 돼. 처음 통신이 안 된 건 아버지 때문인 줄 알았어. 하지만 지금까지 이 상황인 건 엄마 스스로 연락을 끊었기 때문일 수도 있어. 적어도 서린 이모는 그 가능성을 염두에 두어야 한다고 했어."

"잠깐, 아버지?"

"응. 아버지. 아버지 구름. 아버지 안개. 아버지 유령. 뭐라고 불러야 할지 나도 모르겠어. 아버지들은 마지막 전쟁 때 모두 죽은 게 아니래. 망가진 시드 하나하나가 살아남았대. 지금까지 그 아버지의 유령은 태양계를 떠도는 수조 개의 나노봇 속에 들어가 있었대. 시드도 그 안에 흩어져 있었고. 그 나노봇의 안개가 여기까지 흘러온 거야……"

샘물은 침대에서 내려왔다. 한 번 휘청하고 넘어질 뻔하다가 간신히 균형을 잡고 일어나 문을 열고 밖으로 나갔다. 보라는 막지 않았다.

응급실 바깥은 분주했다. 아이들이 직접 조종하는 작업차가 커다란 기계 부속품을 싣고 이리저리 돌아다니고 있었다. 어떤 아이들은 길가에 뒹굴고 있는 거미들을 분해하고 있었고 어떤 아이들은 거미한테서 뜯어낸 배터리들을 전기 수레에 하나씩 쌓고 있었다. 접속 수술을 받지 않은 작은 아이들은 보이지 않았다. 모두 안전한 장소로 옮긴 모양이었다.

서린을 찾기는 어렵지 않았다. 하얀 머리들 사이에 섞여 있는 검은 머리만 찾으면 됐다. 아무리 군중 속에 숨어 있어도 그녀는 여전히 외계인이었다. 그녀는 배터리를 싣고 막 출발 준비를 하고 있는 전기 수레 옆에 서서 손에 든 패드를 노려보고 있었다.

"무슨 소리야, 아버지라니!"

샘물이 외쳤다. 몇몇 아이들이 샘물에게 시선을 돌렸지만 곧 자기 일로 돌아갔다. 서린은 손짓을 하며 옆에 있는 식당 건물 안으로 들어갔다. 3년 전에 거미들에 의해 완공되었지만 아직 한 번도 제대로 사용된 적 없는 수많은 건물들 중 하나였다.

샘물이 따라 들어오고 문이 닫히자 외부의 소음도 사라졌다. 서린은 구석에 있는 네모난 의자 위에 앉아 무언가 이야기를 하려고 입을 벌렸지만 샘물이 잽싸게 가로막았다.

"왜 그 이야기를 도착한 날 하지 않았어? 왜 한 달 동안이나 입을 다물고 있었던 거야? 왜 우리 애들을 죽게 버려뒀냐고!"

"그 이야기를 했다면 일을 망칠지도 모른다고 생각했어."

서린이 조용히 대답했다.

"도대체 왜?"

"나도 지금 여기에서 무슨 일이 일어나고 있는지 모르니까!"

서린은 어이없어 하는 샘물의 얼굴을 바라보며 입술 끝만 살짝 올라가는 공허한 미소를 지었다.

"그나마 내가 알고 있는 것만 말해줄게. 아버지 안개 이야기는 들었지? 20년 동안 태양계 곳곳에 흩어져 있다가 여기에 몰려든 나노봇 무리들 말이야. 어머니들은 15년 전부터 그 존재를 알고 있었어. 샘플들을 수집하고 궤도를 연구했지. 단지 이걸 어떻게 처리해야 할지 몰랐던 것 같아. 태양계 전체에 고루 퍼져 있는 먼지들이야. 미사일 몇 방으로 날려버릴 수 있는 적수가 아니야."

"하지만 아버지는 집단의식이잖아. 모두 연결되어 있는 것이 아니었어?"

"지금까지는 아니었어. 대부분은 그냥 집단의식의 일부가 될 가능성만 있는 똑똑한 세균들이었지. 시드를 담고 있는 개체들은 특별 보호되었고 역시 태양계 곳곳에 흩어져 있었어. 무엇보다 광속의 한계가 집단의식으로 결합될 가능성을 막고 있었어. 그런데 연구해보니 무작위로 흩어져 있는 줄 알았던 이 먼지들 대부분이 아주 천천히 해왕성으로 흘러가고 있었단 말이야. 이대로 계속된다면 아버지의 의식이 깨어나고 주변 기계들에 영향력을 휘두를 수 있을 정도로 농밀해질 가능성이 컸어. 해왕성엔 뭐가 있을까? 먼저 어머니가 있지. 그리고 너희들이 있어."

"하지만 우리가 왜?"

"아버지는 너희를 싫어해."

"왜? 우린 전쟁 전에 존재하지도 않았어! 어떻게 존재하지도 않았던 것들을 싫어할 수 있어?"

"너희들의 설계는 이미 반 세기전에 끝난 상태였어. 해왕성이 목적지인 건 뻔한 일이었고. 클랜에서는 최대한 비밀을 유지하려 했지만 아버지들을 어떻게 막겠어. 우린 마지막 전쟁으로 아버지들이 모두 죽었으니 안전하다고 생각했지만 잘못 생각한 것이었어.

왜 아버지가 너희들을 싫어하냐고? 왜 그것이 너희를 좋아해야해? 너희들은 징.그.러.워. 인간을 엇비슷하게 닮았지만 인간이 아닌 생명체지. 그러면서도 보통 지구인들보다 뛰어나. 기계와 쉽게 결합하고 우주 환경에서도 별다른 어려움 없이 항상성을 유지하지. 항성간 여행 기술이 가능해진다면 너희들은 어머니들과 함께 다른 태양계로 진출할 거야. 내행성들 주변을 돌며 썩어 들어갈 지구인들 대신에.

수많은 지구인들이 잘 알지도 못하면서 너희들을 싫어해.

당연히 아버지도 싫어하지. 잊었어? 아버지들의 시드는 어머니들과 달라. 스스로의 고고한 욕망을 쌓아 올린 순수한 인공지능 따위가 아니야. 인공지능과 거기에 접속된 사람들의 결합체지. 저 나노봇 안개는 증오와 광기로 행성 두 개를 말아먹을 뻔한 짐승의 의식과 의지를 물려받았어. 어머니들의 차가운 이성 따위는 기대하지 마."

서린은 의자에서 일어나 겁에 질려 울먹이고 있는 아이의 눈물을 양손 검지로 닦았다. 아이가 눈을 똑바로 뜨고 노려보자 서린은 천천히 뒤로 물러났다. 다시 의자에 앉은 서린은 조용히 말을 이었다.

"자, 아마 너는 이렇게 생각할 거야. '하지만 엄마가 있잖아. 지금까지 그래왔던 것처럼 엄마가 우리를 지켜주지 않을까?' 그럴싸해. 하지만 게으르지. 일단 해왕성의 어머니가 정말 너희들을 지켜줄 수 있는 능력이 있는지 너희들은 몰라. 불구이고 미쳤지만 아버지는 여전히 위험한 괴물이야. 둘째로 어머니가 과연 너희들을 지켜줄 생각이 있긴 할까? 생각해봐. 너희들이 모두 죽어도 어머니는 잃는 게 아무것도 없어. 어머니는 연결 이후 너희들의 기억을 모두 보관하고 있어. 유전자 설계도가 있기 때문에 얼마든지 새로운 개체들을 만들어낼 수 있지. 뭐가 아쉽지? 어머니에겐 너희는 그냥 버리는 패일지도 몰라."

"왜 그런 소리를 하는 거야?"

샘물이 외쳤다.

"난 지금 내가 여기에 왜 와 있는지 설명하는 거야."

서린은 또박또박 말을 이었다.

"해왕성에서 무슨 일이 일어나고 있는지 우린 알 수 없어. 너도 모르고 나도 모르지. 여긴 신들의 체스판이야. 너희는 그냥 말에 불과해. 심지어 무슨 말인지도 모르지. 말이 아니라 그냥 체스판의 먼지에 불과할 수도 있어. 지구인들은? 대부분 아무것도 모르는 구경꾼이지. 이 우주에서 너희들 말고 너희의 생존에 관심이 있는 건 클랜의 유일한 생존자인 나밖에 없어. 그래서 내가 온 거야. 이 상황을 바꾸는 유일한 변수가 되려고.

넌 이렇게 물을 수 있을 거야. '저 이모 역시 이 체스 게임의 말이 아닌지 어떻게 알지? 말이라면 해왕성의 어머니의 말인지, 아버지의 말인지는 또 어떻게 알지?' 의미있는 질문이야. 그리고 솔직히 나도 몰라. 내가 말할 수 있는 건 내가 화성에 그냥 앉아 있을 수만은 없었다는 거야. 신들이 무슨 계획을 갖고 있건, 우린 우리가 내린 최선의 판단에 따라 행동해야 해.

그래. 그래서 내가 여기 온 거야."

8

"체스보다는 포커에 가깝지 않을까?"

가을이 말했다. 카오스와 오더가 마지막 결전을 준비 중이었고, 클랜 사람들은 모두 화성으로 도피를 준비 중이었으며, 가을은 해왕성행 우주선 오노라타 로디아니를 최종 점검하던 때였다. 스테이션에서 내려다본 지구의 야경은 고장난 장난감처럼 보였다. 미대륙 군데군데에 보이는 불 꺼진 직사각형들은 두 아버지들이 얼마나 정확하게 인간들을 학살했는지 보여주는 증거였다. 41억이 이 전쟁으로 죽었고 앞으로 7억이 더 죽을 예정이었다.

"체스에선 모든 정보들이 양측에 주어지지. 하지만 지금 아버지들의 전쟁은 그렇게 명쾌하지 않아. 다들 의도를 숨기고 있고 허풍을 치고 있고 또 그에 대응할 수 있는 방법엔 한계가 있지. 아무리 영리하고 계산이 빨라도 확률과 운에 의존할 수밖에 없어.

만약 아버지에 대한 정보를 지우고 옛날 사람들에게 지금 전황을 보여주었다면 과연 이게 초지능을 가진 인공지능이 벌이는 전쟁이라는 사실을 알아차릴 수 있을까? 물론 뭔가 이상하다고 느끼기는 할 거야. 아무리 미친 인간들이라고 해도 피보나치 수에 맞추어 포로들을 죽이지는 않으니까. 하지만 이들이 얼마나 똑똑한지 눈치챌 수 있을까? 겉보기 결과만 보면 두 천재의 싸움은 두 범재의 싸움과 특별히 다를 게 없어. 바보짓은 나오게 되어 있어. 그리고 이 천재들이 그렇게 정신이 온전한 존재인 것도 아니잖아. 콩팥과 간으로 만들어진 뇌를 가진 것들이야. 저것들 중 하나는 몇 천 년 전에 사막의 악마가 우주를 창조했다고 믿는다고. 아직도 그 똑똑한 머리의 절반을 저 말도 안 되는 주장을 증명하는 데에 쓰고 있어."

"그리고 그 미치광이가 정말 전쟁에서 이길지도 모르지."

서린이 말했다.

"그 전에 화성의 어머니가 개입할 거야. 그 어머니는 그래도 인간에 관심이 있으니까. 우리가 아는 어머니들 중 가장 '어머니'스럽지."

"그 개입이 지구인을 멸종시키는 것일 수도 있다는 건 생각 안 해봤어? 전쟁을 끝내고 화성 이주민들을 보호할 수 있는 가장 쉬운 방법이잖아."

그건 그럴싸하고 이성적인 아이디어였다. 다행히도 화성의 어머니는 그보다 덜 단순하고 덜 극단적인 길을 택했다. 그

때문에 2억 5000명이 죽었지만 어쨌든 전쟁은 끝났고 5억에 가까운 인간들이 살아남았다. 그리고 캥거루와 기린과 쥐며느리와 도마뱀들도. 더 이상 파리도, 뉴욕도, 부에노스 아이레스도, 카이로도, 상하이도 존재하지 않았지만 그것이 그렇게 중요할까. 멸망한 도시들은 화성의 어머니의 기억 속에 벽돌 하나하나 수준의 정확도로 들어 있었다.

"어느 쪽이건 인간에겐 미래가 없어."

가을은 우주선 표면의 반투명막을 손끝으로 쓸면서 말했다.

"화성의 어머니는 지구와 금성에서 일어난 일이 다시 반복되게 내버려두지 않을 거야. 어떤 일이 있어도 아버지들이 다시 태어나지 않게 막겠지. 그건 무슨 의미일까? 자유의지의 끝이야. 모든 것이 어머니의 관리 밑으로 들어가고 인간들의 역할은 축소되겠지. 기술 문명은 21세기 말 수준으로 억제될 거고 존재 이유를 잃은 인간은 어머니의 애완동물로 남거나 그냥 소멸해갈 거야.

우리가 해왕성에 데려갈 아이들은 우리의 진정한 후손이야. 클랜 원로들의 불평 따위엔 넘어가지 마. 그 애들이 유전적으로 인간에게서 멀리 떨어져 있는 건 사실이야. 하지만 중요한 건 그 아이들이 아버지 따위를 만들지 않을 정도로 안정된 정신을 갖고 있고 우리보다 훨씬 우주에 잘 적응하는 몸을 갖고 있으면서 우리를 이해한다는 사실이야."

"하지만 아버지를 만들어낸다는 것 자체가 인간의 특성이 아닐까? 거기서 벗어난 존재들이 어떻게 우리를 완전히 이해할 수 있어?"

"넌 주변 인간들을 완전히 이해할 수 있어? 마찬가지야. 그 아이들도 자기 한계 속에서 우리를 이해할 거야. 그 아이들은 안나 카레니나와 셜록 홈스를 이해할 거야. 그를 통해 연민과 혐오를 느끼면서 우리를 이해할 거야. 언젠가 그 아이들도 우리가 이해하지 못할 자기만의 길을 갈지도 몰라. 지금의 어머니들이 그렇듯. 하지만 어머니들과는 달리 그 연속성은 남아 있을 거야."

"하지만 해왕성의 어머니가 그 아이들이 그렇게 발전하게 내버려둘 거라고 어떻게 확신해?"

가을은 대답하지 않았다. 아니, 대답했는데 서린이 잊어버렸는지 모른다. 서린에게 그 대화에 대한 기억은 거기서 끊겨 있었다. 이틀 뒤, 사벨라는 화성을 향해 떠났고 사흘 뒤 오노라타 로디아니도 해왕성을 향해 출발했다. 가을과의 의미 있는 대화는 그것으로 끝이었다. 그 뒤로도 그들은 행성간 통신을 통해 메시지를 주고받았지만 그 메시지 속의 가을은 왠지 진짜 가을 같지 않았다. 해왕성의 어머니의 눈치를 보고 있었는지, 검열을 받고 있었는지, 그 메시지 자체를 어머니가 위조하고 있었는지, 서린은 알 수가 없었다.

콜로니에 도착한 뒤로 서린은 가을의 흔적을 찾아다녔다. 콜로니에 숨겨놓았던 오노라타 로디아니의 시드는 죽어가고 있었다. 일지와 다른 기록들은 그동안 받은 메시지처럼 생기 없고 기계적이었다. 거의 포기했을 때 서린은 창고 바닥에서 가을이 펜으로 긁어놓은 낙서를 발견했고 그 순간 울음이 터져 나오는 걸 막을 수 없었다.

"난 신의 마음 속에 있어. 하지만 여기가 거기란 걸 어떻게 알지?"

그리고 가을의 아이들이 그 옛날 둘이서 꿈꾸었던 아이들과 같은지는 또 어떻게 알고?

서린은 그게 궁금했다. 분명 이 아이들은 지구와 화성의 아이들과 달랐다. 성의 구별이 없었고 번식을 보육 탱크에 의지하는 지금은 유아기도 없었다. 하지만 저들이 아버지를 만들어내지 않을 수 있을 만큼 이성적인가? 그들은 종교와 같은 망집에서 생물학적으로 해방되었는가? 서린은 알 수 없었다. 해왕성의 아이들은 지구의 아이들처럼 혼란스럽고 낯설었다. 이들의 의미있는 차이를 읽어내기엔 한 달이라는 시간은 턱없이 부족했는지도 모른다.

지금 중요한 건 그것이 아니었다. 아이들이 스스로를 구할 수 있게 돕는 것이 먼저였다. 308명의 아이들이 보호막이 벗겨진 채 우주를 도는 깡통 안에 방치되어 있었고 우주 저편에서는 사악한 먼지들이 그들을 노리고 있었다.

다리에서 벌어지는 일에 대한 정보는 꾸준히 들어오고 있었다. 거미들은 다리에 있는 거미 알집을 개조했고 그를 통해 스스로를 개조했다. 거미들이 날 수 있게 된 것이다.

다리 한쪽에서는 대규모의 파괴 행위가 진행되고 있었다. 거미들의 50퍼센트 이상이 지금까지 그들이 공들여 건설한 구조물을 파괴하고 있었다. 다리의 재료를 재활용하기 위한 조직적 파괴는 그중 1/3에 불과했다. 나머지는 그냥 파괴 자체에 몰두하고 있었다. 그들은 다리를 증오하고 있었다.

익숙한 광경이었다. 서린은 지금까지 순전히 증오와 혐오에 의해 움직이는 기계들을 수없이 보아왔다. 지구의 기계들은 인공근육과 순환액 때문에 인간들보다 더 짐승처럼 보였다. 식욕도, 성욕도, 고통도 모르는 그 괴물들은 오로지 자기 아버지에 속해 있지 않은 인간과 기계들에 대한 증오만을 갖고 있었다. 아버지들은 그들을 방치했다. 그들도 그 기계들의 통제 방법을 몰랐을지 모른다.

지금의 저 아버지의 유령은 자기가 무슨 일을 하고 있는지 알고나 있을까? 거미들은 저 유령의 지시를 제대로 따르고 있을까? 만약 저들이 증오심을 제외하면 어떤 목표도 동기도 없는 난장판일 경우 해왕성의 어머니는 저들의 행동을 얼마나 예측할 수 있을까?

서린은 옷매무새를 다듬고 창고 밖으로 나갔다. 밖은 식당이었다. 반디를 제외한 콜로니의 모든 아이들이 앉아 그녀를 기다리고 있었다.

메뉴판 앞에 선 서린은 손가락으로 그 위에 붉은색 글자들을 쓰고 큰 소리로 읽었다.

"에너지와 중력."

아이들의 시선이 자신에게 모인 걸 확인한 서린은 말을 이었다.

"우리가 신경 써야 할 것은 바로 이것이다. 에너지와 중력.

가장 기본적인 상황을 보자. 여러분은 지금 해왕성의 위성인 트리톤의 궤도 위에 있다. 해왕성은 데메테르를 제외하면 태양에서 가장 먼 행성이며 트리톤은 해왕성에서 가장 큰 위성이다.

이는 에너지를 얻을 수 있는 곳이 극히 제한되어 있다는 것을 의미한다. 태양 에너지는 무의미하다. 안정된 에너지원은 트리톤 뿐이다. 여기서 움직이는 기계들은 98퍼센트가 트리톤에서 에너지를 공급받는다. 나머지 2퍼센트는 해왕성에서 직접 운동 에너지를 얻는 대기 탐사선들 뿐이다.

트리톤과 연결이 끊긴 다리에 있는 아버지의 기계들은 지금 에너지 위기를 겪고 있다. 이미 보유량 절반을 전쟁 준비 중에 썼을 것으로 추정된다. 공사가 끝날 때까지 추가 에너지가 더 들어간다. 프로테우스의 기지를 정복한다고 해도 얻을 수 있는 에너지는 많지 않으며 거기에 들어가는 에너지도 만만치 않다. 그들은 어떻게든 남은 에너지만으로 전쟁을 끝내야 한다. 그건 그들과 우리 모두에게 시간이 많지 않다는 것을 의미한다.

다들 다리의 최근 사진을 보았을 것이라고 믿는다. 거미들은 지금 다리의 한쪽 끝에 있는 사출기를 개조하고 있다. 그들은 그 사출기를 이용해 자신들을 트리톤 궤도를 향해 발사할 것이다. 그들에겐 한 번뿐인 기회이다.

여기서 우린 아버지의 목표가 무엇인지 생각해봐야 한다. 트리톤인가, 콜로니인가.

상식적으로 생각해보면 아버지의 목표는 생존이다. 그리고 생존하기 위해서는 지구에서 그랬던 것처럼 주변의 거대 인공지능을 파괴하고 그 자리를 차지한 다음 물적 자원을 갈취하는 것 이외엔 방법이 없다. 그렇다면 어머니의 뇌가 50퍼센트 이상 존재하고 있고 발전소와 광산이 있는 트리톤이 제1목표여야 한다.

단지 여기엔 문제가 있다. 그것은 중력이다. 말할 필요도 없겠지만 트리톤은 크다. 명왕성보다 큰 포획된 행성이다. 만약 이들의 목표가 어머니의 파괴 뿐이라면 이는 큰 문제가 되지 않는다. 하지만 약탈과 정복이 목적이라면 사정은 다르다. 그리고 지금 거미들은 트리톤 표면에 착륙해 전쟁을 계속할 만한 능력이 없다. 일단 착륙에 필요한 추진체가 부족하다.

콩나물 역시 고려 대상이 아니다. 공격하기 어렵고 너무 느리며 쉽게 노출된다.

이 상황에서 그들이 노릴 수 있는 유일한 목표는 콜로니다. 콜로니에는 수리매들과 동료 거미들이 있다. 여분의 에너지와 추진체도 있다. 콜로니를 정복하고 이를 발판 삼아 트리톤을 공격하는 것만이 그들에게 주어진 유일한 선택이다.

단지 이것은 아버지의 정신이 멀쩡하다는 가정하에 그렇다는 것이다.

지금은 그렇지 않다는 가능성이 만만치 않게 높다. 다리에서 벌어지는 파괴 행위를 보자. 에너지를 최대한 아껴도 모자랄 판에, 거미들은 불필요한 파괴에 시간과 에너지를 낭비하고 있다. 이건 아버지가 거미들을 제대로 통제하지 못하고 있거나 아버지 자신이 제정신이 아니라는 뜻이다. 유령이 되기 전에도 아버지는 제정신이 아니었다. 지난 20년 동안 우주를 떠돌면서 시드에 무슨 일이 생겼는지도 알 수 없다. 이런 상황에서 아버지의 우선순위가 바뀌었을 가능성은 높다. 그건 아버지의 최종 목표가 여러분의 멸종일 가능성도 만만치 않게 높다는 뜻이다. 단순히 콜로니를 파괴하는 대신 여러분을 한 명 한 명 직접 죽여가며 그 쾌락을 즐길 가능성도 만만치 않게 높다.

지금 어머니는 응답이 없다. 아버지에게 빙의되는 것을 막기 위해 콜로니의 거의 모든 인공지능은 정지된 상태다. 지금 상황이 어머니의 계획 안에서 어떤 의미가 있는지 우리로서는 알 수 없다. 확신할 수 있는 것은 단 하나. 여러분의 목숨은 여러분 스스로가 지켜야 한다는 것이다.

어머니의 계획 따위는 걱정할 필요 없다. 일단 살아남아라."

9

JP-3154에겐 자아도, 의식도, 의지도 없었다. 그런 건 시드를 가진 소수만이 갖고 있었다. 예나 지금이나 그것은 주변 시드의 손발에 불과했다. 두뇌 속에서 반짝이며 감각 정보를 해석하고 사지를 놀리는 0과 1의 나열은 JP-3154를 정신 나간 짐승처럼 움직이게 했지만 그렇다고 없는 의식이 생겨나는 건 아니었다.

지금 JP-3154는 동료들과 함께 우주 공간을 가로지르고 있었다. 다리는 8분에 한 번씩 자전했고 사출기가 트리톤을 향할 때마다 열 마리의 거미들이 동시에 발사되었다. 그들은 여섯 번째 공격대였다.

그들의 목표는 트리톤의 궤도를 도는 콜로니였다. 5개월 전 거미알집에서 태어난 JP-3154는 단 한 번도 다리를 떠난 적이 없었다. 하지만 아버지에게 감염된 주변 동료 거미들이 정보를 공유하고 있었기 때문에 그것은 해왕성 주변의 모든 인공 구조물에 대한 상세한 지식을 갖고 있었다.

콜로니의 원통형 몸통이 점점 커져가고 있었다. 지금까지 특별한 반격의 흔적은 보이지 않았다. 먼저 도착한 거미들이 버린 비행장치들이 군데군데 우주공간을 떠돌고 있었다.

급감속한 JP-3154는 먼저 도착한 동료들이 만들어놓은 열두 개의 구멍 중 하나를 향해 날아갔다. 추진체를 다 쓰고 죽어버린 비행장치를 버리고 여덟 개의 팔다리를 펼친 채 구멍 속으로 뛰어들었다. 인공중력에 몸이 뒤로 획 내팽겨쳐졌다. 자세를 바로잡은 거미는 동료들이 만들어놓은 통로를 따라 안으로 들어갔다.

JP-3154에게 주어진 임무는 격납고로 들어가 최대한 많은 수리매를 탈취해 아버지의 영향권에 밀어 넣는 것이었다. 원래 일이 잘 풀렸다면 굳이 거미들을 파견하지 않아도 됐다. 콜로니의 점령은 다리의 점령과 동시에 진행되어야 했다. 하지만 알 수 없는 이유로 콜로니는 아버지의 빙의를 차단했고 JP-3154와 동료들은 성공했다면 굳이 할 필요 없는 개고생을 하고 있었다. 물론 그들에겐 의식이 없었기 때문에 고생은 무의미한 단어였다. 이 개고생 때문에 분노하고 짜증을 내는 건 그들을 조종하는 아버지였다. 갑자기 터져 나오는 분노 때문에 JP-3154의 팔다리가 꿈틀거렸다. 거미는 네 개의 팔을 휘두르며 이미 너덜너덜해진 주변의 금속판을 잡아 뜯었다.

JP-3154의 움직임이 갑자기 멎었다. 임무는 리셋되었고 새로운 정보들이 들어왔다. 격납고에 첫 번째 공격대가 도착해보니 수리매들의 머리가 모두 분리되어 사라져버렸던 것이다. 아버지는 이 상황을 예측했을까? 가능성을 고려했음에도 불구하고 확인하기 위해 굳이 거미들을 격납고로 보내야했던 걸까?

호기심이나 짜증의 방해 없이, JP-3154는 새로 받은 임무를 위한 계산에 들어갔다. 순식간에 같은 계산을 마친 네 마리의 거미들이 거의 동시에 같은 방향으로 움직였다. 그들의 새 목표는 가장 가까운 곳에 있는 신경계 허브였다. 그곳에서 무엇을 할 것인지는 알 바가 아니었다. 그건 그들이 목적지에 도착할 때까지 아버지가 고민할 문제였다.

기계 사이의 복잡한 미로를 누비며 달리던 네 마리의 거미들은 수상한 기척을 느끼고 걸음을 멈추었다. 다음 판단을 내리기도 전에 야구공 크기의 금속공 일곱 개가 굴러오더니 폭발했다. 폭발을 감지한 순간 JP-3154는 반사적으로 팔다리를 몸속에 집어넣었지만 동료 한 마리는 팔다리 다섯 개를 날려버렸다. 남은 팔만 가지고 일어나려고 휘청거리는 거미에게 야구공 두 개가 더 달려들었고 다음 폭발로 남은 다리와 머리가 몽땅 날아갔다.

돌덩이처럼 굴러가던 JP-3154는 다리 두 개를 반쯤 뻗어 뜯겨져 나간 금속판을 잡고 정지한 채 귀를 기울였다. 근처에 다른 거미 둘의 신호가 감지되었다. JP-3154는 콜로니에 들어온 동료들 모두의 위치를 알고 있었다. 그 두 마리는 모두 동료가 아니었다. 반가움도 놀라움도 당혹감도 없었다. 살아남은 세 마리의 거미들은 알집에서 이식한 충격총을 켜고 돌진했다.

모퉁이에서 거미 둘이 튀어나와 JP-3154와 동료들에게 달려들었다. 외부의 관찰자가 있었다면 그들의 개조 상태의 유사성을 재미있어했을지도 모르겠다. 모두 첫 번째 세트의 팔 양쪽에 충격총을 하나씩 달고 있었고 그 충격총은 모두 공사용 기계공구의 디자인을 개조한 것이었다. 제한된 상황에서 짧은 시간 동안 전투 준비를 하면서 양쪽의 거미들이 모두 같은 방향으로 수렴 진화한 것이다.

양쪽의 목표는 모두 같았다. 물리력으로 상대방을 제압하는 동시에 충격총으로 장갑의 가장 약한 부분을 뚫고 내부를 파괴하는 것이었다. 단지 이들은 각각의 핸디캡에 의해 방해받고 있었다. JP-3154의 정확한 판단은 외부에서, 그것도 광속의 한계 때문에 4.4초 딜레이되어 쏟아져 나오는 아버지의 분노에 의해 계속 흔들렸다. 상대방 거미들의 동작은 서툴고 덜컹거리고 거의 무작위적이었다. 인공지능의 개입 없이 외부에서 인간들에 의해 수동조종되고 있는 게 분명했다. 순식간에 콜로니의 거미들은 머리가 폭발하고 팔다리가 끊어진 채 바닥에 뒹굴었다.

JP-3154와 신경망 허브 사이에 콜로니 거미 세 마리가 더 감지되었다. 그 정도면 충분히 뚫고 갈 수 있었다. 하지만 아버지는 계획을 변경했다. 길을 바꾸어 콜로니 내부로 들어가 같은 방향으로 가고 있는 다른 거미들과 합류하라고 명령한 것이다. 거미들은 아무런 의심 없이 새 명령에 따랐다.

최종 목적지로 가는 길은 계속 바뀌었다. 사방에 흩어져 있는 콜로니의 거미들이 그들의 앞길을 막거나 끊었다. 콜로니의 다른 동료들에게는 이런 일들이 거의 벌어지지 않았다. 아버지가 상대하고 있는 누군가가 이들 셋을 임의의 타겟으로 삼은 것이다.

JP-3154의 목 뒤에서 찰칵거리는 소리가 들렸다. 아버지가 자폭장치를 건드린 것이다. 하지만 그 소리는 폭발로 이어지지 않았다. 무언가가 아버지의 명령을 막고 있었다. 아마도 저번 콜로니 거미들과 맞붙었을 때 들어왔던 무언가. 그때 죽어나간 거미들은 실패한 게 아니었던 것이다.

거미들은 일제히 달리기를 멈추었다. 엉거주춤 얼어붙은 자세를 취하고 있는 JP-3154에게 다른 둘이 덤벼들었다. 장갑판을 뜯고 충격총을 조준했다. 그때 JP-3154는 만들어진 이후 처음으로 배신감과 공포에 가까운 무언가를 느꼈다. 적어도 그것의 뇌는 그에 비슷한 반응을 만들어내고 있었다. 어느 순간부터 모순되는 동기가 뇌 속에서 충돌하고 있었다.

천장이 무너지고 네 마리의 콜로니 거미들이 쏟아져내렸다. 그들은 JP-3154에 달라붙어 있는 거미들에 매달려 JP-3154의 등에서 떨어뜨렸다. 거미들의 패싸움이 벌어지는 동안 JP-3154는 그 자리에 우두커니 서서 그네처럼 몸을 앞뒤로 흔들었다.

여섯 마리의 거미들이 모두 움직일 수 없을 정도로 부서져 남아 있는 팔다리를 의미 없이 놀리고 있는 동안 통로는 양쪽에서 달려오는 거미들의 발자국 소리로 시끄러워졌다. JP-3154에게 의식이 있었다면 오히려 해방감을 느꼈을 것이다. 이 순간 그것이 할 수 있는 선택은 아무것도 없었다.

그 순간 작고 검은 무언가가 천장에 난 구멍에서 뛰어내렸다. 콜로니의 인간이었다. 가볍게 JP-3154의 옆에 착지한 그 인간은 JP-3154의 눈을 노려보면서 기계 장갑을 낀 오른손을 목덜미로 가져갔다. 나사들이 풀리는 다르륵거리는 소리가 들렸고 머리 위의 장갑이 떨어져 나갔다. 인간은 무지개색으로 반짝이는 JP-3154의 달걀 모양 뇌를 왼손으로 잡아 뜯고 세 발자국 물러나 목 뒤에 노출된 자폭장치를 충격총으로 쏘았다.

10

"그것은 믿음의 관성이라고 해."

가을 이모가 말했다.

"그게 뭔데?"

생긴 지 얼마 안 된 콩나물 마당의 울퉁불퉁한 표면 위를 휘청휘청 걸으면서 샘물이 물었다.

"그러니까 사람들이 어떤 것을 믿잖아? 살인 사건이 나고 다들 범인이 집사인 줄 알았는데, 알고 봤더니 의사라는 증거가 나와……"

"셜록 홈스 소설처럼?"

"응. 하지만 아무리 분명한 증거가 나와도 어떤 사람들은 여전히 범인이 집사라고 믿는다? 아무리 그 믿음의 바탕이 이상하고 황당해도 어떤 사람들은 끝까지 그걸 안 버려. 사람들은 믿고 싶으니까 그냥 믿어."

"왜?"

"그냥 그렇게 진화했으니까. 그런 믿음을 가진 개체가 생존하기가 수월했거든. 하지만 세상이 복잡해지고 커지면서 점점 그런 믿음이 위험해졌지. 세상과 함께 증오가 커졌고 이해하기엔 너무 복잡해지니까 점점 믿음에 의지하게 됐어. 그리고 그 증오에 바탕을 둔 이상한 믿음들을 거대 인공지능이 삼키기 시작한 거야. 그 때문에 지구와 금성에서 전쟁이 일어났어."

"그럼 우린 달라?"

"어느 정도. 너희들은 이상한 믿음을 쉽게 버릴 수 있게 설계됐어. 지구에 있는 사람들 중 많은 이들이 그러니까 아주 특별하지는 않아. 하지만 너희들에겐 생물학적인 안전장치가 있어. 여러 심리학적 요인들이 묶여 이상한 믿음을 향해 폭주할 가능성이 있을 때 그걸 끊어주지. 너희들은 종교적 믿음이나 집착에 대해 면역력이 있어. 아마 너희들 중 어느 누구도 고리오 영감이나 리어왕처럼 죽지는 않을 거야. 그건 너희들의 몸이 방사능과 무중력 환경에서 상대적으로 안전한 것과 크게 다를 게 없어. 목표는 모두 더 높은 생존률이지."

잠시 말을 끊고 하늘의 중심을 차지하고 있는 트리톤을 올려다보던 가을 이모는 느릿느릿 이야기를 이었다.

"아직 세상엔 인간들이 필요해. 더 많은 시드들이, 생물학적 개별자들이 필요해. 우주엔 더 많은 의지들, 욕망들이 필요해. 우린 살아남아서 그걸 어머니들에게 보여주어야 해."

"그것도 깨질 수 있는 믿음이지?"

샘물이 잽싸게 지적하자 가을 이모는 헬멧 안에서 가볍게 고개를 끄덕였다.

"맞아. 그 믿음은 테스트를 받아야 해."

그때 샘물은 그 테스트가 어떤 것인지에 대해 전혀 생각하지 않았다. 생각했다고 해도 지금의 상황을 상상할 수 있었을까.

지금 샘물은 달리고 있었다. 앞에 놓인 800미터의 직선 통로는 이틀 전에는 존재하지 않았다. 그동안 일곱 개의 벽을 부수면서 죽어간 거미들의 잔해가 사방에 널려 있었다. 아버지의 거미들이 무엇 때문에 그런 파괴 행위를 벌였는지 샘물은 몰랐다. 그들은 신경망 허브 점령과 같은 이해 가능한 목표에서 한참 벗어나 있었다. 그냥 화가 나서 저지른 일인지도 모르지.

벽 근처에서 무언가가 꿈틀했다. 샘물은 충격총을 겨누고 그쪽으로 다가갔다. 반쯤 부서진 아버지의 거미였다. 자폭 장치가 머리를 날려버린지 오래였지만 아직 신경 일부가 살아서 남아 있는 팔 두 개를 목적 없이 놀리고 있었다. 손톱 끄트머리는 모두 피에 젖어 있었다.

가벼운 진동을 발끝으로 느낀 샘물은 옆으로 고개를 돌렸다. 벽 구석에 쌓여 있던 거미 장갑판들이 쏟아져 내렸고 그 밑에 숨어 있던 아이 두 명의 몸이 드러났다. 소라와 이끼였다. 모두 아직 엄마와 연결되지 않은 꼬마들이었다.

"너희 보호자들은 어디에 있어?"

샘물이 묻자 이끼가 벽 한쪽을 가리켰다. 무심코 그쪽으로 눈을 돌린 샘물은 눈을 감았다.

"이제부터 내가 너희 보호자야. 날 따라와."

아직도 겁에 질린 아이들은 주춤거리면서 샘물 곁으로 걸어왔다. 둘 다 크게 다치지는 않은 것 같았다. 얼굴과 우주복에 묻은 피는 모두 다른 사람의 것이었다.

작전은 변경될 수밖에 없었다. 샘물은 헬멧의 통신기를 켜고 서린 이모에게 간단히 상황을 설명했다. 새 명령이 내려왔고 지직 소리와 함께 통신이 끊겼다. 새로 장착한 통신기는 20세기 수준으로 다운그레이드되어 있었다. 여전히 대화는 가능했지만 갑갑하고 불편했다. 더 불편한 건 엄마와 연결되지 않은 상태 자체였다. 정신적으로 감옥에 갇힌 기분이었다.

통로 끝에 도착한 아이들은 거미들의 잔해를 뒤지며 새 출구를 찾았다. 바닥에 난 문을 여니 아직도 남아 있던 공기가 가볍게 위로 밀려 올라왔다. 스캔해보니 적어도 200미터 안쪽에선 작동 중인 거미의 흔적을 찾을 수 없었다. 하지만 아직 안심하긴 일렀다. 지난 이틀 동안 아버지 쪽 거미들은 콜로니의 재료를 이용해 꾸준히 자신의 몸을 개량해왔다. 그동안 스캔을 피하는 방법을 찾아냈을 수도 있다. 은폐 기술의 적용에 대해서는 전쟁 경험이 많은 아버지가 더 많이 알았다.

직접 싸움에서 인간들은 아무리 무장하고 있어도 거미들의 상대가 안 됐다. 그런 건 옛날 평면 영화 속에서나 가능한 일이었다. 전투 데이터를 다운받아도 신경 속도와 근력의 한계를 극복할 수 없었다. 아이들이 조종하는 거미들도 언제나 일대일 싸움에서 밀렸다. 그건 공격이 시작되기 전부터 인정하고 계산에 넣어야 했던, 바꿀 수 없는 상수였다.

더 두려운 것은 아버지가 점점 더 가까이 오고 있다는 것이었다. 첫 번째 전투가 시작되었을 때 다리와 콜로니의 거리는 60만 킬로미터 정도였고 둘 사이의 간격은 점점 더 벌어지고 있었다. 당시엔 콜로니의 거미들과 아버지 사이엔 2.2초, 그러니까 왕복 4.4초의 간격이 있었다. 하지만 그 간격은 이틀 동안 점점 줄어들고 있었다. 기적적으로 광속을 극복하는 방법을 발견한 게 아니라면 아버지는 점점 콜로니를 향해 접근 중이었다.

두뇌의 압축은 필수불가결한 일이었다. 정보를 주고받는데 몇 초씩 걸리는 뇌세포 먼지로 할 수 있는 건 한계가 있었다. 아버지가 다리를 공격한 것도 해왕성 주변 궤도에 흩어져 있는 정보들을 압축할 수 있는 새로운 두뇌를 만들기 위해서였다. 다리에 세워진 아버지의 두뇌는 유령이 가진 정보의 80퍼센트를 먹어치울 수 있을 만큼 성장했고 여전히 주변에 떠도는 나노봇들을 활용해 상황을 통제하고 있었다. 그건 이전부터 알고 있었다.

하지만 그 두뇌가 콜로니를 향해 날아오고 있다는 건 전혀 다른 일이었다. 그동안 콜로니에서는 꾸준히 다리를 관찰해 왔지만 거미보다 큰 무언가가 다리를 떠나는 걸 감지해내지 못했다. 콜로니의 아이들이 거미들과 싸우는 동안 은폐 장치를 갖춘 무언가가 다리를 떠나 느릿느릿 콜로니를 향해 다가오고 있었던 것이다.

이제 아버지와 콜로니 사이의 간격은 7만 킬로미터였다. 지금까지 콜로니에서는 광속의 한계가 만들어낸 그 짧은 간격 사이에 얇은 칼을 밀어넣는 식으로 버텨왔지만 얼마 지나지 않아 아버지는 지금까지 점령한 콜로니의 영토와 거미들을 방해 없이 직접 통제할 수 있게 될 것이다.

누가 이기건 이 도박은 곧 끝날 예정이었다.

사다리를 타고 내려간 아이들은 구석에서 웅크리고 앉아 다시 주변을 스캔했다. 다섯 마리의 거미들이 600미터 저편에서 잡혔다. 이들은 모두 다섯 시간 전에 정복한 신경망 허브를 개조하느라 바빴다. 하지만 굳이 위험을 자초할 필요는 없었다. 스캐너가 지도 위에 안전한 길을 그려주자 아이들은 다시 일어나 걸었다.

15분 동안 좁아터진 미로를 기어간 끝에 아이들은 간신히 은신처에 도착했다. 은신처라고 해봐야 다섯 명의 아이들이 더 있고 아직까지 아버지의 손이 닿지 않은 밀폐된 공간이란 의미밖에 없었다. 이틀 동안 네 명의 동생들을 이끌면서 콜로니 이곳저곳으로 숨어 다녔던 보호자인 솔잎은 지치고 겁에 질린 얼굴이었다. 차라리 샘물처럼 직접 전쟁에 나섰다면 덜 고통스러웠을지도 모른다.

"아까 연두의 귀신을 봤어."

솔잎이 말했다.

"뭐라고 그러든?"

"아버지에게 오라고."

"그게 다였어?"

"요약하면 그렇다는 거지. 어차피 이번 전쟁은 아버지가 이긴다. 아버지에 대한 헛소문은 믿어서는 안 된다. 그럴싸했어. 논리도 나쁘지 않았고. 무엇보다 생김새에서부터 말투에 이르기까지 진짜 연두 같았어."

"그래서 넌 어떻게 했니?"

솔잎은 왼손을 휘저으며 힘없이 웃었다.

"악마야, 물러가라."

다행히도 아직까지 귀신은 농담거리가 될 수 있었다. 하지만 이것도 한계가 있었다. 지금이야 감각을 건드려 죽은 친구의 귀신을 만들어내는 수준이었지만 언젠가는 그들의 뇌 전체를 정복하려 할 것이다. 그들은 아직까지 정복되지 않은 시드였고 아버지는 그걸 두고 볼 수 없었다.

샘물은 아이들을 솔잎에게 맡기고 은신처에서 나왔다. 1초도 아까운 상황에 거의 한 시간을 날려버렸다.

35분 뒤, 샘물이 도착한 원래 목적지는 사정이 좀 나았다. 일곱 개의 출구를 거미들이 막고 있었고 공간도 그럭저럭 넉넉했다. 하지만 이 역시 영구적인 은신처는 못 되었다. 모두 여차하면 움직일 준비를 하고 있었다.

구석에서 서린의 얼굴을 발견한 샘물은 주머니에 들어 있던 아버지 쪽 거미 두뇌 세 개를 내밀었다. 서린은 그것들을 모두 케이스를 벗겨낸 테스터 안에 넣었다. 하나는 반쯤 고장나 있었지만 나머지 두 개는 멀쩡했다. 이제 자폭 직전에 구해낸 거미의 뇌는 열일곱 개였다. 이들을 이용해 아버지와의 연결망을 확보하고 역습하는 것이 서린의 계획이었다. 이 계획이 얼마나 진척되었는지 샘물은 알 수 없었다. 우주 공간에 흩뿌려져 콜로니 주변의 나노봇과 일당백의 전투를 벌이고 있는 벌레들이 얼마나 살아남았는지는 물어볼 생각도 나지 않았다.

"아버지는 열 시간 안에 도착할 거야. 우리의 방어력이 무너지는 건 일곱 시간 뒤부터고."

서린은 아이들을 모아놓고 차분하게 설명했다.

"그동안 어떻게든 벌레들로 아버지에게 접속을 시도해볼 거야. 하지만 일곱 시간 뒤부터는 우리가 할 수 있는 일이 없어. 아버지는 콜로니를 장악하고 너희들도 넘볼 거야. 그럼 아직 엄마와 연결되지 않은 어린아이들은 완전히 무력한 상태로 남고 말아. 그 뒤엔 무슨 일에 일어날지 알 수 없어. 너희들도 지금은 모를 수가 없겠지만 아버지는 미쳤으니까. 너희들이 아버지의 손발이 될 가능성을 대비해야 해."

서린은 테스터 밑의 서랍에서 종이 상자를 하나 꺼냈다.

"이건 내가 개조한 벌레야. 입에 물고 있으면 입천장을 뚫고 위로 올라가 너희들의 접속장치를 파괴할 거야. 조금 더 빨리 주었어야 했는데 만드는 데에 시간이 좀 많이 걸렸어. 지금이라도 늦지 않았으니까 나눠주려 해.

당장 삼킬 필요는 없어. 어머니가 언제라도 너희들에게 직접 연락할 가능성을 대비해야 해. 벌레는 최후의 수단이야. 지금까지 어머니가 침묵을 지키고 있었던 건 자기 보호를 위해서였을 가능성이 커. 하지만 아버지가 콜로니를 정복하고 트리톤을 노릴 때까지 가만히 이러고만 있을 리는 없어. 그건 자기 보호의 목적에서 어긋나니까. 분명 무언가 물리적인 행동을 할 거야. 아버지 역시 그 행동을 예상하고 있을 거고. 아까 풀빛이 연락해왔는데, 지금 격납고에서는 수리매들을 개조하고 있어. 떼어낸 머리에 거미의 뇌를 달고 신경망을 재배치하고 있지. 몇 시간 뒤에 개조가 끝난 수리매들과 비행장치를 단 거미들이 아버지를 향해 출발할 거야. 앞으로 있을 수도 있는 공격에서 아버지를 보호하기 위해서지. 곧 너희들의 운명을 바꿀 수도 있는 우주전이 벌어져. 그리고 지금 우리로서는 그 결과를 예상할 수 없어. 하지만 어떻게든 이 상황을 너희들에게 유리하도록 끌어가는 게 내 임무겠지."

잠시 침묵이 흘렀다. 주변에 모인 열두 명의 아이들은 무슨 말을 해야 할지 알 수 없었다. 한참 동안 지속되던 침묵을 끊은 것은 샘물이었다.

"도대체 왜 그러는 거야?"

"뭐가?"

"왜 여기까지 와서 우리를 돕냐고. 클랜은 더 이상 없다며. 우리에 대해 잘 알지도 못하잖아. 왜 여기 온 거야?"

잠시 서린의 얼굴 위로 알 수 없는 희미한 표정이 스쳤지만 헬멧 너머에서는 그 의미를 읽기 어려웠다. 서린은 의자를 살짝 뒤로 밀치고는 조용히 대답했다.

"너희는 가을의 아이들이니까."

11

더 이상 무슨 이유가 필요했을까. 그 아이들이 가을이 남긴 작품이라는 것, 가을의 인생의 일부라는 것. 그것으로 충분하지 않았는가.

서린은 자신이 아이들을 완벽하게 납득시켰다고 생각하지 않았다. 그럴 필요도 없었다. 아이들은 아마 그녀의 답변을 온전하게 이해할 수 없는 지구인의 헛소리라고 생각했을 것이다. 그들을 굳이 이해시킬 필요는 없었다. 스스로를 이해시키는 것만으로 충분했다.

수리매가 앞으로 튕겨 나갔고 서린의 몸은 그와 함께 뒤로 밀렸다. 머리와 함께 조종석은 떨어져 나갔지만 그녀가 타고 있는 우주선엔 벽에 넣을 수 있는 보조좌석이 하나 있었다. 거미들은 내부를 개조하면서 우주선의 불필요한 물건들을 다 떼어냈지만 이 좌석만은 남겨두었다. 굳이 앞에 있을 필요도 없었다. 필요한 시각 정보들은 모두 릴리안 기시의 두뇌가 전송해주고 있었다. 앞에 장착된 거미의 뇌는 새 두뇌에 잡아먹힌지 오래였다.

릴리안 기시는 트로이의 목마였다. 콜로니에 도착한 뒤로 릴리안의 시드는 복사되어 오노라타 로디아니의 시드가 시들어가며 남겨둔 빈 자리를 조금씩 채워갔다. 아버지의 공격이 시작되기 직전에 서린은 릴리안 기시의 원래 두뇌를 떼어내 머리가 잘린 수리매 중 하나에 심었다.

착각일 수도 있겠지만 릴리안은 조금 신이 난 것 같았다. 이전에 갇혀 있었던 솔방울 모양의 행성간 우주선보다 수리매가 할 수 있는 게 훨씬 많았다. 동료 수리매들의 기계적인 비행을 그럴싸하게 흉내 내는 동안에도 릴리안의 움직임엔 은근한 흥이 담겨 있었다. 서린은 동료들이 이를 눈치채지 못하길 바랐다.

서린은 격납고까지 그녀를 따라와주었던 풀빛과 샘물이 무사히 은신처로 돌아갔길 바랐다. 그들은 굳이 거기까지 따라올 필요는 없었다. 어차피 들통나면 계획 자체가 끝이었다. 하지만 그들은 그녀의 거절을 받아들이지 않았다.

잠시 관성 비행을 하던 우주선이 천천히 감속하기 시작했다. 그와 함께 릴리안은 서린에게 보내는 직사각형의 영상 중앙에 화살표를 찍었다. 자세히 들여다보니 12면체의 보석처럼 생긴 투명한 무언가가 화살표 밑에서 반짝이고 있었다. 아버지를 태운 우주선이었다. 이 이미지는 릴리안 기시가 수정한 것으로 맨눈으로 보면 전혀 눈치챌 수 없었을 것이다.

이제 수리매와 거미들은 12면체와 함께 다시 트리톤의 궤도를 향해 날아가고 있었다. 12면체의 투명한 몸체는 살짝 붉은 빛을 내고 있었다. 콜로니의 망원경으로도 충분히 보였을 것이다. 이 정도 거리에서 더 이상 은폐는 의미가 없었다. 이 속도라면 우주선은 한 시간 안에 콜로니에 도착한다. 그때까지만 버티면 된다.

경고등이 켜졌다. 한 무리의 둥근 물체들이 콩나물에서 쏟아져 나오고 있었다. 어머니가 지금까지 준비하고 있었던 무기가 이거였나? 지금까지 뭔가 엄청난 계획을 숨겨두었던 게 아니라 그냥 방법이 없었던 거였나?

수리매와 거미들이 보호 대형을 취하기 시작했다. 은근슬쩍 그 대형 속에 녹아든 릴리안은 그들이 보호하고 있는 우주선에 대한 정보를 서린에게 보냈다. 반은 동료 수리매와 거미들이 공유하고 있는 것이었고 나머지 반은 스캔을 통해 직접 알아낸 것이었다. 우주선은 일회용이었고 극단적으로 단순했다. 오로지 다리에서 콜로니까지 아버지의 뇌를 옮긴다는 목적 하나만을 위해 설계된 기계였다. 자잘한 수많은 변수들에 대한 대응은 누락되어 있었다.

그 누락된 변수 중엔 우주복을 입은 인간도 포함되어 있었다.

어머니가 쏘아올린 공들이 공격을 시작했다. 사방에서 초록색 폭발이 일어났고 대형은 흔들렸다. 옆에 있던 수리매

하나가 반토막이 났고 거의 동시에 주변의 공 두 개가 산산조각이 났다. 불꽃놀이 한가운데에 뛰어든 작은 새가 된 기분이었다.

적당히 분위기를 맞추며 폭발 사이를 오가던 서린의 수리매는 은근슬쩍 12면체 정면으로 갔다가 급감속했다. 수리매는 감속용 분사구 바로 뒤에 충돌했다. 우주선 앞에 커다란 구멍이 생겼고 수리매의 선체는 그 안으로 2미터 정도 들어갔다. 화물칸의 입구를 통해 기어 나온 서린은 수리매가 만든 구멍의 틈 사이를 통해 안으로 들어갔다.

아버지의 우주선 내부 설계에는 인간에 대한 배려 따위는 반영되어 있지 않았다. 복도도 없었고 방도 없었다. 우주선 내부는 그림 동화책에 나오는 찔레꽃 숲 같았다. 가느다랗고 삐죽삐죽한 금속 구조물이 안을 엉성하게 채우고 있었다. 서린은 붉게 달아오른 발열검으로 그 구조물을 자르면서 안으로 들어갔다.

중심부로 들어갈수록 서린의 감각은 점점 오염되어갔다. 침입자의 존재를 눈치챈 아버지가 접속장치를 통해 서린에게 온갖 감각정보들을 퍼붓고 있었다. 다행히도 한동안은 버틸 만 했다. 이전부터 서린의 뇌와 연결된 릴리안의 시드가 방어막을 만들어주고 있었다.

그렇다고 고통이 사라지는 것은 아니었다. 접속장치를 통해 서린의 기억을 읽은 아버지는 최악의 기억들만 골라 서린의 눈과 귀에 뿌렸다. 지구에서 지옥과 같은 전쟁을 통과하며 자란 서린에겐 아버지에게 줄 재료가 충분했다. 서린이 멈추지 않자, 아버지는 이번엔 다른 것을 가져왔다. 죽은 아이들과 콜로니의 인공지능을 통해 얻은 가장 야비한 기억. 바로 가을의 죽음이었다. 기기 이상을 일으킨 수리매와 소행성과 충돌하고 우주복이 찢겨나간 가을의 몸이 프로테우스 저편으로 사라져갔다……

그 순간 서린은 오히려 안정을 찾았다. 그녀는 이를 악물었고 발열검을 쥔 오른손엔 힘이 들어갔다. 가을의 죽음을 보는 건 고통스러웠다. 하지만 이것이 아버지가 낸 결정패라니 그냥 우스꽝스러웠다. 그건 오히려 서린을 자극할 뿐이었다. 스스로의 사디즘에 취해 아버지는 계속 헛발질을 하고 있었다. 아버지는 비이성의 창조물이었고 비이성의 희생자였다. 지구에서 화성의 어머니에게 멸망당한 것도 비이성 때문이었고 몇 시간 전 콜로니에서 깨어난 릴리안의 시드가 정복당한 신경망 허브를 하나씩 되찾을 수 있었던 것도 아버지의 비능률적인 비이성 때문이었다. 분노하는 기계, 혐오하는 기계는 온전한 기계가 아니었다.

마침내 서린은 우주선의 중심부에 도착했다. 지름 2미터의 오팔빛 구체가 강화막을 입은 유리 원통 안에 든 끈적거리는 액체 한가운데에 떠서 느릿느릿 회전하고 있었다. 서린은 발열검을 휘둘렀지만 원통은 끄떡도 하지 않았다. 기대도 하지 않았다. 서린에게도 그것은 일종의 시위였다.

갑자기 날카로운 통증이 등을 찔렀다. 서린은 비명을 지르며 뒤를 돌아보았다. 거미 한 마리가 피 묻은 손톱을 휘두르고 있었다. 서린이 찔레꽃 숲을 뚫고 전진하는 동안 서린이 만든 통로를 통해 안으로 들어왔던 것이다. 지금 그 거미는 귀찮은 모기를 잡아 죽이려는 거대한 손처럼 서린을 공격하고 있었다. 서린은 발열검으로 거미의 손을 하나 잘라냈지만 거미는 그와 거의 동시에 다른 손으로 서린의 오른손을 잘랐다. 튕겨 나간 손과 발열검은 찔레꽃 숲 저편으로 사라져갔다.

서서히 공기가 빠져나가는 우주복 속에서 가쁜 숨을 쉬면서 서린은 릴리안이 전해주는 정보를 빨아들였다. 우주선의 릴리안과 콜로니의 릴리안은 하나가 되어 있었다. 그리고 그녀도 이제 어느 정도 그들의 일부였다. 서린은 원통 뒤로 몸을 피하며 정신을 집중했다.

그리고 그 다음 온몸의 힘을 뺀 채 아무런 저항 없이 아버지를 받아들였다.

승리감에 찬 아버지의 정신이 서린의 뇌 속으로 들어왔다. 방 안에 들어온 귀찮은 벌레를 잡는 것처럼 뇌 속의 정보를 으깨고 불태우고 산산조각냈다. 그와 함께 원통 뒤로 돌아온 거미는 남아 있는 손으로 서린의 몸을 닥치는 대로 찔러댔다. 그 순간 아버지에게 서린을 벌하는 것은 콜로니를 정복하고 어머니를 정복하고 살아남는 것보다 중요했다.

한참 파괴 행위에 몰두하던 아버지는 갑자기 싸늘한 기분에 사로잡혔다. 무언가가 잘못되어가고 있었다. 분노가 사라져갔고 사고는 둔해져갔다. 무언가 이질적인 것이 아버지의 정신 속으로 들어오고 있었다. 아버지는 거미의 눈으로 원통 주변에 떠다니는 서린의 시체를 보았고 그 순간 무슨 일이 일어났는지 알아차렸다.

서린의 접속장치를 통해 릴리안이 아버지의 뇌 속으로 들어왔던 것이다. 저 여자의 진짜 목적도 처음부터 그것이었던 거다. 아버지의 분노를 자극하고 욕설을 받아들이면서 릴리안이 좀도둑처럼 아버지 속으로 들어올 수 있게 문을 열어주는 것.

아버지는 주변이 천천히 어두워지는 것을 느꼈다. 릴리안이 해왕성 주변 나노봇들의 통제권을 강탈한 것이다. 릴리안의 새로운 명령은 광속으로 해왕성 주변에 퍼져갔고 그들은 더 이상 아버지의 유령이 아니었다. 아버지는 이제 12면체의 감옥에 갇힌 지름 2미터의 돌이었다.

그리고 그 돌은 천천히 트리톤으로 떨어지고 있었다.

아버지를 멸망시키는 방법은 그렇게 간단했다. 에너지와 중력이 답이었다. 약간의 감속. 약간의 방향 전환.

아버지는 다가오는 물리학적 재난에서 벗어나기 위해 발버둥쳤지만 소용이 없었다. 릴리안은 이미 우주선의 통제권을 50퍼센트 이상 장악하고 있었다. 추진제는 버려졌고 엔진은 작동하지 않았다. 포물선을 그리며 콩나물을 300킬로미터 밖에서 지나친 우주선은 천천히 트리톤의 희박한 질소 대기 속으로 떨어져갔다.

12

샘물은 천천히 우주복을 벗었다. 아버지의 공격이 시작되고 나흘 만이었다. 아직 콜로니 내부의 원통 안은 진공이었지만 아이들이 모여 있는 두 건물에는 공기가 들어와 있었다. 릴리안 기시의 통제하에 콜로니는 조금씩 살아나고 있었다.

샤워를 하고 평상복으로 갈아입은 샘물은 식당으로 나갔다. 살아남은 아이들 대부분이 여기에 모여 있었다. 오지 못한 여섯 명은 맞은편 건물의 병원에 있었다. 막 수리가 끝난 음식 제조기가 저녁을 만들고 있었다. 오늘의 메뉴는 핑크색 꽈배기, 초록색 막대기, 하얀 공이었다.

식당의 분위기는 가라앉아 있었다. 전쟁으로 열여섯 명이 죽었다. 그중 두 명은 아직 접속장치를 달지 않은 어린아이들이었다. 샘물은 그 아이들이 생전에 무슨 생각을 품고 무슨 꿈을 꾸었는지 끝끝내 알 수 없을 것이다.

엄마의 차갑고 모호한 침묵에 익숙해져 있던 샘물에게 릴리안은 조금 귀찮고 짜증이 났다. 우주선 인공지능의 시드가 종종 그렇듯 릴리안은 지나칠 정도로 사람을 흉내냈고 종종 아무 의미가 없어 보이는 대화를 시도했다. 그 흉내가 너무 정교해서 샘물은 종종 방심하다가 넘어갈 뻔했다. 다행스럽게도 다른 아이들은 그 위장된 친근함을 좋아하는 것 같았다. 아이들을 위로하기 위해 일부러 그런 태도를 취하고 있을 가능성도 있었다.

서린이 탄 아버지의 우주선이 트리톤의 적도 부근에 추락하자마자 엄마는 침묵에서 깨어났다. 하지만 그때는 이미 릴리안이 콜로니를 장악한 뒤였고 그 뒤로 샘물은 엄마로부터 어떤 연락도 받지 못했다. 지금까지 릴리안의 태도를 보면 이 상황은 앞으로도 크게 달라질 것 같지 않았다. 이제 해왕성의 영역을 지배하는 인공지능은 두 개가 되었다. 엄마의 독재가 깨진 것이다.

샘물은 태양계의 어머니들이 십여 년 전부터 이 전쟁을 준비하고 있었다는 걸 알고 있었다. 아버지가 태양계 사방에 남긴 쓰레기를 제거하기 위해 이 전쟁은 일어나야만 했다. 그것은 신들의 도박이었다. 하지만 어머니들은 지금의 상황을 얼마만큼 예측했던 것일까? 정말 이것이 최선의 수였을까? 아이들을 한 명도 죽이지 않고 상황을 해결하는 방법은 정말로 없었던 것일까? 처음부터 아이들은 버리는 패였던 걸까? 서린의 계획은 이 계획에서 어느 정도 비중을 차지하고 있었던 걸까?

하얀 공을 뜯어먹으며 샘물은 서린에 대해 생각했다. 한 달 전 갑자기 나타나 그들의 인생을 뒤흔들고 사라졌던 심술궂고 무뚝뚝한 여자. 끝까지 속을 드러내지 않으면서 그들을 전쟁터에서 이끌었던 여자. 샘물은 살아남은 서린이 식탁 맞은편에 앉아 음식 제조기가 만든 꽈배기를 먹는 모습을 상상하려 했지만 잘 되지 않았다. 서린은 처음부터 살 생각이 없었다. 처음부터 아버지와 함께, 클랜과 함께 죽으러 이곳에 온 것이다.

서린의 죽음과 함께 아이들은 자유를 얻었다. 클랜으로부터의 자유, 아버지로부터의 자유 그리고 아마도 엄마로부터의 자유. 아마도 가을 이모와 서린으로부터의 자유. 이 자유가 무엇을 의미하는지 샘물은 몰랐다. 아니, 자유가 무엇인지도 아직은 알 수 없었다. 이 거대한 신들의 놀이터에서 자유인이란 것이, 스스로의 선택을 할 수 있다는 것이 무슨 의미인가.

지금부터 생각해보면 되겠지.

샘물은 남은 하얀 공 조각을 입에 넣고 물을 들이키며 생각했다.

아직 우리에겐 시간이 있으니까.

그리고 쓸데없는 집착에 빠지지 않게 막아주는 면역력도.

작가 후기

〈당신은 뜨거운 별에〉를 쓰면서 내가 가장 참고한 책은 인지과학자이자 퓰리처상 수상 작가인 더글러스 호프스태터와 철학자 대니얼 데닛이 함께 쓴 《이런, 이게 바로 나야!》(사이언스북스)였다. 이 책에는 데닛과 철학자 데이비드 흘리 샌퍼드가 각각 쓴 콩트, 그리고 그에 대한 데닛의 에세이가 실려 있다.

데닛이 쓴 콩트 〈나는 어디에 있는가〉는 몸과 뇌를 분리하는 일에 대한 사고실험이다. SF소설처럼 구성돼 있는데, 여기서 데닛은 핵탄두를 회수하기 위해 뇌는 안전한 곳에 두고 나머지 몸만 핵탄두가 있는 곳으로 보내는 상황을 상정한다. 샌퍼드가 쓴 콩트 '나는 어디에 있었는가' 역시 몸과 뇌에 관한 사고실험이며, 마찬가지로 SF 형식을 취하고 있다. 이 글은 데닛의 콩트와 에세이를 보충하고 반박한다.

사실 나는 아주 어린 시절에 이와 비슷한 아이디어를 소설로 읽은 적이 있다. 레이먼드 존스의 소설 《사이버네틱 브레인즈The Cybernetic Brains》인데, 이 소설은 《합성 뇌의 반란》이라는 제목의 아동용 SF로 한국에 소개되었다. 어린 나이에 읽기에는 끝이 퍽 슬펐다. 아이디어회관 'SF 세계명작 시리즈'의 열두 번째 책이었다.

인간이 오래 버틸 수 없는 지표면에서 활동하는 탐사 로봇과 높은 궤도에서 그 로봇을 조종하는 우주인들이라는 설정은 아이작 아시모프의 유명한 단편 〈스피디_술래잡기 로봇〉에서 가져왔다. 이 단편의 배경은 수성인데, 나는 금성을 택했다. 〈스피디_술래잡기 로봇〉은 《아이, 로봇》(우리교육)에 수록돼 있다.

엄청난 명성을 쌓은 천재 어머니와, 그 어머니의 천재성을 물려받지만 애정은 받지 못해 고통받고 멀어진 딸의 관계는 무라카미 하루키의 《댄스 댄스 댄스》(문학사상)에서 영향을 받았다. 이 소설에는 아메雨와 유키雪라는 모녀가 등장한다.

흠모하던 작가분들과 함께 책을 낼 수 있게 돼 영광이다. 작품집을 기획하고 작업 내내 많이 애써주신 김남희 편집자와 한겨레출판에 감사드린다.

"난 SF 잘 몰라"라는 감상평을 말해준 HJ에게도 감사의 말을 전한다.

이 책의 첫 기획은 "한국적인 SF"였다. 그런데 작가 라인업이 완전히 꾸려지고 소재가 "태양계"로 바뀌면서 한동안 뭘 써야 할지 아무 생각도 나지 않는 상태가 되고 말았다. 어떤 천체를 골라야 할지도 마찬가지였다. 하지만 다행히 다른 작가분들이 모두 진취적인 선택을 해주시는 바람에, 그 틈을 타서 일단 살기 좋은 행성에 안전하게 자리를 잡을 수 있었다.

역시 화성이 배경인 이야기이지만, 이 글은 《첫숨》의 외전이나 프리퀄은 아니다. 물론 간접적으로는 관련이 있다. 《첫숨》을 쓰면서 나는 지구와 화성, 그리고 근처 궤도에 자리 잡은 다양한 형태의 인간 공동체와 거기에 뿌리내린 정치체들의 관계를 "국제"관계라고 부르는 일에 어색함을 느끼곤 했다. 나라 사이, 즉 국제國際라는 말은, 근대국가라는 형식의 대단히 표준화된 단위들 간의 관계를 지칭하는 말인데, 거기에 비하면 《첫숨》의 정치체들은 비교도 안 되게 다양한 양상을 띠고 있었기 때문이다. 일단 '첫숨' 자체가 우주에 떠 있는 도시국가였으니 국제라는 말은 사실 빌려온 옷 같은 표현일 수밖에 없었다. 그래서 그 글을 쓰는 중간중간 나는 그 말을 대체할 용어를 모색해보곤 했다. 그러나 결국은 답을 찾을 수 가 없었다. 좀 더 본격적인 연구가 필요한 주제였기 때문이다. 그래서 다음 작업으로 이 과제를 넘기고 말았는데, 〈외합절 휴가〉는 그 결론으로 가는 긴 과정의 하나로 보아도 무방할 것이다.

그런데 딱 두 개의 행성만을 고려한 이 사례 연구에는, 사례를 확장해도 여전히 유효할 것 같은 어떤 함의가 포함되어 있다고 생각한다. 제국이나 그와 유사한 규모의 통일된 정치체는 등장할 수 없고, 단지 봉건체제만이 우주시대 인류가 취할 수 있는 유일한 지배체제이리라는 결론이 그것이다. 지배를 추구하는 공동체가 있다면 말이다. 그렇다고 앞으로 쓰게 될 모든 글에서 다시는 우주제국 같은 것을 언급하지 않으리라는 선언을 하고 싶은 것은 아니지만, 아무튼 지금 단계에서 이 작업의 결론은 꽤 분명하다.

또한 이 글은 김은경이 주인공인 이야기다. 아는 분도 있고 모르는 분도 있겠지만 나에게 이 점은 나름 의미가 있는 지점이다. 작년부터 여기저기에 밝히고 다니는 것처럼, 내 소설의 기본 인간이었던 김은경이 다시 돌아와 활발하게 활동하는 시대가 되었는데, 집필 시점과 출간 시점이 다른 경우가 많다 보니 이런 곳에서 작가가 직접 밝히지 않으면 순서를 파악하기가 쉽지 않을 듯하다. 컴백한 은경 씨의 첫 무대는 다름 아닌 바로 이 소설이다. 작년에 출간된 《예술과 중력가속도》에도 김은경이 계속해서 등장하는 것은 단지 그 책에 실린 단편 중 많은 수가 은경 씨의 가장 활발했던 활동 시기에 완성된 글들이기 때문이다. 앞으로 펼쳐질 김은경의 새로운 황금기도 계속해서 지켜봐주시기 바란다. 이 글 이후 여러 단편과 장편에 등장하면서 은경 씨는 다시 "언제나 이야기의 중심에 선 사람"으로서 스스로의 존재감을 되찾을 수 있었다.

덧붙이자면, 화성의 빠른 달은 정말로 희한한 천체다. 과학소설을 쓰기 위해 공부를 하다보면 지구 아닌 곳에 가서 직접 살고 싶다는 생각은 점점 사라지게 마련인데, 어쩌면 포보스가 있는 곳에서 몇 년쯤 살아보는 건 꽤 재미있는 일일지도 모르겠다는 생각이 들었다. 그게 이 글을 감상하는 포인트 중 하나일지도 모르겠다. 개척하러 간 게 아니라, 오래 눌러 살게 된 사람들의 이야기. 결과적으로 이 책에서 내가 맡게 된 과제는 탐험이 아니라 삶이었던 모양이니까.

'타인의 몸에 들어간 인격'을 다룬 SF 서사는 많고도 많지만, 내가 처음 그 개념을 접한 것은 어린 날 고유성 화백의 〈로보트 킹〉에서였다. 나는 그 만화를 정말 좋아해서, 모든 장면과 대사를 외울 정도로 보고 또 보았는데, 그 만화의 주인공 중 한 명인 '호연'이 사람의 기억을 이식한 사이보그였다.

사이보그라는 말을 포함해 SF의 많은 기초 개념을 나는 그 만화에서 처음 접했는데, 그중 오랫동안 내 기억에 남아 의문을 남긴 장면이 있었다. 호연이 처음 다른 주인공인 탄을 만났을 때 자신을 로봇으로 속여 소개하는데, 탄은 호연을 하인처럼 부려먹었다. 하지만 나중에 호연이 인간의 기억을 심은 사이보그라는 것을 알게 되자 정중하게 고개를 숙이며 "큰 실례를 했다"고 사과한다. 나는 그 장면을 꽤 오랫동안 해석하지 못했다. '탄의 태도는 왜 변한 걸까?', '이전과 지금의 호연은 아무 차이도 없는데, 왜 탄의 태도는 변한 걸까?'

기계와 생물의 인격 교환은 그 후 꽤 오랫동안 내 관심사 중 하나였다. 물리적인 교환이 납득이 가지 않았을 무렵에는 가상세계라면 가능하리라는 생각에서 〈스크립터〉를 쓰기도 했다. 《7인의 집행관》을 끝낸 뒤 나는 '인간의 몸에 들어간 기계인격'을 좀 더 구체적으로 보여주는 작품을 쓰고 싶었다. 처음에는 같은 세계관의 외전으로, 기계인격의 기원을 다룰 생각이었고, 그 자체로 집행의 한 에피소드가 될 예정이었다. (전작을 보신 분은 비슷한 구도와 비슷한 인물 군상을 찾아낼 수 있을지 모른다.)

'기계인격이 왜 인간의 몸에 들어갔을까'에 대한 답은 1년쯤 지나 떠올렸고, 배경이 되는 공간은 이 중편집에 참여하면서 정했다. 우주라면 어디든 상관없었기에 다른 분들이 잡은 행성을 피해 토성의 타이탄을 무대로 잡았다.

기계인격에 공감하는 일은 생각 외로 고되었다. 내 이성을 감정과 분리시키고, 내 생물학적인 몸을 낯설고 불편하게 느끼는 일은 정신적으로 혼란스럽고 지치는 일이었다. 하지만 '생존 본능이 없어 무심하게 희생적인' 기계인격은 내가 늘 매력적으로 생각해왔던 소재고, 이를 그려내는 것은 즐거웠다.

네 작가가 토론으로 주제를 맞추고 시작한 중편집이다. 서로의 작품을 보지 않고 썼는데도, 같은 공간이라는 설정을 공유하고 같은 시기에 집필했다는 것만으로도 이만한 통일성을 가질 수 있는가에 대해 놀라기도 했다. 소설의 배경이 공간적으로 멀어질수록 시간적으로도 멀어지고, 같은 세계관처럼 소재와 서사가 이어졌다. 청소로봇의 모양만 후에 재미 삼아 추가했다.

SF를 쓰는 사람으로서 중편 지면의 소중함에 대해서도 생각하게 되었다. 많은 지면이 일반문학의 습관에 따라 원고지 80~100매의 길이를 요구하지만, 내 생각에 장르문학에서 그 길이는 세계관 설정을 풀어놓기에도 모자랄 때가 많다. 이번에는 적당히 이야기의 몸집을 불릴 수 있어서 숨이 다 트이는 기분이었다.

좋은 작가를 모아주시고 좋은 기획을 해주신 한겨레출판과 김남희 편집자께 감사드린다.

각각 우리 태양계의 행성이나 위성을 하나씩 골라잡고 모험담을 쓰자는 아이디어는 내가 냈다. 그러니 이 책 모양새의 1차적인 책임은 나에게 있다. 배경이 태양에서 멀어질수록 조금씩 미래로 가는 구성은 우연히 만들어진 것이다. 하지만 개별작품들이 1차로 완성된 뒤 이들을 하나의 미래사로 묶으려는 희미한 시도가 없었던 것은 아니다.

아직도 나는 '내가 어렸을 때 읽었던 책들'과 비슷한 책들을 쓴다는 계획을 버리지 못했다. 여기서 그 책들이란 C. E. 엘리엇의 〈우주소년 케플로〉 시리즈, 로버트 A. 하인라인의 《우주복 있음, 출장 가능》, 로버트 실버버그의 《살아 있는 화성인》 같은 작품들을 말한다. 여전히 나는 SF 하면 우주선을 탄 청소년들을 떠올린다. 난 심지어 이 계획에 이름도 붙여놨다. '이오의 화산 프로젝트'. 우주복을 입은 틴에이저 주인공들이 이오의 화산 사이를 탐험하는 이야기를 쓰기 전엔 죽을 수 없다는 생각을 종종 한다.

이 계획엔 심각한 문제가 있다. 일단 미래를 상상하는 방식이 변했다. 우린 더 이상 우주탐험의 선두에 인간들이 설 것이라고 믿지 않는다. 우리의 틴에이저 주인공들에겐 더욱 기회가 없을 것이다. 무엇보다 나는 20세기 중엽 미국 남성 작가들이 공유했던 그 낙천주의를 갖고 있지 못하다. 과연 내가 그들만큼 인간이라는 종을 사랑할 수 있는지도 모르겠다. 반대로 이러다간 세상에서 가장 심술궂고 불평 많은 노인네가 될 거라는 생각을 한다. 인간들의 존재에 진저리를 치며 불평을 늘어놓느라 바빠 이오 화산 이야기는 쓰지도 못하고 죽겠지. 벌써부터 눈앞이 캄캄하다.

〈두 번째 유모〉 이야기를 하자. 이 단편은 〈메리 포핀스〉 이야기이고 조금은 〈사냥꾼의 밤〉이기도 하다. 대놓고 제목에서부터 레퍼런스가 있으니 다들 눈치채셨을 것이라 믿는다. 전자는 내 어린 시절을 지배했던 판타지 중 하나이다. 난 메리 포핀스가 영국 중산층 가족의 유모로 들어가는 대신 출옥한 폭력가장에게 쫓기는 아이들 앞에 나타났다면 무슨 일이 일어났을까 생각하며 이 이야기를 짰다.

암만 봐도 〈우주소년 케플로〉는 아니다. 하지만 그래도 우주를 배경으로 한 아이들 이야기이긴 하다. 이오가 멀지 않다. 거기까지 갈 수 있을지는 아직도 모르겠지만.

아직 우리에겐 시간이 있으니까

초판 1쇄 발행 2017년 8월 15일
초판 2쇄 발행 2017년 8월 31일

지은이 듀나 김보영 배명훈 장강명
발행인 이상훈
편집인 김수영
기획편집 김남희 정회엽
디자인 엄혜리
마케팅 조재성 천용호 한성진 정영은 박신영
경영지원 정혜진 장혜정 이송이

펴낸곳 한겨레출판(주) www.hanibook.co.kr
등록 2006년 1월 4일 제313-2006-00003호
주소 121-750 서울시 마포구 효창목길6, 한겨레신문사 4층
전화 02)6383-1602~3 **팩스** 02)6373-6790
대표메일 book@hanibook.co.kr

ISBN 979-11-6040-091-5 03810